Hakan Günday, 29 Mayıs 1976'da Rodos'ta doğdu. İlköğrenimini Brüksel'de tamamladı. Ankara Tevfik Fikret Lisesi'ni bitirdikten sonra Hacettepe Üniversitesi Edebiyat Fakültesi Fransızca Mütercim Tercümanlık Bölümü'ne kaydoldu. Ertesi yıl Université Libre de Bruxelles'in Siyasal Bilimler Bölümü'ne geçti. Öğrenimine Ankara Üniversitesi Siyasal Bilgiler Fakültesi'nde devam etti.

İlk romanı *Kinyas ve Kayra*'yla (2000) edebiyat çevrelerinin ilgiyle izlediği ve kendi okur kitlesini yaratan bir yazar olan Günday'ın eserleri, Doğan Kitap tarafından yayımlanmaktadır: *Zargana* (2002), *Kinyas ve Kayra* (2003), *Piç* (2003), *Malafa* (2005), *Azil* (2007), *Ziyan* (2009), *Az* (2011).

Zargana

DOĞAN KİTAP TARAFINDAN YAYIMLANAN DİĞER KİTAPLARI

Kinyas ve Kayra
Piç
Malafa
Azil
Ziyan
Az
Daha

ZARGANA

Yazan: Hakan Günday

1. baskı / Mayıs 2002
13. baskı / Ocak 2014 / ISBN 978-975-991-489-9
Sertifika no: 11940

Kapak tasarımı: DPN Design
Kapak illüstrasyonu: Emre Orhun
Yazar fotoğrafı: Selen Özer Günday
Baskı: Ayhan Matbaa Basım Sanayi ve Tic. Ltd. Şti.
Mahmutbey Mah. Deve Kaldırım Cad. Gelincik Sok.
No: 6 Kat: 3-4 / Bağcılar - İSTANBUL
Tel. (212) 445 32 38
Sertifika no: 22728

Doğan Egmont Yayıncılık ve Yapımcılık Tic. A.Ş.
19 Mayıs Cad. Golden Plaza No. 1 Kat 10, 34360 Şişli - İSTANBUL
Tel. (212) 373 77 00 / Faks (212) 355 83 16
www.dogankitap.com.tr / editor@dogankitap.com.tr / satis@dogankitap.com.tr

Zargana

Hakan Günday

DOĞAN KİTAP

Hayat, cinsel ilişkiyle bulaşan ölümcül bir hastalıktır.

Jacques Dutronc

Birbirlerine bakmıyorlar. Sadece karşılarındakini taklit ediyorlar. Yan yana duruyor ve boşluğa yumruk atıyorlar. Bileklerini havada bir hilal kadar döndürdükten sonra hayaletlerin göğüslerine vuruyorlar. Birçoğunun elleri daha birkaç saat öncesine kadar en serin kadın vücutlarında gezerken, şimdi kemikleri çeliktenmiş gibi oksijeni azottan ayırıyor. On dört erkek sesi. Yan yana dizilmiş on dört hayat. Aynı anda adımlarını atıyor ve aynı anda bağırıyorlar. Kısa ve gür. Karşılarındaki aynayla kaplı duvarda kendilerini görüyorlar. Yüzlerindeki ter damlalarını sayıyorlar. Onlara dönük olan bir adam var. Bir sonraki hareketi tek bilen o. Kızıl bir dev. Çok uzak bir Doğu'nun en acıklı sanatını öğretmeye çalışıyor. Ama onlar ilgilenmiyorlar. Ne Doğu'yla, ne de uzaklığıyla. Sokağın dilini anlamak için buradalar. Sahip olduklarını kendilerinden başka kimsenin koruyamayacağını bildiklerinden, ayrıntılarla zaman harcamıyorlar. Kreuzberg'de karşılarına çıkacak sıradan bir gaspçının kulağından kan akıtacak bir tekniğin felsefesinin olması ilgilerini çekmiyor. Bin yaşındaki bir tarzı, bir barda tereddütsüz küfredebilmek için tüketiyorlar. Büyük salonun içinde çıplak ayaklarının üzerinde tekrarladıkları vuruşların bir felsefesi olması gerekmiyor. Dünyanın da bir felsefesi olması gerekmiyor onlar için. Çünkü sırtında yaşıyorlar ve bu onlara fazlasıyla yetiyor. Kastanienallee'deki Jeet Kune Do Akademie

Berlin. Kısaca JAB. Bodrum katındaki beyaz salondalar. Asla kendilerini savunmanın değil, öldürmenin provasını yapmak için buradalar. Kendilerini ya da bir başkasını. Fark etmez çünkü onlar Batı'dalar...

Koma, Zargana'yı ilk kez JAB'da gördü. Dikkatini çekmesi için bir neden yoktu. Sadece bir saniye için duvardaki aynada göz göze geldiler. Saçlarının diplerinden çıkıp çenesine kadar sürünen ter damlalarının arasından onun kendisine bakan gri gözlerini yakaladı. Islak kirpikleri, sadece kafatasının rengini koyulaştıracak uzunluktaki sarı saçları, salondan çaldığı her nefeste açılan burun delikleri, çatlak ve kalın dudakları... Hepsi de Koma'ya bakıyordu. Benziyorlardı. Zargana'nın yaylı bir oyuncak gibi savurduğu ellerinin artık bir hedefi vardı. Benzerini dövüyordu. Koma umursamıyordu kendisine bakan gözlerden akan nefreti. Belki de en büyük yanlışı bu oldu...

İki saatlik çalışmanın sona erdiğini, Pascal adındaki kızıl devin kapanış hareketine başlamasından anladılar. Tao tekniğine ait gösterişsiz bir gevşemeydi. Oysa Koma omuzlarından parmak uçlarına kadar gergindi. İki TIR'ı birbirine bağlayan çelik bir halat kadar keskindi. Bugüne kadar onu kimse rahatlatamamıştı. Çekik gözlülerin geleneksel danslarından alıntılarla süslenmiş bedensel yaylanmalar sayesinde mi gevşeyecekti? Tabii ki hayır. İşi vardı onun. Daha önce çalışma grubunda hiç görmediği, kendisinden en az bir telefon rehberi kadar uzun ve yine bir telefon rehberi kadar zayıf adamla göz gözeydi. Berlin'deydiler. Erkekleri tercih eden erkeklerin cennetinde. Grubun en solunda oturan adam o cennetin meleklerinden biri miydi? Düşünüyordu bütün olasılıkları. Bunun için buradaydı. İnsandı ve bir aklı vardı. İkisi bir araya gelince atom bombası ortaya çıkmıştı, dolayısıyla o da kimonosunun altında kalın bir ip gibi duran adamın gerçekte ne olduğunu anlayabilirdi. Zor değil, dedi kendi kendine.

İnsanları anlamak zor değil. Hepsinin de doğum izleri gibi karakter izleri var sağlarında sollarında. Biraz dikkatli bakmak yeter. Haritalara benzerler. Ölçeklerinin nerede yazıldığını bulana kadar korurlar esrarlarını. Sonra bir güneş kadar bilinir hayatları. Sarışınlara benzeyen hayatları. Güzel ama aptal hayatları...

Ve arıyordu Koma da. Israrla bir iz arıyordu aynadan süzdüğü adamda. Ama kimonosu kadar beyazdı her yeri. Hareketleri, gözleri, elleri, sesi... Bir kar parçası gibiydi. Hiçbir hikâyesi yokmuş gibi. Olağandışı görüntüsüne rağmen bir karınca kadar sıradan duruyordu. Üç duvarı beyaz salonda gözden kaybolacak kadar beyazdı. Ama Koma görünüyordu. Çünkü ruhu petrol kadar siyahtı.

On sekiz dakika süren, kaslarını gündelik hayata alıştırma çalışmaları bittiğinde yerlerinden kalkıp salondan çıktılar. Jannick, Koma'nın yanına gelmekte gecikmedi. Konuşmaya başladı. İkisinin de tanıdığı bir kadından söz ediyordu. Hamile olduğunu ve doğacak çocuğun babasının belli olmadığını anlatıyordu. Koma dinlemiyordu. Sadece duyuyordu. Jeet Kune Do'yu Jannick'in şahdamarını bir balığın kılçığını çeker gibi çıkarıp kopartmak için kullanabilirdi. Bir işe yaramış olurlardı. Jannick de, öğrendiği savunma sporu da... Duşlara kadar bir yanıt vermedi. Sadece başını salladı. Jannick okuldan tanıdığı biriydi. Büyük bir şanssızlık sonucu yedi ay önce JAB'da karşılaşmışlardı ve yine büyük bir lanetin eseri olarak çalışma saatleri de aynı çıkmıştı. Uzakdoğulu olamayacak kadar geveze, dövüşemeyecek kadar da korkaktı. Dediğine göre ruhunu temizliyordu JAB'a gelerek. Kıçını bile temizlemeyen bir Jannick'ti bunu söyleyen...

Koma on yedi yaşındaydı ve gözlerinde büyüteçler vardı. Geçtiği her sokağa bir dinleme cihazı bırakıyormuş gibi, kentteki her şeyden haberdardı. Ona yabancı gelen tek yaratıksa iki kabin sağında kendisini ılık suya bırakmış olan adamdı. Bedeninde yeni yeni birikmeye başlamış olan dövmelere soyunma odasının aynalarında çeşitli açılardan bakarak giyindi. Jannick, çıkışta bir yere gidip gitmeyeceğini sordu. Koma, annesine cilt kanseri teşhisi konulduğunu ve bazı testler için onu hastaneye götürmesi gerektiğini söyledi. Jannick'in yüzü buruştu. Sağ elini Koma'nın sol omzuna attı. Çok üzüldüğünü söyledi. İçten bir duyguydu sağ elinden çıkıp karşısındaki sol omza kadar giden. Ama Koma daha üzgün ve daha içtendi, çünkü annesi bir dekatloncu kadar sağlıklıydı.

Binadan çıkıp caddenin yukarısına doğru yürümeye başladı. Narin bir yokuştur Kastanienallee. Dengeli çıkılırsa asla yük olmaz baldırlara. Ancak hoyratlığa ve sabırsızlığa da tahammülü yoktur. Yine de her üç adımda bir çekilen sigara dumanına izin verir. Koma da caddenin bütün kurallarına uyarak yürüyordu, parmaklarının arasındaki filtresiz Camel'ıyla. Biliyordu takip edildiğini. Biliyordu hayatının alt üst olacağını. Ama hızlanmadı, koşmadı, kaçmadı. Tam dokuz nefes, yani yirmi yedi adım sonra durdu. Dinledi. Yanından geçen 44 numaralı otobüsü, hemen arkasında yolu çiğneyen 1971 model Pontiac Grand LeMans'ı ve hepsinin ardından gelmekte kararlı olan ayak seslerini. Ayakların sesi vardır, ama Almancayla araları iyi değildir. Konuşan, bir gölge kadar uzun olan ve tarafından takip edildiğini bildiği gri gözlü adamdı.

– Bir sigaran var mı?

İşte böyle başladı. Her şey bu üç kelimeyle başladı. Bir sigaran var mı? Yok, diyebilirdi. Belki de hiç yanıt vermemeliydi. Kalın dudakların arasından çıkan kelimeleri daha iyi dinlemeliydi. Aslında o gün Zargana Koma'dan bir sigara istememişti. Bir hayatın var mı, diye sormuştu belki de. Ve o, evet demişti. Sana verebileceğim bir hayatım var... Sigaradan sonra deri montunun sağ cebinden çakmağını da çıkaracaktı ki, zaten Zargana'da bir tane olduğunu fark etti. Penis biçimindeydi çakmağı. Yanınca ucu kızaran plastik bir çakmak. *Sex shop*'ların eşantiyonlarından. Teşekkür etmedi. Zaten nezaket konuşmalarını dinleyecek zamanı yoktu Koma'nın. Evet, merak ediyordu tabii ki, JAB'daki aynadan kendisini seyreden bir çift gri gözün arkasındaki beyni, ama kanser olmasa da bir annesi ve içinde oturduğu bir ev vardı. Koma oraya evim diyordu. Olduğu yerde dönüp yürümeye devam etti. Gölge de yanındaydı. O an çantalarının aynı olduğunu fark etti. Turkuvaz renkte Rossignol marka tenis çantaları. Üç adım attılar ve Koma durdu. Zargana da durdu. Koma kızmıştı Berlin gibi bir kentte onun yanından başka yürüyecek bir yer bulamamış olan adama.

– Ne istiyorsun? dedi.

Dik harfler çıkmıştı ağzından. Saplanacak yer arıyorlardı. O yer geldi. Ama o kadar yumuşak geldi ki, ağzından fırlayan iğneler içine gömülüp kayboldu.

– Sadece yürümek. O kadar.

Gözlerine yetişmek için kafasını yukarı kaldırması gerekiyordu. Uzun boyluydu. Hem de çok. Ama o eğilmiyordu. Sadece yuvalarında emanetmiş gibi duran gözleriydi eğilen. Normalde Koma tanımadığı insanlarla konuşmaz. İçinde beslediği hiçbir saygı yoktur adlarını bilmediklerine. Aslında kimseye saygı duymaz. Hayli sağırdır o konuda. Yanıt vermedi. Sessizlik ısrardır, derler mahkemelerde. Belki bir hâkimin karşısında değillerdi, ama yine de önünde diz çöktükleri bir hayat vardı ve o da sessizliği yalvarmanın bir biçimi olarak öğretmişti onlara. Yürümeye başladılar. Zargana adımlarını Koma'nınkilere uydurmaya çalışıyordu. Zorlandığı belli oluyordu. Konuşmuyorlardı. Sigaralarının içinde kalan tütünü küle dönüştürmekle yetiniyorlardı. Yokuş, yerini zımparalanmış bir düzlüğe bırakmıştı. Caddenin bu tarafında başlangıcın ve sonun anlaşılamayacağı kadar düz bir kaldırım vardır. Su terazilerinin dengede kalacağı türden bir düzlük.

Dünyanın yuvarlak olduğunu unutturacak kadar düz.

– Zamanın var mı? Ein'a gidip oturabiliriz istersen.

Koma yanıt vermedi. Ein, herkesin bildiği ufak bir bardı. İçinde tilt makinelerinin olduğu, yüksek taburelerinde bir iki yaşlı fahişenin oturduğu sıradan bir bar. Dört adım daha attılar.

– Hayır. Eve gitmeliyim.

Gri gözlü adamdan daha hızlı yürümek olanaksız gibiydi, ama Koma bunu başardı. Yanıt vermesine izin vermeden, bacaklarının yettiği kadar hızlı adımlar atarak ilerledi. Gözucuyla yoldan gelen arabalara bakıp karşıya geçti. Kendisini karşı kaldırımda bulunca, gözleri ister istemez tekrar kaydı geldiği tarafa. Yaşlı bir kadın küçük beyaz köpeğinin özenle döşenmiş kaldırım taşlarını kirletişini bitirmesini bekliyordu. Gitmişti gri gözler. Yok olmuşlardı. Yanına gelen, kendisinden sigara isteyen ve sonra da bir bara davet eden adamı kaybetmişti. Sinirlendi. Yaşıtlarından daha büyük gösterdiğini ve olağanüstü yakışıklı göründüğünü biliyordu. Hiç tanımadığı bir kadının ya da bir erkeğin yanına yaklaşıp herhangi bir teklifte bulunması ilk kez başına gelmiyordu. Yüzünde ve vücudunda tek bir sivilce yoktu. Koma güzeldi. Çevresindeki böcekleri bir kavanoz bal gibi çekiyordu. Dolayısıyla, sinirlenmesinin nedeni adamın garip daveti değildi. Sorun, davetinin nedenini anlayamamış olmasıydı. Hiçbir koku alamamıştı davranışlarından, ağız hareketlerinden. Sanki göğsüne yerleştirilmiş bir ses cihazı konuşuyormuş, o da dudaklarını oynatıyormuş gibi gelmişti Koma'ya. Elindeki çakmak kadar plastik bir tadı vardı konuşmasının. İşaret ve orta parmaklarının arasında bir sızı hissetti. İlgisizlikten erimiş sigara yakmıştı parmaklarının birleştiği yeri. İçinden kısa bir küfür çıkarıp sigarayla beraber attı kaldırımın üstüne. Yürüdü. Sol omzuna astığı çanta sallanıyordu her adımında. Çantanın içindeki kimonoyu giyip karşısına çıkacak ilk insana saldırmak istiyordu.

Akşam saatlerinin ilk dakikalarını yaşıyordu Berlin. Kararıyordu hava. Eve gitmeliydi. Önceki geceyi bir kız arkadaşının evinde geçirdiği ve bunu haber vermediği için annesinin polisi, itfaiyeyi ve kentin bütün hastanelerini aradığını tahmin edebiliyordu. Ama umursamıyordu. Geçen hafta Nollendorfplatz'taki sinemada seyrettiği *Kanlı Hücum* filmindeki Marlon Brando gibi yürüyordu çünkü. Bir karar verdi. Bu gece de eve gitmeyecekti. Montunun iç cebinde taşıdığı cüzdanda yüz yirmi mark vardı. Miktardan emindi, çünkü sabah sattığı iki amfetamin hapının fiyatıydı.

Bir taksiye binip "Kreuzberg" dedi. Taksilere ve taksicilere olan garip nefretinden ötürü yine garip olan bir alışkanlığı vardı. Sol bacağını çok ağır bir sakatlığı varmış gibi abartılı bir biçimde aksatarak biner, inerken de yine aynı yavaşlıkla, bacağını iki eliyle dışarı çıkararak kendisini taksiden kaldırıma atardı. Tabii taksi gözden kayboluncaya kadar da küçük sakat oyununu devam ettirirdi. Topallayarak yürümekten zevk almıyordu, hayır. Ama taksiciye kaybettirdiği zaman onu rahatlatıyordu, çünkü Koma'yla geçirdiği her boş saniye başkasının cebinden çıkıp adamınkine girecek bir markı eksiltiyordu. Taksimetrelere karşıydı mücadelesi. Metre ve dakikaları sayanlara karşı savaşıyordu. Çünkü o hiçbir şeyi saymıyordu. Ne içtiği sigaraları, ne de kalabalık bir caddede ayaklarına bilerek bastığı yaşlıları.

Dünya üzerinde iki tür insan vardır: trafikte sarı ışığı görünce frene dokunanlar ve aynı sarı ışık karşısında gazı kökleyenler. İşte, arka koltuğundan kenti seyrettiği taksinin şoförü de bu ikinci gruba dahildi. Sarıyı gördüğü anda verdi ayağının ağırlığını gaz pedalına. Siyah saçlarından ve gür bıyığından anlamıştı Koma aynı ülkeden geldiklerini. Cahil ile anarşist arasındaki fark tüy kadardır. O aradaki tüyün üzerinde durur bütün okunan kitaplar. Ama tarihçiler üflediği zaman tozlu arşivlerin üzerine, ne tüy kalır, ne de aradaki fark. Cahil de geçmiştir sarıda, anarşist de.

Konuşabilirdi kendi dilinde esmer şoförüyle, ama ikisi de yorgundu. Ve tabii ki kızgın. Büyük hayalleri vardı şoförün, Mercedes 500SEC'le kasabasına dönmek gibi. Geniş lastikli hayaller. Koma'nın hayallerindeyse on dakika önce paketinden bir sigara eksilten adam vardı. Hangisi daha önce karşılaşacaktı hayalini kurduğuyla? Biliyordu Mercedes'in fiyatını. Pek bir şansı yoktu bıyıklı şoförün. Geriye kendisi kalıyordu. Gri gözlü adamı tekrar göreceğini söylüyordu Koma'ya dikiz aynasında sallanan küçük nazar boncuğu...

Kreuzberg'e varınca parayı ödeyip ağır ağır indi arabadan. Hatta taksiyi trafiğin en sıkışık olduğu anda durdurduğu için birkaç küfür bile duydu peşinden koşan. Topallayarak ve taksinin araba nehrine karışmasını seyrederek yürüdü biraz. Sonra birden sihirli bir değnek değmişçesine düzeldi vücudu. Orta yaşlarında bir kadın tanık olmuştu iyileşmesine. Göz göze geldiler. Sonra kadın gözlerini kaçırdı, üstüne gelen bir kamyona çarpmamak için arabasının direksiyonunu kırar gibi. Yürüdü ikisi de aksi yönlerde. Anlatsa kim inanırdı gördüğü küçük mucizeye? Üç köpekli karşı komşusu mu? Mucizelerin olmadığı bir kentin caddelerindeydiler. Batıyı gösterirdi burada bütün pusulalar. Batı da, mucize katili mantığı. Tıpkı Koma'nın sürekli kuzeyi göstermesi gibi. Ağaçların yosunlu tarafı gibi. Hep kuzey. Soğuktur, çoraktır, ıssızdır kuzey. Ölüm gibi. Koma hep ölümü gösteren bir pusulaydı o yaşlarda. Hayatın yosun tutmuş tarafında yaşardı.

Berlin karardı. Yemek zamanı. Lokantaların camları buğulu. İçleri kalabalık ve gürültülü. Üzerlerine kızartma yağının kokusu sinmiş sırma şeritli bordo kadifeden perdeler. Papyonlu, yelekli, beyaz önlüklü garsonlar... Koma o garsonlardan biriyle göz göze geldi. Aslında Koma ona bakmıyordu. Sadece lokantanın camına işemekle meşguldü, ama kafasını kaldırdığında, içerideki bütün müşterilerle birlikte genç garsonun da kendisini seyrettiğini fark etti. Üzerindeki Armani taklidi takım elbiseden şef garson olduğu anlaşılan sakallı adamın genç garsona kendisini uzaklaştırması ve neden olduğu skandala bir son vermesi için bağırdığını duyuyordu. Zaten gitmesine de az kalmıştı. Prostatlı değildi. Birkaç damla daha ve tamam. Sadece cam ve camın hemen arkasındaki masada oturan genç çiftin yüzü sararmıştı biraz. Garson, sanki kel ve sakallı şefini duymuyormuş gibi, hiçbir şey yapmadan Koma'ya bakıyordu. Kaşları gözlerine alabildiğine yapışmış, ağzının kenarları çenesine kadar inmiş seyrediyordu. Koma'nın sol elinde tuttuğu ete bakmayan tek insan oydu. Üzerinde bir şampanya kovası olan elindeki tepsiyi yakınındaki masaya bırakıp kapıya doğru yürüdü. Koma da işini bitirmiş, tokasındaki demiri kemerinin deliğine denk getirmeye çalışıyordu. Lokantanın kapısı hızla açıldı. Kapının hemen üstüne asılmış, her açılış ve kapanışta rahatlatıcı bir ses çıkaran, Çin mağazalarının birinden alındığı belli ilkel alarm sistemi öyle bir bağırmıştı ki, Koma bile dikkatini oraya yolladı. Onun için göremedi zaten çenesine inen yumruğu. Havaya bakıyordu çünkü. Koma çantasıyla birlikte yere düştü. Ayrılmadılar birbirlerinden. Koma gülüyordu. Canı yanmıştı, ama kızacak kadar değil.

– Sana buraya gelme demedim mi? Daha iki gün oldu işe başlayalı. Buradan da atılırsam babam beni öldürür. Defol!

Konuşan Zo'ydu. Aptal bir adı vardı, ama zaten zekâ düzeyinin de Everest'e bayrak dikecek kadar yüksek olduğunu iddia etmiyordu. Garson olarak girdiği iki yüz işin yarısından fazlasından Koma yüzünden kovulmuştu. Aslında çok iyi bir garsondu. Sorun, siparişleri karıştırması ya da müşterilerin bacaklarına bakması değildi. Sorun, Berlin'de neredeyse kovulmadığı lokanta kalmamış olması ve kötü çevresiydi. Kötü çevre Koma'ydı.

– Yardım et de kalkayım. Haydi gidiyoruz. İşimiz var. Hem

vazgeç artık şu garsonluktan. Babanı ben hallederim. Para buluruz. Merak etme.

Koma Zo'nun elini yakalayıp yukarı çekti kendisini. Zo, neden Koma gibi biriyle dost olduğunu düşünüyor olmalıydı. Ama uyuşturucu satarken yakalandığı ve kendisi de bağımlı olduğu için girdiği yarı ıslahevi-yarı klinikten sadece altı hafta önce çıktığını, dolayısıyla yerden kaldırdığı adamdan daha vahşi olduğunu hatırlamış olmalı ki, dostunun suratına biraz daha bakıp içeri girdi. Çıktığı hızla. Önlüğünü çıkarıp olayın sonucunu sabırsızlıkla bekleyen sakallı şefin eline tutuşturdu. Papyon ve yelek ona aitti. Mesleğinin gerektirdiği malzemeyi uzun zaman önce satın almıştı. Müşterilerin şaşkın bakışlarına kendisininkiyle karşılık verdikten sonra, yavaşça sol kolunu kaldırdı ve gerebildiği kadar uzattı. Bir dilenci gibi açtı elini. Parmaklarını yavaşça kapatıp yumruğunu sıktı. Sağ elini de kaldırıp yumruğunun yanına getirdi. Sağ eliyle görünmez bir oltanın misinasını sarıyormuş gibi yaparak, sol elinin ortaparmağını yavaşça havaya dikti. Üzerinde bulundukları coğrafyanın en hatırı sayılır hakaretlerinden birini yapıyordu ve Koma ağzında bir tebessümle seyrediyordu onu. Sağ kolunu indirdi. İnce ve kemikli sol ortaparmak oturan bütün dünyanın suratına tükürülen dimdik bir küfürdü. Ayaklarını yerinden oynatmadan, gövdesiyle soldan sağa döndü ve o an için saldırgan bir cinsel organa dönüşmüş olan parmağını herkesin gördüğünden emin olduktan sonra, lokantadan çıkıp Koma'nın yanına geldi. Müşterilerin çoğunun çatalları havada kalmış, bıçaklarından yağlar damlıyordu. Kimse en ufak bir harekette bulunmadı. Zo'nun bakışları değişmişti ve kuduz köpeklerinkine benziyordu. Ağızlarında takma dişler olan insanlar ısırılmak istemiyorlardı. Koma gülüyordu. Sosyal sigorta sistemine, uygarlığın eğitimine ve bir kavga esnasında yırtılması muhtemel pahalı takım elbiselere teşekkür ediyordu. Dünyanın, kışkırtma oyunları oynamak için en uygun yerinde yaşıyorlardı. Nazilerin torunları mı? Boş versene, diyordu kendine. Bir lokantanın müşterilerinden daha fazlası gerekir SS subaylarının ortaya çıkması için. Milyonlar gerekir.

– Ne işiymiş bu? Nereye gidiyoruz? Eğer babama verecek para bulamazsam çok kötü olur. Bu caddede artık kimse iş vermez bana. Bir sigara ver.

– Merak etme. Her şey kontrol altında. Bir yere gidip oturalım. Sana anlatacaklarım var. Hem sen sigarayı bırakmamış mıydın?

– Sana ne? Ciğerim misin? Haydi yürü. Ein'a gidelim.

Hızlı adımlarla yürümeye başladılar. Hava soğumaya başlamıştı. Cadde, sokak lambalarının ısıttığı kadar sıcaktı. Koma boğazlı kazağının katlanmış yakasını açıp altdudağına kadar çekti. Ayakları biliyordu gidecekleri barı. Onun için sadece önlerine bakıyorlardı yürürken. Arada bir de, birbirlerine. Zo kızgındı Koma'ya. Son görüşmelerinin çok da iyi geçtiği söylenemezdi. Sevgilisi Koma'nın üzerinde gidip gelirken açmıştı odanın kapısını. Böyle bir karşılaşmanın normalde hiçbir rezalet boyutu olmazdı. Çünkü onlar kimseye âşık değildi. Ancak açtığı, evinin ikinci katındaki, tavanında Gary Glitter'ın dev posteri olan kendi odasının kapısıydı. Ve Gary Glitter'ın bir şarkısının adı gibi "Oh no!" demişti tanık olduğu manzara karşısında. Glam Rock'ın yatağın yaylarından gelen gürültüye karıştığı bir geceydi. Ama şimdi Koma'nın yanında yürüyordu Zo. Gerçek adını kimse bilmiyordu. Bilinen tek şey, takma adını *Oz Büyücüsü* filminden aldığıydı. O filme hayrandı. Ölürken gözlerinin önünden geçecek olan şerit hayatınınki değil, *Oz Büyücüsü*'nünki olacaktı. Oz'u Zo'ya çevirmek ise sadece farklı bir bakış açısıydı. Koma ise daha çok, o filmdeki içi samanla doldurulmuş korkuluk adama benzetiyordu kendisini. Bir çöp torbası gibiydi. Değerli hiçbir şey yoktu içinde. Bir sabun köpüğü gibi dolaşıyordu milyonlarca dikenin arasında. En küçük dokunuşta patlayacak bir köpük. O köpüğün bir benzerini Ein'daki dip masalardan birine oturunca elindeki Heineken birasının üzerinde gördü.

– Hadi, anlat. Neymiş bana söylemek istediğin bu iş?

Çevresinde oturdukları ahşap masa bir çocuk tabutunu andırıyordu. Koma sahnede oyuncak bebeklerin kafalarını dişleriyle koparan bir şarkıcının hayranıydı. Ailelerin çocuklarına görüşmelerini yasakladıkları adlardandı ve bundan gurur duyuyordu. Mümkün olsaydı, kendi ailesi de –ki en az Windsor dükü kadar soylu görünen bir babası vardı– kendisiyle görüşmesini yasaklardı. Zo'nun Polonyalı kökeni, yaşadığı rezil semt ve üç aylık ıslahevi tecrübesi bile yetmiyordu Koma'yı korkutmaya. El ve ayaklarının ortaparmaklarının tırnaklarını siyah ojelerle boyuyor ve günde en az beş kez mastürbasyon yapıyordu. Ziggy Stardust and the Spiders from Mars'ın bütün albümlerini satın almıştı. Geceleri o büyülü müziği dinleyerek ve votka içerek sağ ayak bileğini jiletliyordu. Müzik kasetlerinin bantlarını çıkarıp başının etrafında yüzlerce kez döndürüp siyah sargıyla kaplanmış yüzünü aynada seyrediyordu. Mutlu bir çocukluk geçiriyordu, ama mutlu değildi... Zo sorusuna bir yanıt bekliyordu.

– Schüterstrasse'deki tütüncüyü biliyorsun. Orayı soyacağız. Herif aynı zamanda tefeci. Kasasında her zaman para var. Tek yapmamız gereken gidip almak.

Hayır, ailesi Koma'yı aç bırakmıyordu. Aksine, tanıdığı bütün insanlardan daha fazla harçlık alıyordu. Sorun para değil, iki ayrı hayat yaşıyor olmasıydı. Evdeki Koma ve sokaktaki Koma. Benzemiyorlardı birbirlerine. Evde melek, sokakta ise şeytan değil, Tanrı'nın ta kendisi. Çok fazla ciddiye alıyordu okuduklarını. Bilemezdi Rimbaud, bir çocuğun övgüler yağdırdığı acımasız adamlara benzemek için günün birinde kentin dışındaki terk edilmiş iki katlı bir binayı ateşe vereceğini. Binanın içinde insan olup olmadığını kimsenin bilemeyeceği gibi.

Zo ağzını bira bardağından ayırmış, elinin tersiyle dudaklarını kuruluyordu ki, bir gölge kapladı her yeri. İçerisi o kadar karanlıktı ki, gölgenin hangi ışıktan kopup geldiğini anlayamadılar. Hemen Koma'nın yanında ayakta duruyordu sahibi. Koma başını çevirip baktı. Gördüğü tek şey bir kemer tokasıydı. Gümüş bir plakanın üzerinde siyah harflerle "FUCK ME" yazıyordu. Boynu gerildi, ensesi kırıştı, gözlerinin yarısı kafatasının içinde kayboldu. Yanında duran adamın yüzünü görebilmek için, kasabın dağıttığı et artıklarını yakalamaya çalışan kediler gibi kaldırmak zorundaydı kafasını. Gri gözler gördü.

– Oturabilir miyim?

Konuşan, garip çakmaklı sarışındı. Bir karar vermeliydi Koma. Ya o an ayağa kalkıp elindeki bira bardağını yüzünde parçalayacak ya da birkaç saattir peşinde olan adamı masaya davet edecekti. Zo'yla aynı anda birbirlerine baktılar. Adamın, büyük olasılıkla Koma'nın eskilerden çıkıp gelmiş bir tanıdığı olduğunu düşünüyordu Zo. Koma bir karar verdi. Yanlış olanı. Her zamanki gibi.

– Tabii, neden olmasın? Falco, bize üç bira getir.

Zargana oturdu. Ama tam Rossignol çantasını yere koymak için eğilirken, garsona verilen sipariş üzerine kafasını kaldırdı.

– Ben içmem.

Koma sarışın adamın yüzüne baktı, sanki şimdiye kadar duyduğu en saçma sözle karşılaşmış gibi.

– Emin misin? diye sordu.

– Evet, dedi. Ben içmem. Alkolü sevmiyorum.

Falco'nun tek müşterisi onlar değildi tabii ki. Sıkılmıştı küçük itiraf sahnesinden. Uzaklaştı yanlarından, bara gidip iki bira getirmek için.

Beş saniyelik bir sessizlik oldu. Koma önce Zo'ya, sonra da Zargana'ya baktı. O da önce Zo'ya, sonra Koma'ya bakmıştı.

Dolayısıyla aynı anda gözleri kesişti. İkisi de boğazlarını yakan kelimeleri dökmek için ağzını açtı, ama Zargana önce davrandı. Yarışa geç başlamış bir koşucunun diğerlerine umutsuzca bakması gibi, Koma da hareket eden ağzı seyretmekle yetindi.

– Seni takip ettiğimi düşünüyor olmalısın.

Tabii ki öyle düşünüyordu. Hatta daha başka şeyler de düşünüyordu, ama boyu o kadar uzundu ki, onları kendisine saklamayı tercih etmek zorunda kaldı. Zargana'nın Almancası dikkat çekecek kadar özenliydi. Daha çok bir devlet memuru, bir üniversite görevlisi gibiydi. Kibardı. Koma'nın yabancı aksanını taşımıyordu dudaklarının arasında. En az Vestfalyalı snoblar kadar düzgün cümleler kuruyordu.

– Haklısın. Seni JAB'dan beri takip ediyorum. Sakın yanlış anlama. Sana garip bir teklifte bulunmayacağım. Sadece tanışmak istedim.

Die Toten Hosen'ın hızlı parçalarından biri çalıyordu. Ama Koma gayet net duyuyordu yanındaki adamın söylediklerini. Bağırmıyordu. Fısıldamıyordu. Buğulu bir sesi de yoktu. Sadece pürüzsüz bir vurgu. Dinlemeye devam etti.

– Öncelikle kendimi tanıtmama izin verin. Adım Zargana. Falkensee'de yaşıyorum. Ve sizi evime davet ediyorum. Konuşmamız gereken önemli bir konu var. Burası uygun değil. Biralarınızı için ve kalkalım.

Zargana, Falkensee, önemli bir konu ve bir davet. İçinde bulunduğu her durumu kontrol etmek gibi bir saplantısı olan Koma için bütün bunlar fazla belirsizdi. Tabii bir de, Zargana adının garipliği ve hiç benzemese de adamın Türk olma olasılığı vardı. En azından bu konuda emin olmak için küçük bir girişimde bulundu. Zor değildi küçük testi.

– Seni öldürüp annene tecavüz edeceğim, dedi kendi dilinde. Özellikle küfür etmemişti, çünkü herkesin, anadilinin meşhur küfürlerini fonetik olarak tanımasına yetecek kadar Türk yaşıyordu kentte.

Zargana kulağını Koma'nın ağzına yaklaştırdı.

– Efendim? dedi Almanca. Anlayamadım.

Türkçe bilmiyordu. Güzel, ama onun gibi milyarlarca insan vardı dünya üzerinde. Bu, onun evine kadar gitmek için yeterli bir bilgi değildi. Tam Koma yanıt verecekti ki. Falco tepsisindeki sayısız bardaktan iki tanesine parmaklarını daldırıp yakaladı ve masalarına bıraktı. Zo rahatsız görünmüyordu. Birayı dikip âdemelmasının iki kez gidip gelişini masadakilere gösterdikten sonra konuştu.

– Olur, ama Falkensee uzak, oradan geri dönmek çok zor.

– Sorun değil. Bende kalabilirsiniz bu gece.

Zo, adamı uyuşturucu satıcısı sanmıştı büyük olasılıkla. Belki de elindekileri ilk gördükleriyle paylaşmak isteyen bir deli. Ne olursa olsun hazırdı Zargana'nın peşinden dünyanın ve Berlin'in öbür ucuna gitmeye. Kolay lokma olmayan Koma'ydı. Kendi ebeveyninin öz olup olmadığını anlamak için kan tahlili yaptırmayı teklif etmeyi düşünecek kadar paranoyak olan oydu. Her kibar daveti kabul etseydi, bütün ailesiyle birlikte çoktan sınır dışı edilmiş olurdu.

– Zargana garip bir ad, diye mırıldandı Koma.

– Biliyorum. Ama hayatımdaki tek gariplik o değil.

Andy Warhol da az konuşmasıyla tanınırdı, ama Zargana adındaki, milliyeti çözülemeyen adam, ne eksik ne de fazla kelime çıkarıyordu ağzından. Koma kızıyordu. Hem de çok. Sonu karanlık birçok tünele girmişti. Adını hiç öğrenemediği birçok insanın evinde kalmış, hatta bazılarıyla sevişmişti. Ama yanındaki iki metreye yaklaşan gölge, bir uzaylı kadar yabancıydı ona.

– Eğer tam olarak ne istediğini söylemezsen, seninle hiçbir yere gelmem!

Bağırarak konuşuyordu. Zo bile anlamamıştı ani çıkışının nedenini.

– Evine gelmem için bana bir tek neden söyle.

Zargana uzun parmaklarını birbirine kenetleyip masanın üzerine yüklendi. Kafası bir periskop gibi uzadı. Aralarında sadece yirmi santimetre vardı. Koma'nın gözlerinin içine baktı. Dudaklarını okumasını istercesine her harfin üzerine basa basa konuştu:

– Davetimi kabul etmen için sana hiçbir neden göstermeyeceğim. Adım Zargana. Falkensee'de oturuyorum. Hepsi bu kadar.

Biliyordu. Koma'nın zamanının bol, merakının sonsuz olduğunu biliyordu. Tuzağa düşmemişti. Koma nedensiz bir hayat yaşıyordu. İhtiyacı yoktu nedenlere bir yerden bir yere gitmek için. Zargana doğru yanıtı vermişti. Bir daha hiç konuşmadı...

Nedensizce içip bitirdiler biralarını. Nedensizce doğruldular sandalyelerinden ve nedensizce çıktılar Ein'dan.

1988 yılının 25 Şubat gecesi Schönebergerstrasse'de devriye gezen Opel Ascona marka polis arabasının farları kaldırımda yatan bir karaltıyı aydınlattı. Arabadan inip ellerindeki fenerlerle karaltıya doğru yürüyen iki polis, üzerinde deterjan markası Ariel'in logosunun olduğu kartonlarla kendisini nemli soğuktan korumaya çalışanın bir çocuk olduğunu anladılar. Yanına diz çöküp kartonları çekince, el ve ayak parmaklarının donmak üzere olduğunu gördüler. Ambulans gelene kadar çocuğun sokakta yatma konusunda acemi olabileceğinden, gecelerini kısa bir süredir dışarıda geçiriyor olma olasılığından söz ettiler. Çünkü evsizlerin çoğu metro girişlerinde ya da büyük binaların yakınlarındaki ısıtma sistemlerinin mazgallarının çevresinde yatılması gerektiğini bilirdi. Tabii, mazgallara fazla yaklaştıkları için uykularında kendilerini ağır biçimde yakan yüzlerce evsiz de vardı. Yanmaların büyük bölümüne, ısınmak için alınan yüksek dozda düşük kaliteli alkol yüzünden vücudun mazgaldan çıkan yakıcı havayı hissetmemesi neden oluyordu. Ama çocuk uyumak için dar bir sokağın kaldırımını tercih ettiğine göre, sokak kurallarından tamamen habersiz olmalıydı. Sonra, Rubensstrasse'deki Auguste-Viktoria Hastanesi'nden çağrılan ambulansa yerleştirildi. Hastanenin acil servisindeki doktor, çocuğu zamanında buldukları için polisleri tebrik etti. Birkaç dakikalık gecikme parmaklarının kesilmesine neden olabilirdi.

Tecavüze uğramamış olmasıysa başka bir mucizeydi. Hastane yönetimi masrafların karşılanması için nöbetçi sosyal hizmet görevlisiyle görüştü ve faturanın ödeneceğine dair güvence aldı.

Verilen sakinleştiricinin etkisi geçtiğinde çocuk gözlerini açtı. Susamıştı. Beyaz odanın içinde sekiz çocuk daha yatıyordu. Yanındaki siyah saçlı oğlan kendisini seyrediyordu. Tam kafasını tekrar yastığına koyup gözlerini kapatacaktı ki, siyah saçlı çocuk konuştu.

– Neden burada olduğumu biliyor musun? Ben kendimi öldürdüm.

Siyah saçlı Alex, annesini çok sevdiği için kendini asmak istemişti. *Dragon Ball* adındaki çizgi filmin kahramanı Sangoku'yu taklit ederek yatağının ayağına bağladığı çarşafın diğer ucunu boynuna geçirip evin ikinci kat penceresinden kendisini aşağı bıraktığında, çarşafın düğümü ağırlığa dayanamayıp çözülmüş, Alex de kendini bahçede, bacaklarındaki acıyla kıvranırken bulmuştu. Büyük bir şans eseri hiçbir kemiği kırılmamıştı. Hastaneye getirildiğinde kimsenin kelimelere dökemeyeceği duygular içindeydi. Dokuz yaşındaki Alex dev bir suçluluk duyuyordu. Kendisini öldürmeye çalıştığı için değil. Ölmediği için. Yattığı yerden gördüğü bütün insanlara da ne yaptığını anlatmak istiyordu, ama sabahın yorgunluğu ve damarlarında akan morfin bazlı sakinleştiriciler intihar kelimesini hatırlayamamasına neden olmuştu. Sadece kendini öldürdüğü gelmişti aklına. Hâlâ hayatta olduğu için tekrar tekrar deneyecekti bunu. Ölene kadar öldürecekti kendini, çünkü annesi başka bir adama âşıktı ve babasından boşanmak istediğini haykırıyordu her gün. Alex, annesi ile sevgilisini salonlarındaki yemek masasının üzerinde sevişirlerken görmüştü. Kendini öldürerek annesine yardımcı olmak istiyordu. Alex de öldüğü zaman, annesinin evliliğinden geriye tek bir iz bile kalmayacaktı. Bir de, on bir yıldır taktığı alyansı çıkardığında parmağında kalacak olan iz vardı. Ama o da on bir saatte silinirdi.

Otuz yaşlarında bir hemşire büyük odaya girip “Herkese günaydın” dedi. Çocuklar uyanmış esniyor, tanışanlar birbiriyle konuşuyordu. Bir tanesi de yatağını kirlettiği için ağlıyordu. Ama kızıl saçlı hemşire hiçbiriyle ilgilenmeyip gece getirilen çocuğun yanına gitti. Ateşini ve tansiyonunu ölçtü. Kadın gece iyi uyuyamamıştı. Çok iyi ya da çok berbat bir gece geçirmişti. Ama hiç uyumamıştı. Mavi gözleri iri kurbağalarınkine benziyordu. Çocuk öyle düşündü. O gözler parladı. Kadın konuştu. Üç yıldır çocuk ünitesindeydi ve her ne kadar rahmini aldırmış olsa da, bir anne gibi davranmasını biliyordu.

– Nasıl, iyi uyuyabildin mi?

Çocuk yanıt vermedi. Anneler herhangi bir soruyu tekrarlamaya üşenmezlerdi.

– İyi uyuyabildin mi, nasıl hissediyorsun kendini?

Çocuğun gozlerı kısıldı. Bunu, kafası yatağına yapışıkken yapsaydı boğulabilirdi. Hemşirenin olduğu tarafa eğilmeyi tercih etti. İnce kumaştan beyaz eteğin ortasına, yani arkadaki gün ışığından dolayı silueti görünen iki bacağın arasına kustu. O sabah Auguste-Viktoria’nın çocuk ünitesindeki yoğun bakım odasında Zargana’nın midesi ilk kez insanlardan bulandı.

Hemşire kısa bir çığlık atıp sakinleşti. Yaptığı, kiralık katillikten sonraki en zor işlerden biriydi. Temizliyordu. Hastaların altlarını, ağızlarının kenarını, kulaklarını, cinsel organlarını ve şimdi de kendi eteğini. Hemşireliğin sadece savaşta işe yarayan bir meslek olduğunu söylerdi annesi. Hak verdi yaşlı kadına diğer çocukların yataklarına doğru yürürken.

Zargana, ellerinde dosyalarla yanına gelen birçok insanın sorularını yanıtsız bıraktı. Hiçbirine tek bir kelime söylemedi. Oysa yapılan muayenede çocuğun duyma sorunu olmadığı anlaşılmıştı. Konuşmamasının nedeni Almanca bilmemesi ya da basit bir kapris olabilirdi. Üzerinden kimliğini belirten hiçbir belge çıkmadığı için, ilgili kişiler çocuğun ne olacağına karar vermek üzere hastane yönetiminin toplantı salonunda bir araya geldiler. Sosyal hizmet görevlisi kimsesiz çocuklar evine götürülmesi gerektiğini anlatırken, yasalardan maddeler okudu yüksek sesle. Berlin'deki kimsesiz çocuklar evinin şöhreti hayli kötü olduğundan hastane yönetimi başka bir çözüm bulmaya çalışıyordu. Amanda Von Ludwig adlı çocuk doktoru, üyesi olduğu bir kuruluştan söz etti. Çalışanlarının tamamı gönüllü olan ve bağışlarla ayakta duran Beuhal adlı bir kuruluştan. Normalde intihar girişiminde bulunan çocukların bir süre kalıp terapi gördükleri, aileleriyle ilişkilerini düzelttikleri bir yerdi. Ama bir istisna yapılabileceğini ve adsız, konuşmayan çocuğun da durumu kesinlik kazanana kadar bir süre Beuhal'de kalabileceğini anlattı Amanda. Sosyal hizmetlerden gelen adam çocuğun akıbetini aslında o kadar da umursamadığından, pek yasal olmasa da doktorun teklifini kabul etti. Gerekli kâğıtlar imzalandı. Bir iki tokalaşma oldu.

Öğle yemeğine doğru hastanenin kapısına bir minibüs yanaştı. Amanda, Alex ile Zargana'nın giydirilmelerini bekledi ve ellerinden tutup hastanenin dışına çıkardı. İkisini de yanaklarından öptükten sonra, "Şimdi çok seveceğiniz bir yere gideceksiniz. Akşam da ben geleceğim. Görüşmek üzere" dedi. Bir hemşirenin refakatinde Beuhal'e doğru yola çıktılar. Minibüste tek konuşan Alex'ti. Michael Jackson'ı ne kadar çok sevdiğini, onun gibi ayaklarını ileriye doğru kaydırarak geriye yürüyebildiğini, ayak parmaklarının ucunda birkaç saniye de olsa durabildiğini ve kendisini nasıl öldürdüğünü anlatıyordu. Zargana başını dayadığı camdan dışarıyı seyrediyordu. Saçlarının yağı camı kirletmişti. Bir kırmızı ışıkta durdular. Zargana yaşlı bir adam gördü. Yanında da bir köpek. Kaldırımda durmuş, McDonald's'tan alındığı belli olan elindeki kâğıt Coca-Cola bardağını önünden geçen insanlara doğru uzatarak dileniyordu. Birden, adının haykırıldığını duymuş gibi kafasını minibüse doğru çevirip Zargana'ya baktı. Göz göze geldiler. Yaşlı adamın gözleri griydi. Zargana grisinden gözleri vardı. Sonsuz gibi gelen bir zaman için birbirlerinden başka hiçbir şey görmediler. Sadece baktılar. Birinci vitesteki araba ilerledi, çocuk geriye doğru gitti. Zargana hayatı boyunca, babasının babasını bir daha hiç görmedi. Ağlamadı, ama gözlerinin çevresinde bir gerilme hissetti. Burnu biraz sızladı. Gözünün önüne, bardağın ağzına kadar kabaran, ama asla taşmayan bir bira köpüğü geldi. Büyükbabasını tanımıyordu. Gözlerinin yaşlarla kuşatılmasının nedeni daha farklıydı. İki gün önce, evlat edinildiğini öğrenmişti. Babasını annesiyle konuşurken duymuştu. Kendisini kimsenin çocuğu değilmiş gibi hissetmişti. Bu duygu, on ıkı yaşındaki Zargana'nın zihnine o güne kadar tattığı en büyük acıyı yaymıştı. Kimsenin çocuğu olmamak. Evinden kaçmasının nedeniydi.

Beuhal, kentin yirmi kilometre dışında, yemyeşil bir manzaranın ortasına, otobanın altı kilometre uzağına inşa edilmiş bir binaydı. Bir çocuğun kendisini iyi hissetmesi için gerekli her şey vardı çevrede. Masallardaki kuzuların, tavşanların aynılarını sağa sola atmışlardı sırf çocuklar sıkıntılarını unutabilsinler diye. Gerçek bir 0-12 yaş grubu cenneti. Güler yüzlü olmayan kimse yoktu. Surat asan çocukların yanında derhal bir görevli bitiyor ve onu eğlendirmeye, onunla konuşmaya çalışıyordu. Çocuklar dışında kimse Beuhal'de zorunlu olduğu için bulunmuyordu. Genellikle çocuklarını erken yaşta kaybetmiş ya da kısır insanlardan oluşuyordu görevliler. Tabii, böyle bir özellik şart değildi çalışmak için, ama nedense onlar çoğunluktaydı. Belki de cenin açlıklarını gideriyorlardı. Dört yıl önce bir çocuğa yapılan cinsel saldırı dışında hiçbir sorun yaşanmamıştı merkezde. Kısırlığını fırsat bilen erkek bir görevlinin on üç yaşındaki bir kıza düzenli olarak tecavüz ettiği, çocuğun bir gün çırılçıplak bahçeye çıkıp parmaklarından görevlinin spermleri damlaya damlaya koşmaya başlamasıyla ortaya çıkmıştı. Skandal, Beuhal'i kapattıracak kadar büyük değildi. Görevli tutuklandı, kız intihar etti, Beuhal de çalışmalarına devam etti.

Beuhal'de üç sınıf personel vardı. Uzmanlar, yani doktorlar, hastabakıcılar –ki aynı zamanda hemşirelik de yapıyorlardı– ve yöneticiler. Zargana'yı bir hastabakıcı karşıladı. Bir doktorun yanına götürdü. O da alıp bir yöneticinin odasına soktu.

Küçük metal masanın arkasına sıkışmış çok şişman bir adam yerinden kalkmadan selamladı içeri girenleri. Zargana ile doktor oturacak başka bir yer olmadığı için ayakta kaldılar. Doktor birkaç cümleyle çocuğun durumunu anlattı. Yönetici seyrek sakallarının üzerinden pembe yanaklarını kaşıyarak dinledi. Doktor sustu. Yönetici, çocuğa bakarak konuşmayı devraldı.

– Anladığım kadarıyla konuşmak istemiyorsun. Olsun. Beni duyabildiğini biliyorum. Burası, ailen gelip seni alana kadar evin olacak. Senden istediğim iki şey var sadece. Uyman gereken iki küçük kural. Birincisi: Sana söylenenlere her zaman uyacaksın. İkincisi: Buradan kaçmaya çalışmayacaksın. Ne kadar kolay kurallar, değil mi? Şimdi git ve odanı gör, çocuklarla tanış.

Şişman adam bütün konuşmasını ağzını sağa ve sola yayarak yapmıştı, yani sürekli bir tebessüm vardı yüzünde. Alışmıştı çocuklarla konuşmaya, ama çocuklar ona alışamamıştı. Çünkü her ne kadar sürekli gülse de korkutucu bir yanı vardı yüzünün. Sarkmış yanakları onu daha sevimli yapacak yerde, bambaşka bir etki salgılıyordu çevresine. Çocuk yemekten şişmiş bir adam gibi görünüyordu. Belki de kısık gözlerinin, çarpık dişlerinin ve damarlı yanaklarının bir oyunuydu bu, ama yine de sevimli bir şişkoya benzemekten çok uzaktı. Şişmanlığın zaten yeterince aşağılık bir görüntü olduğunu düşünen Zargana, karşısındaki adamın çirkinliğini de görünce, anlamıştı Beuhal yöneticilerine ne kadar güvenmesi gerektiğini. İnsanların içlerine yüz hatlarına göre karakterler yerleştiriyordu düşünmeye başladığından beri. Hollywood yönetmenleri gibi ruhların yüzlere yansıdığını düşünüyordu. Onun için, yüzüne asla belirleyici bir ifade takmamak için çabalıyor, ruhunun okunmasından, aklından geçenlerin anlaşılmasından korkuyordu. Eğer zihnindekiler de bilinirse geriye ne kalırdı? Bu nedenle ağlamamaya, kızarmamaya, dişlerini sıkmamaya, gülmemeye, kaşlarını kaldırmamaya, ellerini fazla hareket ettirmemeye, hatta terlemesini bile kontrol etmeye alıştırmıştı kendini. Karanlık bir çocuktu Zargana. İntihara eğilimli olan diğer çocuklardan daha koyuydu. Tuvalette kendisini tatmin ederek geçirdiği dakikalarda ölmekten çok öldürmeyi düşünüyordu.

Doktor, Zargana'yı elinden tutup şişman yöneticinin odasından çıkardı ve gecelerini geçireceği odaya giden koridora soktu. Yürüdüler. Yanlarından geçtikleri pencerelerden bahçede oynayan çocuklar görünüyordu. Sarı bir kapının önüne gelince durdular. Doktor kapıyı açıp Zargana'yı omuzlarından yavaşça iterek içeri soktu. Duvarları pastel boyalarla yapılmış çocuk resimleriyle kaplı odada altı yatak vardı. İki de büyük dolap. Geniş odaya hâkim renk açık maviydi. Psikiyatrların birçok deney sonucunda saptadıkları kadarıyla en sakinleştirici renge boyanmıştı duvarlar ve mobilyalar. Tabii ki, çarşaf ve yorganlar da açık maviydi. Doktor kapının hemen yanındaki dolaba doğru yürüyüp kapağını açtı. İçinde iki kazak ve iki pantolon vardı.

– Bunlar senin. Umarım çok büyük gelmezler. Çamaşırların ve ihtiyacın olacak diğer eşyalar da alt çekmecelerde.

Camların arkasında sık dokulu bir telörgü vardı. Etrafta insanın kendini kesmesine yarayacak en ufak bir nesne yoktu. Pamuktan bir oda gibi yumuşak bir yerdi Zargana'nın yeni evi. Duvarları battaniyeye benzeyen kalın kumaşlarla kaplanmıştı. Nedeni, üç yıl önce bir çocuğun duvara kafasını vurarak geçirdiği beyin travması sonucu ölmesiydi. Bütün duvarları yumuşak bir deriyle kaplamak çok pahalı olacağından kumaşla yetinmek zorunda kalmıştı düşünceli yöneticiler. Doktorun gösterdiği yatağın üzerine oturup çevresini incelemeye başlayan Zargana'yı hayata çağıran yine doktor oldu.

– Haydi, şimdi gel de diğer çocuklarla tanış. Bahçeye inelim.

Merdivenlerden inip bahçeye çıktılar. Doktor geniş bahçenin dört bir yanına dağılmış çocukları toplamak için, boynuna astığı düdüğü ağzına götürüp içine üfledi. Sadece köpeklerin duyduğu düdükleri hatırladı Zargana. Babasıyla tilki avına çıktığında gördüğü o düdükleri hatırladı. Çünkü doktorun çaldığı düdüğü duymayan tek çocuk kendisiydi. Hemen yanında çalmış olmasına rağmen duymamıştı düdüğü. Çocukların sese geldiğini sadece gözleriyle tahmin etmişti. Belki isteyerek konuşmuyordu, ama insan isteyerek duymayabilir miydi? Çevresine toplanan köpekleri seyretti. Çocuklar aynı anda bağırarak konuşuyor, Zargana'nın omuzlarına, kollarına dokunuyorlardı. Sanki onu bir uykudan uyandırmak istermiş gibi. Ama Zargana uyanmadı. Sarı saçlı zayıf bir çocuk:

– Geri zekâlı, dedi. Yeni gelen geri zekâlıymış.

– Hayır! dedi Zargana'nın hemen yanında duran kısa boylu, gözlüklü çocuk. O dilsiz. Bak, konuşamıyor.

Doktor, köpeklerin kuşattığı Zargana'yı yalnız bırakıp kızıl saçlı hemşirenin yanına doğru yürüdü. Uzaklaşırken de, "Çocuklar lütfen, arkadaşınızı rahatsız etmeyin, onu da oyunlarınıza alın" dedi. Ama önceki geceyi hemşireyle birlikte uykusuz geçirdiğinden, çocukların söylediklerini duyup duymadıklarını önemsemedi. Aklı başka bir yerdeydi, daha doğrusu başka bir saatte. Gecenin karanlığında kızıl saçlı kadının sutyeninin sırtından değil de iki göğsünün ortasındaki agraftan açıldığını görünce güldüğü dakikalardaydı.

Zargana, suskunluğundan sıkılıp oyunlarına dönen çocukların sırtlarını seyretmekle yetindi. Köpekler tilkiyi bırakmıştı. Çünkü nasıl olsa kaçacak bir yeri yoktu. Bahçenin ortasında hareketsiz durdu. Bekledi. Sahte ailesinin gelip kendisini alacağından emindi. En fazla bir günü vardı önünde. Gelip alacaklardı onu eve götürmek için. Bir gün içinde kaçmalıydı Beuhal'den. Köpeklerin birbirlerini ısırmasını seyretti biraz. Yürümeye başladı. Bir ağacın geniş gövdesine yaslanıp oturdu. Kabuğuna birkaç ad kazınmıştı ağacın. Dizlerini karnına doğru çekip başını dayadı. Gözkapaklarını indirdi. Çimenlerin ezilme sesini duydu. Sonra da bir "Merhaba". Yanına oturan siyah saçlı çocuk Alex'ti.

– Annem gelecek birazdan. Beni almaya gelecek. Sonra da gideceğiz. Doktora telefonda söylemiş. Bana hiç kızmamış. Senin annen de gelecek mi?

Zargana gözlerini açtı. Başını yavaşça çevirip Alex'e baktı. Ve konuştu.

– Öldür kendini.

Alex ağlamaya başladı.

Berlin, Brandenburg Eyaleti'nin merkezidir. 137 numaralı otobüs ise Berlin'in kuzeydoğusundaki Falkensee adındaki kasabaya gider. Bindikleri son otobüs değildi belki, ama son kez biniyorlardı 137'ye. Zo başlamıştı esrarlı sigaralarını sarmaya. Yirmi kilometrelik bir yol vardı önlerinde. Kentin ana caddelerinden yavaşça geçiyorlardı. Uyandırmadan kimseyi. Berlin nefes alıp veriyordu. Karnının üzerinde ağır tekerlekler dönüyordu. On iki durak geçtiler. On üçüncüye gelmeden Zargana ayağa kalktı. "İniyoruz" dedi. Takip ettiler ev sahiplerini. Şoför frene bastı. Otobüs bir ileri, bir geri gitti ve durdu. Sessiz bir sokağın kaldırımına değdi ayakları. Birbirine benzeyen iki katlı, bahçeli evler vardı yol boyunca. Zargana yürüdü. Onlar da peşinden. Zo sigarasını ağzına götürmüş olduğu halde vazgeçti yakmaktan. Siyah yün beresinin kat yerine sıkıştırıyordu esrarlı kâğıtlarını. Kimsenin aklına gelmeyecek bir yer. Almanya'daydılar, Hollanda'da ya da Jamaika'da değil. Marihuana, diğer bir deyişle Mary Jane yasaktı eyalette. Böyle insanlar da yasaktı bir yerlerde, ama yine de yaşıyorlardı.

Bir bahçe kapısına yöneldi küçük kafile. Duraktan sonraki sekizinci ev. Koma sayıyordu her şeyi. Gerektiğinde kaçabilmek için yollarını bilmediği kasabadan. Masaldaki çocuklar gibi, arkasında bırakabileceği ekmek kırıntıları yoktu. Sadece sayılar vardı. 137 numaralı otobüs, on üçüncü durak, sekizinci ev... Bahçede renkli cüce heykelleri ve ortasında fıskıyesiyle küçük bir havuz vardı. İki katlı evin pencerelerinden süzülen bir ışık yoktu, ama Koma bu kadar aptalca bir bahçe düzenini ancak orta yaşın üzerindekilerin yapabileceğini düşünüp Zargana'nın ailesiyle birlikte yaşadığını tahmin etti. Saksılarla kuşatılmış iki basamağı çıkıp vernikli siyah kapının önüne geldiler. Zargana çantasını kaldırıp Zo'nun ister istemez uzanan kollarına bıraktı. Fermuarı açtı. Kafasını elleriyle birlikte çantanın içine daldırdı. Koma ile Zo göz göze geldiler. Zo'nun ne düşündüğünü anlamak kolay değildi, ama Koma o an bir şey hatırlamıştı. On altı ay önce Münih'te sisin geceyi ve sakinlerini gizlediği bir saatte dolaşırken, yüksek duvarların arasına sıkışmış bir sokağın derininde önüne çıkan kapıyı düşünüyordu. Duvarın ortasındaki siyah kapının üzerinde bir tabela vardı. Kapının hemen üzerinde duran mor bir ampulün aydınlattığı, üzerinde "Exit" yazan bir tabela. Yani çıkış. Çevresine bakmıştı. Sadece sis ve sessizlik. Kapının üzerindeki aslan kafasının ısırdığı halkayı ahşaba vurmuştu. Üç kez...

Üç saniye sonra kapı aralandı. Sokağa kırmızı bir ışık sızdı. Bir de kadın başı. "Ne istiyorsun?" dedi kadın. "Çıkmak istiyorum" diye yanıtladı. Parolayı tutturmuştu. Ardına kadar açılan kapıdan geçip bir hole girdi. Duvarları aynalarla kaplı bir hol. Kadın önden yürüyerek Koma'ya yolu gösteriyordu. Güzel kalçaları vardı. Her attığı adımda dalgalarla boğuşan bir tekne gibi sağa sola savrulan kalçalar. Başka bir kapının önüne geldiler. Belki bir kamera, belki de metafizik. Tahmin etmişlerdi geldiklerini. İkinci kapı da içeriden açıldı. Birkaç saniye boyunca Koma anlayamadı içine adım attığı kulübün nasıl bir yer olduğunu. Sisters of Mercy'nin solisti Andrew Eldritch uzaktaki bir sahnenin üzerinde bağıra bağıra şarkı söylüyor ve dans edenler kendilerinden geçmiş, birilerinin gelip kanlarını emmesini bekliyormuş gibi kafalarını sallıyorlardı. Karıştı kalabalığın arasına. Belki de kalabalık Koma'ya karıştı. Ama Eldritch'in gırtlağından çıkıp kulağına kadar gelen müzik öyle güçlü ve korkunçtu ki, birazdan kalabalığın içinde eriyeceğini anladı. Hemen yanında duran siyah rujlu bir kız omzundan tutup Koma'yı kendisine çekmiş ve öpmeye başlamıştı. Ruj dudaklarına, yanağına bulaşıyordu. Ama birden bir acı hissetti. Altdudağının parçalandığını anladı. Kız her gün iki kez fırçaladığı dişleriyle Koma'yı ısırmıştı. Kızı belinden tutup iterken, girdiği yerin aslında hep duyduğu, ama hiç görmediği gotik kulüplerden biri olduğunu anladı. İnsanların gelmeden önce saatlerce makyaj yapıp XVII. yüzyıl kıyafetleri giydikleri bir yerdi burası. Vampirler, karanlık kontlar, dişi köpekbalıkları, hepsi buradaydı. Gözleri çıkışı arıyordu. Bulamıyordu. Bulamadıkça da korkuyordu. Sonsuza kadar bu karanlıkta kalmaktan korkuyordu. Dudağını parçalayan kız çoktan yok olmuştu. İnsanlar Koma'yı sürüklüyor, oradan oraya itiyorlardı. Gülüyor, sahneden fırlayan şarkıya eşlik ediyor ve sadece kendilerinin anlayabileceği biçimde dans ediyorlardı. Çok kalabalıklardı. Her yer siyah ve kırmızıydı. Göğüslerini boynundaki kolyenin ucundaki jiletle kesen bir kadın ile onun kanını emen bir adam aynı anda gözlerini kaldırıp Koma'ya baktılar. Siyah lensler takmışlardı. Beyazı olmayan simsiyah iki çift göz. Koma paniğin ve terin yardımıyla soluk bir ışığın aydınlattığı o tabelayı gördü. Üzerinde yazanın anlamsızlığına aldırmadan oraya doğru yürümeye başladı. Tabii ki, maskeli canavarlarla savaşarak. Tabelanın altında bir kapı vardı. Bütün gücüyle ve bütün korkusuyla kapının demir koluna yapıştı. Sol omzuyla yüklenir yüklenmez beklemediği bir kolaylıkla açıldı kapı. Kendisini Münih'te buldu. Başka bir sisli sokağın kaldırımında. İçerideki delilikten kurtulmak için tek umudu haline gelmiş olan tabelanın üstünde yazan kelimeyi düşündü: Giriş... Çıkış ve giriş tabelalarının ters asıldığı bir kulüptü bu. Tabii New York'taki, daha çok *gangsta-rap* şarkıcılarının gitmeyi tercih ettiği Exit adlı kulübün varlığından bile haberdar olmadığı için, Koma bütün çıkışların biraz önce girdiği yer gibi olduğunu düşünmüştü o gece... Birazdan içine adım atacağı evin girişinin de bir çıkış olmasından korkuyordu. Anahtar kilidin içinde iki kez sağa döndü ve kapı açıldı. Zargana çantasını Zo'dan alıp içeri girdi. Adımlarını takip ettiler. Dört adım sonra büyük bir salondaydılar. Işık onları karşılamakta gecikmedi.

– Rahatınıza bakın. Ben şimdi geliyorum.

Konuşan ev sahibiydi. Salonun içinden üst kata yükselen ahşap merdivenin basamaklarından seslenmişti. Sağ tarafta siyah derinin ve ahşabın birbirine karıştığı bir koltuk takımı, sol tarafta ise çevresinde on iki sandalyenin durduğu cam bir yemek masası. Üç kişilik deri kanepenin karşısında 120 ekran bir televizyon ve hemen yanında Bang & Olufsen marka bir müzik seti. Zo tanımadığı evlerde dolaşmaya alışıktı. Eşyalara şöyle bir göz attıktan sonra, gidip tek kişilik koltuğa oturdu. Hatta neredeyse yattı. Ensesi normalde belinin olması gereken yerdeydi. Koma ise attığı dört adımda kalmış ve hareket etmemişti.

– Nasıl? Fena değil, değil mi? Adam hayli zengin olmalı.

– Bilmiyorum Zo. Garip bir yer. Neyse, önceden anlaşalım. En ufak bir rahatsızlık duyarsam derhal giderim. Sen de ya benimle gelirsin ya da burada kalırsın. Tercih senin.

– Bence güzel bir ev ve adamda da hiçbir gariplik yok.

Zo yanındaki siyah deriyle kaplı zigonun üzerinde duran uzaktan kumandayla televizyonu açtı.

Televizyonun sesi çok açıktı. Demek ki, Zargana böyle seyrediyordu. Zo sesi kıstı ve kanalları değiştirmeye başladı. Yüz kanalın üzerinde koşa koşa ilerledi. Kanalların yarısının uydu aracılığıyla seyredilebilen paralı bir porno kanalına, diğer yarısının ise prodüktörlüğünü Fred Quimby'nin yaptığı döneme ait *Tom and Jerry* serilerini tekrar tekrar gösteren bir çizgi film kanalına ayarlandığını gördü. Kanallar sırayla yerleştirilmişti. Bir porno, bir çizgi film kanalı. Uzaktan kumandanın kanalları ilerleten düğmesine hızla basıldığında ortaya komik bir görüntü çıkıyordu. Biraz da hayal gücü eklendiğinde, sarışın bir kadın, kedi Tom'un kuyruğunu emiyormuş gibi görünüyordu. Zo kararını verip sarışın aktrisin filminde durdu. Filmin yönetmeni *Üç Adam ve Bir Bebek* filminden esinlenmese de, üç adam ve bir kadın koymuştu yuvarlak yatağa. Çıkardıkları ses binlerce yıl önce piramitlerin inşaat alanında duyulan sese benziyordu. Çok ağır bir işi yapanların inlemeleri. Koma yorulmadığı halde oturma ihtiyacı duydu. Kanepenin en soluna bıraktı kendisini. Rahat değildi. Ucunda oturuyordu kanepenin. Her an kaçmaya hazır gibi. Üst kattan bazı sesler duyuldu. Dolap kapakları açılıp kapanıyor, bir odadan diğerine geçiliyordu. Sonra, karışık sesler ayak seslerine dönüştü ve merdivenin ahşap basamakları gıcırdamaya başladı. Koma kafasını çevirip Zargana'ya baktı. Zo hâlâ televizyondaki sahneyle ilgileniyordu. Sevişeceği ilk kadına aynısını uygulayacağına dair kendine söz verdiği, oyuncuların gerçekleştirirken zevkten değil, hareketlerin zorluğundan ötürü terledikleri bir sahneyi seyretmekle meşguldü. Hatta PlayStation oynarken yaptığı gibi, bir refleks sonucu başını çok az da olsa sağa sola çeviriyordu. Aktörlerin başarısıydı tabii ki izleyicinin bu tepkisi. Her kasık darbesinin karşısında çenesini oynatan bir seyirci. Tebrik etmek gerekiyordu filme katkısı olan herkesi. Ancak, sahnenin ve hareketin merkezindeki sarışına biraz daha dikkat edildiğinde, gözlerinde bir depresyon belirtisi görülebilirdi. Bunun kaynağındaysa dört yıldır kullandığı halüsinojen meskalin ve amfetamin bazlı Ecstasy'nin yattığını sadece yakın çevresi bilebilirdi. Ruhsal durumu belirleyen serotoninin aşırı dozda salgılanmasına neden olan uyuşturucu, beyninde serotonin yetmezliğine yol açmış ve kadını koyu bir karanlığın içine sokmuştu. Zo'nun seyrettiği sahnenin çekimi bittiğinde, soyunma odasına gidip şahdamarını keserek intihar ettiği zaman, sette buna tek üzülen yönetmen oldu. Filmin devamında, yine sarışın ve seyirciyi hayal kırıklığına uğratmamak için aynı ölçülerde olan, ancak maske takmak zorunda kalan bir kadın oynadı. Ama bu kez yönetmen de kendisine göre önlemler almıştı. Genç kadın ilk çekime elinde bazı tahlillerle geldi... Serotoninli ya da serotoninsiz, gösteri devam etmeliydi.

Zargana, elindeki kıyafetleri yemek masasının üzerine bırakıp yine masanın üzerinden aldığı bir kumandayla televizyonu kapattı. Zo'nun elektriklerin kesilmediğini anlamasına kadar üç saniye geçti. Evinde iki televizyon kumandası olan bir adamın davetini bu kadar kolay kabul ettiği için midesine kramp girdi. Ensesi terledi. Beresini çıkarıp dizinin üstüne koydu.

– Beyler, sizlere küçük hediyelerim var. Ancak daha önce biraz konuşmamız gerekiyor.

Zargana gidip Koma'nın yanına oturdu.

– Size bir iş teklif ediyorum. Bu sadece bir iş. Her ne kadar birazdan duyduğunuzda size öyle gelmeyecek olsa da, sadece profesyonel bir ilişki.

Zargana yanlış kelimeyi kullanmıştı. İlişki kelimesinin Koma ve Zo'ya çağrıştırdıkları, Schöneberg'deki yaşlı erkeklerin on dört yaşındaki esrarkeş çocuklara sundukları tekliflere kadar uzanıyordu. Ama dinlemekten ve sakin olmaktan başka çareleri de yoktu. Berlin'e dönemeyecek kadar uzaklaşmışlardı kentten. Zo gözleriyle bir kül tablası aradı. Koma her gece jiletlediği sağ ayak bileğindeki kabuk tutmuş çizikleri pantolonunun üzerinden kaşımakla yetindi.

– Öncelikle, ne iş yaptığınızı ya da okula gidip gitmediğinizi öğrenmeliyim.

Zargana Koma'yı üç aydır, Zo'yu on sekiz gündür takip ediyordu. Günlerini nasıl geçirdiklerini, hangi şarabı tercih ettiklerini ve bir ay içinde ellerine geçen paranın miktarını onlardan daha iyi biliyordu. Çünkü insan kendi hayatının içinde kaybolmuşken nadiren dikkat eder sabah kahvaltısında kaç dilim ekmek yediğine. Zargana sadece korkutmamaya çalışıyordu, kendisinden sekiz yaş küçük genç adamları tanımıyormuş, misafirlerinin hayatlarını bilmiyormuş gibi davranıyordu. İlk konuşan Zo oldu.

– Garsondum, ta ki yanında oturan geri zekâlı gelip beni kovdurana kadar. Artık bir işim yok.

Koma nasıl bir yanıt vermesi gerektiğine karar verip yutkundu.

– Ben çalışmıyorum. Arada bir gittiğim ve atılmak üzere olduğum bir okul var.

Zargana sanki büyük bir kabalık yapmış gibi atıldı.

– Özür dilerim. Daha ne içtiğinizi sormadım. Ne istersiniz? Konyak, viski, votka, cin, bira?

Koma'nın aklı o güne kadar öğrendiği her şeyin kuşatmasında olduğu için, hâkim olamadığı bir ses tonuyla sordu.

– Hani içki içmiyordun? Neden evinde bu kadar çeşit var?

Zargana bu çocukça soruyu yanıtladı.

– Her ne kadar dazlak bir faşiste benzesem de onlardan biri değilim. Yani sırf ben içmiyorum diye misafirlerimin de içmesini engelleyemem ya?

Zo esrarlı sigarasını yakmak için buna benzer bir cümle beklediğinden Zargana sözünü bitirir bitirmez alevledi beresinin içinden çıkardığı Mary Jane'i. Önce koyu bir duman, sonra da ağır bir çikolata kokusu yayıldı salona. Artık daha dik oturuyordu Zo. Islahevinde şizofren bir Çinlinin tecavüzüne uğradığını hatırlamıştı birden. Midesinde bir bulantı başladı. Tekrar içeri girip o Çinliyi öldürmek istediğini düşündü. Adamın alnında sigara söndürdüğünü hayal etti. Ve bunu o kadar derinden hayal etti ki, gerçekten yapmış gibi iyi hissetti kendisini. Bulantısı bir ip yumağından tek bir düğüme dönüştü.

Sonra o düğüm de, küçükken babasıyla gittiği İtalyan sirkindeki adamın yaptığı gibi sihirli bir biçimde çözüldü. Düz bir ipti artık zihni. Zargana'ya yanıt verdi.

– Bir bira çok iyi olur. Bir de kül tablası.

Koma kendini boş yere sıktığını düşünüyor ve sakinleşmeye çalışıyordu. Normal bir insanın normal evine misafirliğe gelmişlerdi, birazdan, belki de çok para kazanacağı bir iş teklifi alacaktı ve ortada kaygılanmasını gerektiren bir durum yoktu. Konyak içmek istiyordu. Örneğin bir Courvoisier.

– Eğer Courvoisier varsa kesinlikle reddetmem.

Zargana yerinden kalkıp mutfağa doğru yürürken, arkasından ekledi.

– Müzik setin çok güzelmiş. Açabilir miyim?

– Bir dakika, dedi Zargana. Ben hallederim. Karışık bir sistemi var.

Koma yanıt vermedi. Ev sahibinin, eşyalarına başkalarının dokunmasını istememesini anlayışla karşıladı. Hatta normalliğin diğer bir ölçüsüyle karşılaştığı için daha da sakinleşti. Gülümsedi. Tabii, o an bir polis baskını olsa ve evdeki parmak izleri toplansa Zargana'nınkiler ile kendisininkiler dışında hiçbir iz bulunamayacağını bilemezdi. Zargana her ayın ilk pazartesi günü, elinde yeşil bulaşık eldivenleriyle evdeki her nesneyi görünmez parmak izlerinden arındırıyordu. Çok uğraşması gerekiyordu, ama zamanı vardı. Biblolları, fırının düğmelerini, kapı kollarını teker teker temizliyordu. Temizliği yaparken hep aynı şeyi düşünerek eğlendirirdi kendini. Elindeki bulaşık eldivenlerini. Dünya üzerindeki bulaşık eldiveni takan kendi halinde bütün ev kadınlarının potansiyel birer katil olabileceğini düşünerek gülerdi kendi kendine. Bulaşık eldiveni takmış bir kadını kızdırmanın ölümcül olacağına inanırdı. Üzerinde "Ailemi seviyorum!" yazan önlükleriyle, yeni yıkanmış gömleklerine çilek reçeli döktükleri için sekiz yaşındaki ikizlerini boğan, üstelik geride parmak izi bırakmayan kadınları düşünürdü saatler süren temizlikleri boyunca.

Zargana geri döndüğünde, elleri misafirlerinin istedikleriyle doluydu. Hepsini üzeri camla kaplı, metal ayaklı alçak masaya bırakıp müzik setinin yanına gitti. Tek bir düğmeye bastı. Koma karışık sistemi seyretti ve sinirlendi. Müzik başladı. Bang & Olufsen'in hoparlörlerinden yükselen şarkı, 24 Ekim 1977'de, o zamanlar Chloë'nin tasarımcısı olan Karl Lagerfeld'in Paris'teki La Main Bleue'de düzenlediği, ilerleyen saatlerde bir *fist fucking* gösterisiyle skandala dönüşen, dünyanın para harcamaktan bunalmış zenginlerinin siyah giyinerek geldiği Moratoire Noir adlı gecenin açılış parçasıydı. Jim Morrison söylüyordu "The End"i. Tabii, 1977'de La Main Bleue'nün Paris'in en kötü semtlerinden birinde olduğu göz önüne alınırsa, davetlilerin Rolls Royce'larının Thierry Mugler tarafından tasarlanmış kırmızı ve dore ceketli yirmi iki görevli tarafından korunmak zorunda olması anlaşılabilirdi, ama bu gece Koma ve Zo'yu korumak için kimse yoktu civarda. Zargana'nın karşısında yalnızlardı. Ödülleri ve cezaları o dağıtıyordu. Şimdilik bir Courvoisier ile Heineken'i önlerine koymakla yetindi. Bir de mavi opal kül tablasını. Koma'nın yanına gidip oturdu. İkisinin de yüzüne kısa bir süre baktıktan sonra konuşmaya başladı.

– Ben tanıdığınız kimseye benzemiyorum. Kimseninkine benzer bir hayat yaşamıyorum. Bir işim yok. Bir ailem yok. Bir köpeğim yok. Sadece bir ismim ve bu gördüğünüz ev var. Bir arkadaşım ya da bir sevgilim de yok. Bunlara hayatımın hiçbir döneminde sahip olmadım.

Sustu. Zo'nun sigarasının kokusu evin birinci katını yavaş yavaş ele geçirmeye başlamıştı. Koma kadehinden sadece bir yudum almış ve kendine, gece boyunca elindeki konyaktan bir kadeh daha içmeyeceğine söz vermişti. Çünkü bütün ruhu ve aklıyla salonda olmak istiyordu. En ufak bir ayrıntıyı bile kaçırmamalıydı. Gözucuyla Zo'ya baktı. O da toparlanmış, geniş deri koltukta öne doğru eğilmişti Zargana'nın söylediklerini daha iyi dinleyebilmek için. Jim Morrison, "This is the end" dediği an uzun boylu adam tekrar başladı konuşmaya.

– Sizlerle bir oyun oynamak istiyorum. Aslında çok basit bir oyun. Kaybedeni ya da kazananı yok. Sadece siz istediğiniz zaman başlayacak ve yine siz istediğinizde sona erecek... Hepimiz küçük birer çocukken başka birinin karakterine bürünmeyi istemişizdir. Başka biri gibi giyinip başka biri gibi konuşmayı hayal etmişizdir. Gündelik hayatlarımızda yaşayamadığımız her şeyi o karakterin görünmez hayatında yaşamışızdır.

Zargana yalan söylüyordu. Böyle bir çocukluk geçirmemişti. Kimseye özenmemiş, kimseye de benzemeye çalışmamıştı. Ama misafirlerinin ilginç kişiliklerine rağmen o hayalperest çoğunluğun içinde olduklarını düşünüyordu. Haklıydı.

– Kimimiz güç ve şöhreti, kimimiz de güzelliği yaşamışızdır banyolarımızın aynalarına bakarak. Asansörlerde yalnız başımıza, gözlerimizin önünden geçen katları seyrederken çok tehlikeli gangsterler ya da dördüncü kez olimpiyat madalyasını almak için kürsüye çıkmayı bekleyen sporcular gibi, ellerimiz arkamızda durmuşuzdur. Hepimizin kendimizden ve hayatımızdan sıkıldığımız anlar olmuştur.

Yavaş konuşuyordu. Bir masal kitabı okur gibi. Küçük çocuklara güneş sistemini anlatırmış gibi. Yorgundu Zargana. Anlaşılmadığı için bir cümleyi tekrarlamak istemiyordu.

– Beyler, şimdi ben sizin içinizdeki o küçük çocuklara bir teklif sunuyorum. Hiçbir işte kazanamayacağınız bir para karşılığında başka birisine dönüşme hayalinizi gerçekleştirmek istiyorum.

Koma ve Zo birbirlerine bakarak gülmeye başladılar. Zargana'nın deli olduğunu düşünüyorlardı. Ya deli ya da tiyatro yönetmeni. Ağızlarındaki tebessümü bozmadan dinlemeye devam ettiler.

– Ancak, bu işin geçmişteki tecrübelerinizden tek farkı,

sadece benim hayalimdeki karakterlerin hayat bulması olacak. Yani her şeyi ben belirleyeceğim. Siz de oynayacaksınız.

Zo dayanamayıp sordu.

– Film mi çekiyorsun?

– Öyle de denebilir. Ama kamera olmayacak. Belki de kameralar sadece gözlerimiz olacak demeliyim. Bir sahne olmayacak. Dekor yok. Sadece benim çizdiğim karakterler ve hayat var. Her hafta size bir senaryo vereceğim. Tabii ki, bunun yanında doğaçlama gücünüze de güveniyorum. Gerçeğin süslenmiş taklidi olacak. Belki de gerçeğin ta kendisi. Ne fark eder?

Zo'nun ilgisi oltanın ucundaki balık gibi çırpınıyordu. Daha önce hiç duymadığı bir oyunun içine girebilme olasılığı bile heyecanlanmasına yetmişti. Heyecanlandığında hep yaptığı gibi ayak uçlarına basıp dizlerini zıplatmaya başladı. Koma'nın dikkati bir aşağı bir yukarı giden dizlere kaydı. Gözlerini tekrar, yanında oturan Zargana'ya çevirip sordu.

– Ne kadar kazanacağız?

– Senaryo başına üç bin mark. Yani ayda on iki bin mark. Tabii, bütün masraflar ve kostümler de benden.

Zargana sustu. İki saniye geçti. Zo kendisinden ne istendiğini tam olarak anlamamıştı. Daha açık bir anlatıma ihtiyacı vardı. "Kabul ediyorum" dedi. Babasının istediği gibi üniversiteye girse ve mezun olduğunda bir iş bulsa bile ayda on iki bin mark kazanamayacağını biliyordu. Matematiği kuvvetli değildi, ama çıkarlarını hesaplamasını iyi bilirdi.

Zargana, biraz acele verilmiş bu yanıt karşısında sessiz kaldı. Koma'ya bakmaya devam etti. Esas avlaması gereken yanında oturuyordu çünkü. Av konuştu.

– Peki sen ne yapacaksın biz oynarken?

– Seyredeceğim. Yanınızda olmasam bile duyacağım. Kentin bir yerlerinde her harfini benim yazdığım konuşmaların yapıldığını bildikçe kendimi iyi hissedeceğim. Şunu hiçbir zaman unutmayın: bu sadece bir oyun. Bir roller oyunu. Korkulacak hiçbir şey yok. İstediğiniz zaman vazgeçip bırakabilirsiniz. Sadece zamanınızı ve hayal gücünüzü istiyorum sizden.

"İçinizdeki küçük canavarları uyandırmak istiyorum" diyecekti, ama misafirlerini ikna etmeye bu kadar yakınken kaygılandıracağını düşünerek cümlesinin sonunu değiştirmişti. Koma yıllar sürecek bir sözleşme imzalayacakmış gibi, aklına en zekice soruları getirmeye çalışıyordu. Pişman olmak istemiyordu. Çünkü şimdiye kadar hiç pişman olmamıştı. Pişman olmanın ağızda nasıl bir tat bıraktığını bilmiyordu, ama acı olduğundan emindi. Oysa Zargana her sabah uyandığına pişman oluyor ve ölümsüzlüğün sırrının bir an önce bulunmasını, böylece kendini binlerce kez öldürebilmenin zevkini yaşamayı istiyordu. Garip istekleri vardı. Ama zaten kendisi de kabul ediyordu garip biri olduğunu. Jim Morrison altıncı kez aynı şarkıyı söylüyordu. Müzik setinin karışık bir sistemi olduğuna ikna olan Koma sordu.

– Hangi saatler arasında olacak çalışmalar?

Özellikle işi kabul edip etmediği anlaşılamayacak biçimde yöneltiyordu sorularını. Tam olarak gözünün önüne getiremediği oyunun açık taraflarını bulmaya çalışıyordu sadece.

– İstersen artık buna çalışma demeyelim. Oyun demek daha doğru olur. Belli saatleri olmayacak. Yani size her an ihtiyacı olabilir oyunun. Senaryolar yirmi dört saatlik yazılacak çünkü. Oyunun sizi yorabilecek ve ailelerinizle, arkadaşlarınızla, sevgililerinizle ilişkilerinizi etkileyecek olan tek kısmı da bu. Bazen günlerce oyunun dışında kalacaksınız, bazen de yirmi dört saat boyunca rolünüzü oynayacaksınız.

Koma bir açık yakaladığına, işi reddetmesi için bir neden bulduğuna inanıp gizleyemediği bir heyecanla sordu. Rakibini nasıl mat edeceğini anlayan aceleci ve acemi bir satranç oyuncusunun elleri gibi, Koma'nın sesi de titreyerek çıkıyordu.

– Peki oyunda olmadığımız süreler içinde de para alacak mıyız?

Soru Zo'yu içine girdiği hayal dünyasından çıkarmıştı. Şimdi yine ıslahevindeki Çinliyi düşünüyordu. Ensesindeki soya kokan nefesi hatırlamıştı. Uyumadan önce Çinliye yapmak istediği işkenceleri düşünerek rahatlatırdı kendisini, ama şimdi zamanı değildi kopan etlerin rüyasını görmenin.

– Evet, dedi Zargana, kayıtsız bir sesle.

Teklifinin sadece para kısmıyla ilgilenilmesini utanç verici buluyordu. Aşağılık bir tepkiydi yanındaki adamın verdiği. Ama Zargana zaten kendi hayatının da aşağılık olduğunu düşündüğünden böyle bir işe giriştiğini hatırlayıp önemsememesi gerektiğine karar verdi.

Zo, her dört dakikada bir gözünün önüne gelen Çinliyi öldürdüğü takdirde cesedi ne yapacağını düşündü. Stef adındaki kız arkadaşının evinin bodrumu uygun olabilirdi. Ama birden, polislerin bodruma girdiğini, cesedi topraktan çıkardıklarını, kendisini de kelepçeleyip götürdüklerini gördü zihnindeki sinema perdesinde. Mahkemede savunurken gördü kendisini. Zihni karardı. Tek bir kelime belirdi beyin hizasında: yasallık.

– Bak, benim polislerle başım yeterince dertte. Eğer bu işin ya da oyunun, her neyse işte, yasal olmayan bir yanı varsa ben yokum, dedi.

Ortaya kendisininkilerden daha gerçekçi ve yararlı bir soru atıldığı için, Koma kendine kızdı. Hep çevresindeki herkesten daha zeki olduğunu düşündüğünden, eve döner dönmez ayak bileğini her zamankinden fazla keseceğine söz verdi içinden.

– Merak etme, dedi Zargana. Oyunda yasal olmayan tek şey senin elindeki sigara olacak.

Koma yanıtın zekiliği karşısında ikna olmuştu. Zargana'ya böyle bir oyunu neden oynatmak istediğini asla sormayacaktı. Çünkü sorsa da tatmin edici bir yanıt alamayacağını anlamıştı. Hem yanındaki adam çok karmaşık bir düşünce sistemine sahipti, hem de bir işe girmeden önce nedenini sormak, içindeki Marlon Brando'ya ihanet etmek olurdu. Aklının bir yanı işi tamamen reddederken diğer yanı oyunun içine girmek için yalvarıyordu. Onun için, salondaki koltuğa oturduğundan ve teklifi duyduğundan beri tedirgindi. Yanlış giden bir şeyler olduğunu hissediyor, zekâsının her türlü sorunu çözeceğine inandığından aleyhine olacak her şeyi tespit edebileceğini düşünüyordu. Aklının retçi yanı, yani ailesinin arada bir de olsa söz geçirebildiği yanı, günahlara ve her türlü yeniliğe uçarak giden yanına yenilmişti. Aslında Koma'nın kafasının içindeki o kadar da olağanüstü bir mücadele değildi. Dünya üzerinde insan aklının hüküm sürmeye başladığı günden beri kötünün iyiyi öldürmesi kadar sıradandı. Ölümün, hayatın katili olması kadar...

Koma kararını açıklamadan önce konyağın son damlasını da boğazına akıttı. Kadehini masaya koydu. Zargana'nın gri gözlerine bakarak konuştu. İlk kez bir iş görüşmesi yapıyor ve ilk kez bir iş teklifini kabul ediyordu. Önemli bir andı. İlk haftalığıyla ensesine bir dövme yaptıracağını düşündü. "KOMA" yazdıracaktı ensesinin tam ortasına. Dövmesini tam olarak, şeytanın satın aldığı ruhları bedenlerden çekip çıkardığı noktaya yaptıracağı düşünülürse, "SATILDI" yazdırması daha uygun olurdu.

– Oyunu kabul ediyorum.

Gri gözlü adamın ağzı dikişi patlamış bir yara gibi açıldı yüzünde. Zargana güldü. Uzun zamandır ilk kez. Yakışıklı değildi. Çirkin değildi. Gülünce biraz da olsa insana benzemişti. Ama bu uzun sürmedi. Dikti yarasını. Artık bir sigara içebilirdi. Koma'dan istedi.

– Bir sigaran var mı?

Beuhal'in bodrumundaki floresanların aydınlattığı geniş çamaşırhanede bir kadın çığlığı dolaştı duvardan duvara. Amanda Von Ludwig, önünde durduğu bidonun içinde, kirli çamaşırların arasından gördüğü iki beyaz bacağın ne anlama geldiğini bilecek kadar doktordu. İdrar ve ter kokan çarşafları çekip fırlattığında Alex'in solgun yüzüyle karşılaştı. Zayıf kollarından yakalayıp küçük bedenini sarstı. Çocuğun gözleri kapalıydı ve bir daha hiç açılmadı...

Tam o sırada annesi, Beuhal'in bahçesinde önünden geçen bir çocuğun saçlarını bilinçsizce okşadı. Çocuk birkaç saniyeliğine başında gezen ellerin sahibine dönüp bakmadı. Gitti ve binanın duvarına yaslandı. Yanındaki kapı açıldı. Bir hastabakıcı koşarak dışarı çıktı. Sonra, birden durup çevresine baktı. Gözleriyle bahçeyi taradı. Aradığını bulmuş olacak ki, daha sakin adımlarla Alex'in annesine doğru yürümeye başladı. Zargana'nın yaslandığı yerden görebildiği kadarıyla, hastabakıcı, kadının kulağına bir şeyler fısıldadı. Kadın dondu. Gözlerini kapattı. İki gözünden de yaşlar fışkırdı. Kollarını havaya kaldırıp dizlerinin üzerine çökecekti ki, hastabakıcı kollarını yakalayıp kendi omuzlarına sardı. Kadının kendini yere bırakmasını engelledi. Alex'in en az Alex'inki kadar ölmüş bir ruha sahip olan annesi ve koluna girdiği hastabakıcı yavaşça Zargana'nın yanındaki kapıya doğru yürümeye başladılar. Kadın, sessiz hıçkırıklarının arasına çığlıklar yerleştiriyordu. Hastabakıcının neler söylediğini ise kimse duyamıyordu. Zaten o da duyulmasını istemiyordu, böyle bir durumda söylenecek sözü bulan yaşamadığı için yeryüzünde, konuşuyormuş, çocuğu ölmüş bir anneyi teselli ediyormuş gibi yapıyordu.

Zargana her şeyi seyretti. Üzüntüyü gördü. Hatta kadın yanından geçerken üzüntüye dokundu. Hayran kaldı. Saydam gözyaşlarına, kırışan yüze, abartılı hareketlere, gerçeği kabullenmemek için yapılan bedensel mücadeleye hayran kaldı. Derinden üzülen bir insan, gördüğü en büyük gösteriydi. Sevinen birini seyretmekten daha zevkliydi bu, çünkü gerçekle arasında bir sorun olmadığı için insanın kendini o denli zorlaması gerekmiyordu. Mutsuzlar, büyük şoklar yaşayanlar, kanser olduğunu öğrenenler, çocukları ölenler çok daha iyi bir performans gösteriyorlardı gerçeğe alışabilmek için. Profesyonel aktörler gibi çevrelerindekileri de inandırmak için uğraşıyorlardı. Tabii, son olarak da, mutsuzluk mutluluktan daha çok ses çıkarıyordu. On iki yaşındaki bir çocuk için önemliydi işin kulakları ilgilendiren bölümü. Çocukların çoğu renge ve sese doğru yürürdü. Zargana da öyle yaptı. Hayatı boyunca üzüntüye doğru yürüdü. Büyüyen her gözbebeğinde, titreyen her çenede, buruşan her alında daha da hızlandı. Ne istediğini biliyordu artık. Dünyanın kabuğu olacak kadar üzüntü. Siyah ve grinin hüküm sürdüğü o eşsiz üzüntü. Gözlerinin rengine yakışacak bir dünya...

Kamboçya'da yıllardır süren gerilla savaşının piyadeleri olan çocuklarla ortak bir noktası vardı Zargana'nın. Sadece böceklerin huzurlu yaşadığı o yeşil coğrafyada birbirlerini sırtlarından vuran küçük askerler, çocukluklarını yaşayamadıkları ve UNİCEF'in, teslim edilen her otomatik tüfek karşılığında içi dolu bir kalem kutusu verme kampanyası da işe yaramadığı için hiçbir zaman sorumluluk sahibi birer yetişkin haline gelemeyeceklerdi. Çünkü gelişimlerinde bir dönem eksikti. Seyrek bıyıklı, kirli gözlü komutanları zincirin bir halkasını bozdurup harcamıştı. Çocuklukları elden ele dolaştı. Göreni büyüledi. Zincirin en değerli parçasıydı. Zargana da farkında olmadan o dönemi, yani çocukluğunu hayatından atıyordu. Belki elinde bir silahla düşman cephenin sivillerini öldürmeye yemin etmemişti, ama kendi evinden kaçmayı denemişti. İnsanın kaderine öldürene kadar tecavüz etmeyi istediği gün, o kaçış fikrinin bir kara delik gibi zihnine gelip yerleştiği gündür. Yoksul olduğu için bilgiye ulaşamayanlardan, hayatı ve insanlığı sorgulayamayanlardan, en yüksek eğitim olanaklarının sunulduğu, delirmek için yeterli bütün malzemeye sahip çocuklara kadar bütün hayat tarzlarında, kaçış, rahatsız ama çekici bir yere sahiptir. Üzerinde fazla oturulamayan sert bir koltuk gibi. Anarşist yazarların okunması gerekmez yaşanan yerden kaçma fikrinin ortaya çıkması için. Paranın olup olmaması, bir kentte ya da bir kasabada yaşanması hiçbir şeyi değiştirmez. Bir insan ya gitmek ister ya da kalmak. Gidenler üzüntüyü çarşaf yapıp üzerine yatar ve o çarşafın üzerinde bin bir zevk içinde hayatla sevişir. Kalanlarsa vasat hayatlarını, bir ürünün taban ve tavan fiyatlarına benzeyen taban ve tavan duygular içinde yaşayarak yerleşik düzenin sokak lambaları haline gelir... Zargana gidenler arasındaydı. Ama birkaç saat daha Beuhal'de kaldığı takdirde ailesinin gelip kendisini teslim alacağının da farkındaydı.

Beuhal, yıllar önce yaşadığı tecavüz skandalından beri böylesi bir koşuşturmaya sahne olmamıştı. Doktorlar, yöneticiler toplantılar yapıyor, sorumlunun kim olduğunu tespit etmeye çalışıyorlardı. Binanın bütün odaları küçük birer mahkemeye dönüşmüştü. Sesler, bağırışlar, fısıltılar kapıların anahtar deliklerinden sızıp koridorlara yayılıyordu. Alex'in nasıl olup da ikinci kattaki ecza odasına kimse farkına varmadan girebildiği ve yine nasıl olup da kapakları kilitli ahşap dolaptan dört kahverengi şişeyi alıp bodrum katına indiği tartışılıyordu. Hastabakıcılar odanın kapısının ve ahşap dolabın kilitli olduğuna dair yeminler ediyorlardı. Hatta bir tanesi ağlıyordu. O kadar yüksek sesle ağlıyordu ki, yanındakiler ister istemez yüzlerini buruşturup kulaklarını o taraftan uzakta tutmaya çalışıyorlardı. Nicolas iki aydır Beuhal'de çalışıyordu. Bir kokainmandı. Beuhal'in ecza dolabının işine yarayacağını tahmin etmesi zor olmamıştı. Aslında odadaki diğer insanların onun bir bağımlı olduğunu anlamaları için kızarmış burun deliklerine biraz dikkatlice bakmaları yeterdi. Tabii, normalden daha iri duran gözbebeklerine de... Gönüllüleri çalıştıran kurumların en büyük sorunu vasıflı eleman bulmaktır. Başvuru sayıları her zaman için çok az olduğundan, gelen her teklifi fazla düşünmeden kabul ederler. İçinde her türlü uyuşturucunun bulunduğu ahşap bir dolap barındıran bir kurumun binası ise Nicolas türünden bağımlılar için dev bir pastadan daha caziptir. Sabahki dozunu almak için odaya girdiğinde ahşap dolabı ve kapıyı kilitlemeyi unutmuştu Nicolas. Onun için yüksek sesle ağlıyordu. Tabii, kokainin beyninde yarattığı uyarıcı etkinin de büyük rolü vardı oynadığı masum hastabakıcı piyesinde.

Alex kendini öldürmekte fazla zorlanmamıştı. Zargana'nın yanından ayrıldıktan sonra binanın arkasındaki kümeslerin yanına gidip tavuklara bakarak bir süre ağlamış, sonra da arka kapıdan binaya girmişti. Merdivenleri çıkıp koridorlarda gezmeye başlamıştı. Aslında ne aradığını tam olarak bilmiyordu. Geçen yıl annesinin götürdüğü psikoloğun deyişiyle "intihar duygusu" vardı çocukta. Gözyaşlarını silmişti ve artık ağlamıyordu, çünkü yanından geçen yetişkinlerin dikkatini çekmek istemiyordu. İntihar etmeyi düşünen ve birazdan gerçekleştireceğini bilen her insanda olması gereken heyecanın kırıntısı yoktu içinde. Çünkü o bir intihar bağımlısıydı ve bu iş onun için önemli değildi. Kendini öldürmesi için, dünya üzerinde ve kısacık hayatında yüzlerce neden vardı. O da her gün bunlardan birini alıp boynuna bağlayabilir ve kendini ilk gördüğü su birikintisine bırakabilirdi. Girdiği ikinci koridorun sonundaki kapıda "Eczane" yazıyordu. Her çarşamba öğleden sonra okul tatil olur olmaz, koşarak eve dönüp seyrettiği *Zodyak Şövalyeleri* çizgi filmindeki Phoenix adlı kahramanın bir ilaç zehirlenmesi geçirdiğini ve ambulanstaki doktorun hemen bir şeyler yapılmadığı takdirde ölebileceğini söylediği sahneyi düşündü. İlaçların tadının kötü olması boşuna değil, dedi kendi kendine. Tatları kötüydü, çünkü ölümcüllerdi. Sanki kendi odasına giriyormuş gibi rahatça itti kapıyı. O sırada Nicolas birinci kattaki görevliler tuvaletinin bir kabininde sol burun deliğinden içeri beyaz tozlar yolluyordu. Alex cam kapaklı ahşap dolabın önünde durdu. Başını pencereye doğru çevirdi. Tel örgüleri gördü. Mecburdu ölümünü ahşap dolabın içinden çıkarmaya. Hiçbir yerden atlayamazdı Beuhal'de. Bir buzdolabınınki kadar kolay açıldı dolabın kapağı. Kahverengi ve saydam şişelerin üzerindeki etiketlerde anlam veremediği kelimeler yazıyordu. Rastgele dört şişeye takıldı gözleri. Kahverengi olanları aldı. Saydam olanların içlerindeki saydam sıvılar o kadar da tehlikeli görünmüyordu çünkü. Öldürecek olanın bir rengi olması gerektiğine inanacak yaştaydı Alex. Gerçek tehlikenin görünmediğinden, gerçek acının renksiz ve kokusuz olduğundan haberi yoktu. Şişeleri şortunun ceplerine sokup odadan çıktı.

İki koridoru geçti, merdivenlerden indi. Bahçe katına geldiğinde merdivenlerin aşağı doğru devam ettiğini fark etti. İntihar etmek için yalnız kalması gerektiğini ilk denemesinde anlamıştı. Yedi yaşındayken ağzına bir tatlı bıçağı sokarak ölmek istemişti. Ama zamanında yetişen annesi bıçağı elinden kapıp damağına önemli bir zarar vermesini engellemişti. Sadece dudakları yırtılmıştı. Küçük bir iz kalmıştı alt dudağının sağında. Bodrum katında sıralanmış bidonları görünce içlerinden birine girmenin en uygun hareket olacağını düşündü. Tırmanması zor olmadı. Uzun bacakları vardı Alex'in. Çamaşırlar çok pis kokuyordu. Ama Alex'in kendi pisliğiyle oynadığı günler de çok uzak değildi. Bir süre sonra kokular kayboldu. Kulaklarının içinde yaşadığını hayal ettiği küçük adamlar ayaklarını vurarak o ezbere bildiği tempoyu çıkarmaya başlamışlardı. Terlemiyordu Alex. Korkmuyordu. Kendini ilk kez öldürmüyordu. Sadece kulakları zonkluyordu. Törenin ritmiydi o zonklamalar. Birazdan duracak olan kalbinin hayata son kez sesini duyurmasıydı. Son çığlık en gür olanıydı. Şişelerin kapaklarını teker teker açmaya başladı. Dizlerini karnına doğru çekip oturduğu için çarşafların arasında kaybolmuştu. Şişeleri, içindekileri dökmemeye çalışarak kumaşların arasına saplamaya çalışıyordu. Birkaç dakikalığına dengede kalabilmeleri için ağızları yukarı gelecek biçimde çarşaflara gömüyordu onları. Dört şişeyi de açtı. Yüzünü buruşturdu. Gözlerini kıstı. Kendisini en acı tada hazırladı. Küçük kalbini ve aklını olabilecek en büyük acıya hazırladı. Soldaki şişelerden başladı. İçlerindekini bitirene kadar ayırmadı ağzından. Sıra sağdakilerdeydi. Yüzünün buruşukluğunu bozmadan içti onları da.

Metilalkol, dinitrokrezol, barbiturat, antihistamin ve Alex. Hepsi de o kirli çamaşır bidonunun içinde ölü bulundu.

Üçüncü kattaki geniş salonda uzun masaların çevresine oturmuş çocuklar, önlerine konan yemeğe dokunmadan önce bir su bardağına üç kez çarpan çatalın sesini duydular. Başlarını sesin geldiği yöne çevirdiklerinde, uzaktaki bir masada ayakta duran Amanda Von Ludwig'i gördüler. Kadın yapacağı konuşmayı kafasında hazırlamış ve açıklamaması gereken ayrıntıları son kez gözden geçirmişti.

- Çocuklar, bugünkü üzücü olay hakkında sizlere birkaç

şey söylemek istiyorum. Alex'in Beuhal'deki ilk günüydü ve bu yüzden birçoğunuzun onunla tanışma fırsatı bile olmadı. Ama görüyorum ki, onu tanımayanlar da üzgün. İşte çocuklar, insanlar sadece sevdiklerini kaybedince üzülmezler. Adil olmayan her ölüme üzülürler. İntihar adil değildir...

Amanda'nın gözleri parlamaya başlamıştı. Retinasının çevresinde biriken yaşlar yanaklarına devrilmek için sabırsızlanıyordu, ama Amanda inatçıydı. Her zaman güçlü olmuştu. Ailesine lezbiyen olduğunu açıklayıp evden kovulduktan sonra hem para kazanmış hem de tıp eğitimine devam etmişti. Hatta para kazanmak için birkaç ay boyunca Zizi adındaki kulüpte kendini kiralayabileceği kadınlar da aramıştı. Bütün bunları yaparken de hep güçlü bir kadın olmuştu. Herkesten daha güçlü. Ama biliyordu gözyaşlarından oluşan kulenin birazdan devrileceğini. Yerçekiminden daha güçlü değildi iradesi. Önce küçük, sonra daha büyük bir damla tam gözbebeğinin altından aktı. Zargana son düşeni bir damla kana benzetti oturduğu yerden gördüğü kadarıyla. Kan kadar yavaş akmıştı gözyaşı. Çünkü kan kadar doluydu içi. Kan kadar ağırdı Amanda'nın acısı. Beuhal'deki ve Berlin bölgesindeki en dürüst ruha sahip kadın bininci kez tanık olduğu bir şeye, yani ölüme bininci kez ağlıyordu. Acıya alışmanın mümkün olduğunu düşünenlerin ağızlarını kendi şaşkınlıklarıyla doldurabilecek kadar açık bırakacak bir örnektir Amanda. Kötü olan ve acı veren hiçbir şeye alışmaz Amanda. Ne ölüme, ne de yoksulluğa. Her seferinde ilk kez görüyormuş gibi bitmişliği, mücadelesine en baştan başlar. Her acı farklıdır gözünde. Hepsinin tedavisi ayrıdır. Zargana'nın acısının tedavisiyse yoktur.

Amanda tabağının yanındaki bıçağın altında duran katlanmış peçeteyi alıp gözlerinin altına bastırdı ve konuşmasına devam edebilmek için sesini hazırlamak amacıyla yutkundu.

– Sizler, aileleriniz ve bizim için çok önemlisiniz. Daha çok küçük olmanıza rağmen yaşadığınız korkunç deneyimler hepinizi olgun birer karakter haline getirdi. Sizlerden Beuhal olarak tek ricamız, insanları ve kendinizi sevmeniz. Çünkü hayatın tek kaynağı sizsiniz. Dostlarınız, aileniz, sizi seven herkes, işte o kaynaktan besleniyor. Lütfen izin verin o kaynaktan akan hayat suyunuz taşkın bir nehre dönüşsün. Lütfen kendinize izin verin. Çünkü sizler birer meleksiniz.

Amanda'nın kalabalık karşısında konuşma yeteneğinin olmadığını, yakın çevresi üniversitedeki yıllarından beri biliyordu. Gaspçılık ile komünistlik arasında gidip gelen küçük bir entelektüeller örgütünün üyesiyken üniversitenin bahçesindeki toplantılarda yaptığı konuşmalar gerçekten felaket denecek kadar sıkıcı ve anlaşılmazdı. Amanda düşündüklerini söyleyemiyor, ama bunun farkına da varamıyordu. Sonuç olarak da, söylediğini sandığı sözlere yanıtlar bekliyordu. Yine aynı şeyi yapmıştı. Böylesine önemli bir olayı en büyüğü on iki yaşında olan bir dinleyici topluluğuna çok uzaklardaki bir manastırın başrahibinin yemek duası kadar sıkıcı bir biçimde açıklamış ve sefil konuşmasına bilimsel kimliğine uymayan dilenme ve yakarışlarla son vermişti. Tek bir kelime yeterli oldu söylediklerinin bir kum tanesi kadar ağırlığının olmadığını kanıtlamak için. Salonun köşesindeki masalardan birinden konuşan dokuz yaşındaki bir kızdı.

– Orospu!

Ve birden salon çatal bıçak sesleriyle doldu. Tabii, ardından da büyük bir çocuk sesi uğultusu. Çelik ve ses telleri. Amanda bir süre daha ayakta kaldı. Birkaç saniye umutsuzluğu yaşadı. Gözünün önündeki çocuklara hiçbir zaman tek bir şey bile öğretemeyeceğini düşündü. Onları, içine girdikleri intihar ve acı girdabından kurtaramayacağını düşündü. Ancak, yanında oturan bir meslektaşının kolunu tutup dostça sıkması Amanda'nın umutsuzluğundan uyanıp gerçek kimliğini hatırlamasına neden oldu. Yerine otururken bütün aklı umutla kaynıyordu yine. Herkese yetecek kadar umutla. Bütün Beuhal'e, bütün intiharlara... Amanda tükenmeyen bir araba aküsüne benziyordu. Umutla dolu bir akü. Hayatındaki tek anormallik, vajinasına girmesinden hoşlandığı sevgilisinin sol eliydi. Onun dışında çocukları seviyordu. Hatta hayatı bile seviyordu. Hem de hiç utanmadan.

Çevresindeki çocuklar yemek boyunca Zargana'yla alay ettiler. Konuşmamasından yararlanıp küfür ettiler. Hatta bir tanesi işi daha da ileri götürerek önündeki tabaktan aldığı havuç parçasını Zargana'nın tavuk çorbasının içine attı. Çorbadan sıçrayan damlalar çocuğun kazağında yağ izleri bıraktı. Sıra tatlıya geldiğindeyse Zargana ilginç olmaktan çıkmıştı.

Yemek bittiğinde oyun salonuna geçtiler. Bir hastabakıcının yüksek sesle okuduğu *Küçük Prens*'ten dört sayfa dinlediler. Saat ona geldiğinde de yatmak üzere odalarına çekilmeleri gerektiğini duydular aynı hastabakıcının ağzından. Koridorda topluca yürürlerken çocuklardan biri Zargana'ya çelme taktı. Zargana düştü. Bütün çocuklar güldü. İki günde bir duş yaptıkları için bu akşam yıkanmadan yatacaklardı. Üstlerini değiştirip yataklarına girdiler. Amanda bütün odaları dolaşıp herkese iyi geceler diledi. Işıklar söndü. Binada sadece dört hastabakıcı ve bir nöbetçi doktor kalmıştı.

Üç saat geçti. Zargana uyumamak için kendini okşadı ve içinden şarkılar söyledi. Bir ara da bine kadar saymayı denedi, ama altı yüzlere gelince sıkılıp bıraktı. Odayı dolduran çocuk horlamalarının yoğunluğu Zargana'ya gitme zamanının geldiğini anlatmaya yetti. Sessizce üzerindeki yorganı açıp yatağından çıktı. Çoraplarını çıkarmamıştı. Gözleri karanlığa alıştığında dolaptan iki kazağı alıp üst üste giydi. Pantolonlardan da birini alıp geçirdi bacaklarına. Ayakkabıları dolabın alt rafında duruyordu. Odanın kapısı kilitli değildi. Koridora çıktı. Sağa ve sola baktı. Koridorun ucundaki, hastabakıcıların televizyon seyrettikleri odadan ışık geliyordu. Diğer yöne doğru yürüdü. Karanlığa doğru küçük adımlar atmaya başladı. Merdivenlerin başına gelince yüzünün heyecandan kızardığını hissetti. Ama karanlık olduğu için kimsenin bunu görmeyeceğini düşünerek rahatladı. Yakalanmaktan değil, kızarmış yanaklarının görülmesinden korkuyordu. Kendini görünmez adam gibi hissediyordu. Basamakları yavaşça indi. Bahçeye çıkan cam kapının önünde durdu. Bahçedeki büyük yeşil lambalardan binanın içine sızan yeşil bir aydınlık vardı. Eli kapının koluna gitti. Soğuk bir metaldi dokunduğu. Aşağı doğru eğdi. Ve kilidin dili kapının içine girdi. Zargana dışarı çıktı.

Kapının açık olması bir mucize değildi. Yatmadan önce odaya giren Amanda'ya tuvalete gitmesi gerektiğini işaret etmişti. Konuşmadığı için sağ elini kasıklarına doğru götürmüş ve aynı anda yüzünü buruşturmuştu. İşe yaramıştı. Amanda izin vermiş, Zargana da koridora çıkmıştı. Hastabakıcıların toplandığı odaya içeride kimse olmadığından emin olduktan sonra girmiş ve duvarda asılı olan anahtarlardan, plastik anahtarlığında "Arka Kapı" yazanı almıştı. Aşağı inip kapının kilidini açmış, tekrar yukarı çıkıp anahtarı yerine asmıştı. Kaybedeceği hiçbir şeyi olmadığı için davranışları da doğal ve basitti. Kararlarının sonuçlarını kolayca alabiliyordu. Beuhal'den kaçması gerektiğini biliyor ve şansının yaver gitmesini son derece normal buluyordu. Ama bahçeye açılan arka kapının anahtarını böylesi kolaylıkla ele geçirebilmiş olması ve rahatça Beuhal'den kaçabilmesi Zargana'ya son kez gülen şansının bir hediyesiydi. Bir daha hiçbir zaman şanstan aynı cömertliği görmedi. Bütün olasılıklar aleyhinde sonuçlandı. Şans ve tesadüfler en büyük düşmanı oldu. Zargana, tesadüfen Zargana olmadığını Beuhal'den kaçtığı o gece, Berlin'in soğuk bir kaldırımında dört Cezayirli tarafından dövülüp tecavüze uğradığında anladı.

Schüterstrasse'deki Lutter & Wegner XVIII. yüzyıl mimarisi ve tarihçileri kızdırmayacak restorasyonuyla Berlin'in en şık lokantalarından biridir. Müşterilerine geleneksel Alman mutfağından geniş bir yelpaze sunmanın yanı sıra, bodrumunda da, Brüksel'in merkezindeki Le Cygne adlı lokantanın ödüllü koleksiyonunu kıskandıracak sayıda şarap çeşidi bulundurur. Pahalıdır. Ancak, paranın eğitilmiş zevkle birleştiğinde neler satın alabileceğine iyi bir örnek olduğundan, masalarında harcanan her bir Alman markının değeri herhangi bir kaldırım taşının değerine düşmekte gecikmez. İnsana, zengin olduğu için mutlu olması gerektiğini de hatırlatan bir yerdir.

Cennetin ve soyluluğun kiralandığı zamanları yeniden yaşamak için Lutter & Wegner'i dolduran müşterilerin arasında Fuscha da vardı. San Francisco'daki Kabare Obscura adındaki kulübün sahibi. İşlerinin yoğunluğuna rağmen saatler süren bir uçak yolculuğu yapıp Avrupa'ya gelmişti. Ama Fuscha yorgunluk hissetmiyordu. Çünkü Almanya'ya bir aşkın sırtında gelmişti. San Francisco'dan Berlin'e Zargana'ya duyduğu aşk taşımıştı Fuscha'yı. Tanışmaları beş yıl önceki bir tesadüfün eseriydi. Kentin kuzeyinden Kabare Obscura'nın bulunduğu Harrison Street'e doğru giderken Golden Gate Bridge'i geçmiş, Lombard Street'e girmiş ve 1963 model Lincoln Continental'inin direksiyonunu Van Ness'e girmek için sağa çevirdiğinde bir adama çarpmıştı. Radyosundan yükselen Jane's Addiction'ın "Sex is Violent" şarkısını susturup arabasından inmiş ve yerde yatan adamın yanına koşmuştu. Dizlerinin üzerine çöktüğünde, sağ yanağı asfalta yapışmış olan yüzü iki elinin arasına almış ve bir çift gri göz görmüştü. Zorlukla ayağa kaldırdığı adamı arabasının arka koltuğuna sürükleyip evine gitmek üzere gaz pedalına basmıştı. Zargana üzerine gelen arabayı gördüğü anda sıçrayarak kendini kaputun üstüne atmış ve bir tehlikeli sahne dublörü gibi yaralanmadan yere düşmüştü. Fuscha, Zargana'nın kazadan en ufak bir sıyrık bile almadan kurtulduğunu evde geçirdikleri ilk gece anlamıştı. İkisi de sessiz kalıp birbirlerini seyretmekle yetinmişlerdi. Montgomery Street'teki iki katlı beyaz ev, beş ay süren hayali bir iyileşmeye tanık oldu.

İki adam sevgili olmuşlardı. Fuscha düzenli olarak haftada yirmi bir saat çalıştırdığı vücuduyla antik bir heykeli andırdığından sadece kendi düzeyinde bir güçle yatağa girebileceğine inanıyordu. Kadınların yetersiz kas kuvveti, gereksiz yağ parçaları midesini bulandırıyordu. Kadınlarla seksin bir fokla yatmaktan farksız olduğunu düşündüğü için sadece dövüşebileceği sikletteki erkeklerle sevişmeyi tercih ediyordu. Üstün yapıdaki bir erkeği ancak başka bir üstün erkek, o da dövdükten sonra düzebilirdi. Basit bir mantığı vardı Fuscha'nın. Üzerindeki damarların rahatça sayılabildiği bisepslerini zayıf kadınlarla harcamak istemiyordu. Vücutlarını geliştiren kadınları ise tedavi edilmesi gereken ruh hastaları olarak görüyordu. Zargana'yı da kasların çarpıştığı bir arenaya benzeyen yatağına çekmesi uzun sürmemişti. Çünkü o dönemlerde Zargana neyin gerçek olduğunu ayırt edemiyordu. Hayatı geldiği gibi kabul edip bacaklarının arasından akıp gitmesini seyretmeyi tercih ediyordu.

Beş ay boyunca sadece konuşup seviştiler. Bir gün Fuscha kulüpteyken Zargana giyinip evden çıktı. Bir taksiye binip

"Havaalanı" dedi. Almanya'ya döndü. Geçen yıllar içinde Fuscha birçok kez Zargana'yı bulmaya çalıştı. Özel dedektiflerin hesaplarına yığınla para yatırdı, ama hiçbir sonuç alamadı, ta ki geçen hafta posta kutusunda bir zarf bulana kadar. Rio imzalı bir mektup çıkmıştı zarfın içinden. "Gel" diyordu. "Berlin'e gel."

Fuscha, Zargana'yı Rio adıyla tanıyordu. Bir saniye bile tereddüt etmedi. Delsey marka valizine birkaç eşyasını koyup Berlin'e geldi. Lutter & Wegner'de Rio adına ayırtılmış masaya oturdu. Yanındaki masada oturan genç kadının Gucci marka saatinden mektupta yazan buluşma anına sadece üç dakika kaldığını gördü. Eline aldığı Christofle marka gümüş bıçaktaki yansımasına bakıp siyah saçlarının otelden çıkarken taradığı gibi durup durmadığını kontrol etti. Uzun zamandır Almanca konuşmuyordu. Unuttuğu kelimeler olduğunu fark edince üzüldü. Çünkü Rio'ya söylemek istediği çok şey vardı. Çilekli liköründen bir yudum, restoranın tarihi havasından da bir nefes alıp beklemeye başladı.

Lokantaya genç bir adam girdi. Ağır ahşap kapıyı ardından kapatıp masalara doğru döndü. Saatine baktı. Yanına gelen beyaz saçlı ve bıyıklı şef garsonun kulağına bir şeyler fısıldadıktan sonra yürümeye başladı. Masaların arasından geçti ve Fuscha'nın karşısına gelip durdu. Sağ elindeki likör kadehini incelemekte olan Fuscha kafasını kaldırıp baktığında:

– Oturabilir miyim? diye sordu.

– Birini bekliyorum.

– Biliyorum. Beklediğin kişi benim.

Fuscha'nın itiraz etmesine fırsat kalmadan, önündeki bej saten koltuğu çekip oturdu.

– Berlin'e hoş geldin Fuscha.

Her ne kadar sinir krizleri bir kibritin yanıp sönmesi kadar sürse de, Fuscha çabuk kızan biriydi.

– Sizi tanımıyorum. Adımı nereden biliyorsunuz?

Genç adam ceketinin iç cebinden çıkardığı filtresiz Camel paketinden bir sigara çekip yaktı. Fuscha'nın sorusunu duymamış gibi yavaş hareket ediyordu. İlk dumanı dudaklarının arasından çıkarana kadar da konuşmadı.

– Beni çok iyi tanıyorsun Fuscha. Ben Rio'yum.

Kabare Obscura'nın sahibi yaptığı iş gereği birçok garip durumla karşılaşmıştı, ama böyle bir olayı ilk kez yaşıyordu. Karşısında oturan olağanüstü yakışıklı adamın Rio olmadığından emindi. Beş ay boyunca birlikte yaşadığı Rio olamazdı. Tatsız bir şaka olmalıydı bütün bunlar. Zihnindeki kibrit tekrar yandı.

– Yalan söylüyorsun! Kimsin sen?

Bağırmıştı farkında olmadan. Yan masadaki kadın ağzındaki lokmayı çiğnemeyi bırakıp bir an için sesin geldiği yöne baktı. Fuscha sesinin yüksek çıktığını anlayıp sorusunu tekrarladı. Bu kez fısıldayarak ve masaya doğru eğilerek.

– Sen Rio değilsin. Kimsin?

– Hâlâ çilek likörü mü içiyorsun? İnan bana, seni bırakıp gittiğim günden beri hiç içmedim. Alabilir miyim? deyip likör kadehine uzandı ve içindekini bir dikişte bitirdi genç adam.

– Fuscha, beni hayal kırıklığına uğrattın. Geçen dört yıldan sonra beni tanıyamamanı anlayabilirim, ama en azından hatırlamaya çalışmalısın. Sana yazdığım mektubu aldığına ve Amerika'dan buraya kadar geldiğine göre belleğinde hâlâ bir yere sahip olmam gerekiyor, değil mi?

O an Fuscha en çok, Rio'yla tek bir fotoğraf bile çektirmediğine pişman oldu. Kafası karışmıştı. Rio karşısındaki adamdan çok daha uzun boyluydu. Üstelik daha çirkindi. Ayrıca aradan geçen dört yıldan sonra daha olgun bir yüzü olması gerekiyordu ve gözleri... Gözleri ne renkti? Gözlerinin rengini hatırlayamıyordu. Farkında olmadan kavradığı Christofle marka bıçağa baktı. Hatırladı. Gri!

"Onun gözleri griydi" diyecek oldu. Ama lokantanın loş

ışığında karşısındaki adamın yüzüne baktığında iki gri göz gördü. Bir kâbus yaşıyordu. Belleğinin bir oyunu. Emindi Rio'yla aynı masada oturmadığından. Emin olmak istiyordu. Sorular sormalıydı. Yüzlerce, binlerce. Gerçeğin ortaya çıkması için her şeyi sormalıydı.

– Peki, eğer sen Rio'ysan bazı şeyleri bilmen gerekir. Bana kuzenimin kulübünün adını söyle.

Genç adam sigarasını söndürüp ciğerinden geçen son dumanı da havaya karıştırdıktan sonra konuştu.

– Lütfen Fuscha. Bunu bana yapma. Tabii ki New York'taki Studio 0. Ne anlamı var bu soruların? Hatırlasana Bush Street'teki yürüyüşlerimizi, Market'teki büyük kavgamızı, bana doğum günü hediyesi olarak aldığın Mercury Cougar'ı... Lütfen Fuscha... Bana iyi bak. Gözlerimin içine bak. Ben Rio'yum. Beş yıl önce sarı Lincoln'ünle çarptığın adam. Lütfen gözlerimin içine bak ve beni tanıdığını söyle.

Fuscha artık kimi tanıdığını bilmiyordu. Biraz önce duyduğu bütün anılar gözünün önüne gelmişti. Hepsini hatırlıyordu. Ama bu yüz?.. Belki de... Evet, belki de Rio'ydu karşısında oturan adam. Masanın üstündeki elleri ellerinin arasına aldı. Sesi, büyük bir şok yaşayan her insanınki gibi titriyordu.

– Sen Rio'sun. Evet, seni tanıyorum.

Genç adam masanın üzerinde birleşmiş dört erkek eli görüntüsünden rahatsız olmuştu, ancak kendininkileri geri çekmemek için çaba harcıyordu. Birkaç dakika önceki sözünü tekrarladı.

– Berlin'e hoş geldin Fuscha.

Fuscha belli belirsiz bir "Seni özledim" çıkarabildi ağzından. Hatırladığı bütün anılarda artık karşısında oturan mükemmel çizgilere sahip adamın yüzü vardı. Seviştiği, kavga ettiği, âşık olduğu adam karşısında oturuyordu. Sadece ilk gördüğü anda hatırlayamamıştı. Yaşlanıyordu belki de. Güldü. Ellerini masanın üzerinden çekip uzaktan onları seyreden şef garsona sağ işaret parmağını gösterdi.

– Ne yemek istersin?

Koma tabağının yanındaki paketten bir sigara daha çıkarıp penis biçimindeki çakmağıyla yaktı.

– Aç değilim Fuscha. Sadece konyak içmek istiyorum. Bir Courvoisier.

Ailesinin evindeki odasının bir duvarını kaplayan çalışma masasının üzerindeki plastik bir dosyada duran senaryoda tam olarak, "Aç değilim Fuscha. Tek istediğim bir diyet cola" yazıyordu. Ama Koma istediğini elde ettiği için rahatlamış ve küçük bir değişiklik yapmıştı. Bir atletizm rekoru kırıp elinde ülkesinin bayrağıyla tur atan sporculara benziyordu. Senaryoyu ilk okuduğunda Zargana'ya kesinlikle işi başaramayacağını, Fuscha'yı asla Rio olduğuna inandıramayacağını söylemişti. Hatta Fuscha'nın polis çağırabileceğinden bile söz etmişti. Ama Zargana sakinleşmesini ve sadece senaryodaki sözleri ezberlemesini istemişti. Falkensee'deki evde yapılan ilk toplantının üzerinden bir hafta geçmişti ve posta kutusunda bulduğu ilk senaryoyu oynuyordu. Beklediği kadar heyecanlanmamıştı. Ailesine yalan söylemesi kadar kolay gelmişti, Fuscha'nın karşısında Rio olmak. Ama büründüğü karakteri beğendiği söylenemezdi. Hayır, homoseksüellere karşı değildi, ama Zargana nasıl olur da böylesi bir ruh hastasıyla birlikte yaşamış olabilirdi? Yine de üzerindeki Pierre Balmain takımla Lutter & Wegner'de oturduğu için kendini iyi hissediyordu. İki hafta önce, yüz metre ilerideki park yerinde duran bordo Daimler'in lastiklerini bir sustalıyla yararak sahibini cezalandırdığı geldi aklına. Daimler'in sahibi kendisinden seksen tane amfetamin almış ve sadece yarısının parasını ödemişti. Birkaç hafta öncesinin küçük hesaplar ve intikamlar içinde boğuşan Koma'sı artık derin sulardaydı.

Ama on yedi yaşına kadar hep suyun altından gittiği için derinliğin bir öneminin olmadığını bilmiyordu. Oyunda gözleri su hizasının üzerinde olan sadece Zargana'ydı. Ve Koma düşündü. Fuscha'nın geçmişe ait anıları canlandıran sözlerini dinleyen kulaklarını görünmez ellerle tıkadı. Düşündü. Zargana böylesi bir senaryoyu nasıl yazabilmişti? Fuscha'nın tepkilerini nasıl bu kadar iyi tahmin edebilmişti? O kaynayan soru gelip oturdu aklına: Acaba Fuscha'nın çalışma masasının üzerinde de mi bir senaryo duruyordu? İşte o an aklı haşlandı ve hiçbir şeyden emin olamayacağını anladı. Ne duyduklarını, ne de gördüklerini gerçek kabul etmeliydi. Çevresine baktı, lokantadaki insanları gördü. Garsonlar, yaşlı kadınlar, iki küçük kız, yan masadaki kadın, hepsi de Zargana'nın senaryolarından çıkmış olabilirdi. Zaten öyle görünüyorlardı. Davranışları tuhaftı. Bakışları korkutucuydu. Havadaki uğultunun içinden kelimeleri seçmeye çalıştı. Konuşulanları duymak istedi. Fuscha'nın arkasındaki masada oturan yaşlı kadın, eğer bir dondurma daha yerse dilinin donup kopacağını söylüyordu torununa. Kendi arkasındaki masadaysa Bali Adası'nın meşhur çıplaklar kampında yaşanmış bir tecavüz olayından söz ediliyordu. Sonra, kendi sözlerini hatırladı. Çevresinde duyduklarından farkı yoktu söylediklerinin. Kravatını gevşetti. Fuscha'nın açılıp kapanan dudaklarından çenesine doğru kayan kırışıklıkları gördü. Gözlerindeki lenslerden rahatsız olduğunu fark etti. Ayağa kalkıp bağırmak istedi. "Kimsiniz siz?" diye bağırmak istiyordu çevresindeki insanlara. Sonra birden sakinleşti. Fuscha'nın tavuklu krepi masaya geldiğinde kendisine ikinci bir Courvoisier söyledi. Alışmalıydı karanlığa. Kuşkuya alışmalıydı. Güldü. Fuscha kendisine güldüğünü düşünerek dürüst bir tebessümle yanıt verdi ona. Koma gerçek hayatı ilk kez böyle görüyordu. Daha doğrusu gerçek bir hayatın olmama olasılığını ilk kez düşünüyordu. "Sana içiyorum" dedi, Fuscha'ya doğru kadehini kaldırarak. Amerikalı, Koma'ya attığı bir öpücükle selamladı sevgilisini.

Koma, ilk üç bin markıyla dövme yaptırmaktan vazgeçmişti. Parasını başka şeylere harcamak istiyordu. Bir saat boyunca *peep-show* seyrederek, Cri Cri adındaki tek yıldızlı bir otelde üç fahişe ve on iki gram kokainle kendini ödüllendirmek istiyordu. Fuscha'yı bir otele götürecekti. Ama otelde yapacağı şeyi gerçekleştirebilmesi için üç Courvoisier daha içmek zorundaydı. Bir erkeği öpmek. Bir erkeğin bacağını okşamak. Yağlı ve sert bir deriyi ısırmak. Üç Courvoisier'den fazlası gerekiyordu...

Friedrichestrasse'deki Maritim Grand Hotel'in 4003 numaralı odasına girdiler. Fuscha komiyi yolladıktan sonra banyoya girdi. Koma elindeki Courvoisier şişesinin kapağını açıp büyük bir yudum aldı. Gözlerinin beyazında kırmızı çizgiler dans ediyordu. Ceketini çıkarıp yatağın üzerine attı. Tekrar ıslattı dudaklarını konyakla. Kravatını çözdü. Sol elinde şişe olduğu için sağ eliyle düğmelerini kopararak gömleğinin önünü açtı. Sarhoştu. Hem de çok. Terlemişti. Hiçbir şey hatırlamıyordu. Ne senaryoyu, ne de Zargana'yı... Sadece bir ad vardı aklının ucunda: Rio. Ayaklarının üzerinde bir ileri, bir geri sallanıyordu. Derin bir nefes alıp yapıştırdı şişeyi ağzına. Gözlerini kapattı. Yeşil şişeyi dudaklarından ayırıp gözlerini açtığında, Fuscha karşısındaydı. Çırılçıplaktı. On yedi yaşındaki Koma'nın, çenesine gelen yumruğu görmesine olanak yoktu. Bedeni geriye doğru eğildi, ayaklarının ucunda yükseldi ve yatağın üzerine sırtüstü düştü. Şişeyi elinden bırakmamıştı. Her yer koyu bir kahverengine boyandı. O gece neyin aşk, neyin konyak olduğunu kimse anlayamadı.

Caddenin sonundaki gökdelenin ışıkları, bir üçgenin içindeki çemberi, yani binanın sahibi olan şirketin logosunu andıracak biçimde açık bırakılmıştı. Herhangi bir reklamcıyla çalışmaktan daha ucuza geliyordu ay sonunda elektrik faturasını ödemek. Gökdelendeki boş ofislerin ışıklarının gece boyunca belli bir biçimde yakılması, caddeden geçenlere ve civardaki binalarda yaşayanlara şirketin yirmi dört saat orada olduğunu anlatmaya yarıyordu. Büyük şirketler de hayat gibidir. Yirmi dört saat çalışırlar. İnsanlar uyurken evlerine hırsızları yollayan hayattır. İnsanlar ölüyken paralarını işletenlerse şirketler. İkisi de durmaz. Sürekli açık bırakırlar ışıklarını. Geceleri gökdelenlerdeki ofisleri aydınlatan spotların trafolarından gelen o sinir bozucu sürekli ses de, hayat da devam eder. Parayı görmek için Wall Street'e gitmeye gerek yoktur. Gece ışıkları açık bırakılmış bir gökdelenin duvarına kulak dayamak yeter. O spotların trafo uğultusu paranın işletilmesinin sesidir. O kulaklar duvarlardan alınıp toprağa konulduğunda ise hayatın sesi duyulur. İçi yanan dünyanın, üzerindeki hayatı er geç kaynatacağı ana kadar fokurdamasının sesi...

Hayat, magmanın tabanları yakmaya başlayacağı güne kadar var. Daha sonrası yok. Küllerin aşkları, dostları olmaz. El ele bile tutuşamazlar. Rüzgâr izin vermez. Savrulurlar. İnsanlar gibi. Bronzlaşmış tatilcilerin tanımadıkları denizlerin akıntılarına kapılmaları gibi... Yanık kokan bir dünya. Tüten insanlar. Dumanlı bir hayat. Cehennemden biraz daha serin bir dünya...

Alevlerin arasında uçuşan küller gibi Zargana da o gece elleri ceplerinde dolaşıyordu caddelerde. Bir yandan da ışıkları yanan gökdeleni seyrediyordu. Saatlerce yürümüş ve Beuhal'den Berlin'e varmıştı. Otobanın karanlık tarafında, yanından 160'la geçen arabaların rüzgârında üşüyerek yürümüştü. Ellerini yumruk yapıp ağzına götürerek içlerine üflemişti. Çok üşümüştü. Berlin'e geldiğinde hâlâ titriyordu. İnce derisinin altındaki yeşil damarlar daha da belirginleşmiş, alnını bir karayolu haritasına benzetmişti. Yürüyordu Zargana. Caddenin köşesinden çıkan dört gölgeyi görene kadar da durmadı.

Naser dudaklarının sağ tarafında tuttuğu sigaraya rağmen ağzının kalan kısmıyla konuşuyordu.

– Ne boktan bir gece. Neyse, zaten sabah oluyor. Kaç paran var?

Rauf deri ceketinin sağ cebine elini attı ve parmaklarıyla bozuklukları saydı. Paraları cebinden çıkarmasına gerek yoktu.

– Dört mark.

Naser Berberi'ydi. Sarışın bir Cezayirli. Ender bulunan bir tür. Her hareketini taklit eden diğer üç sokak köpeğiyse Cezayir'in vadilerinden gelmişti. Ama hiçbiri doğduğu toprakları hatırlamıyordu. Onlar, solcu politikacıların övünerek anlattıkları renkleriydi Almanya'nın. Ama nedense tek renkteydi ceketleri. Hepsi de siyah giyiyordu bir saatten sonra. Sarı pijamalı sarışınlara pek benzemiyorlardı. Konuştukları Almancanın arasında Arapça kelimeler, pantolonlarının arka ceplerinde sustalılar vardı. Göçmen bürosunun kasasını soyup sosyal hizmet görevlisi genç kadınlara tecavüz etmenin hayalini kuruyorlardı. Almanya'nın Rosa Luxemburg'dan beri bir sosyal demokrasi anıtı olması, Berlin'in bazı sokaklarında güneş batınca sosyal hayatın bitmesine engel değildi. İlk kez 1976'da kente geldiğinde, sabaha karşı limuzininin füme camından gördüğü kadarıyla tanık olduğu manzara karşısında ünlü *punk-rock* şarkıcısı Iggy Pop'un da dediği gibi, Berlin kimseye ait değildi. Tam olarak "No man's land" demişti Berlin için Iggy Pop. Ve tam olarak dört dazlak görmüştü. İki de Pakistanlı. Daha doğrusu Pakistanlıları kaldırımın betonuna gömmeye çalışan, ellerindeki copların mı yoksa yerdekilerin kemiklerinin mi daha dayanıklı olduğunu anlamaya çalışan dört dazlak görmüştü. O zamanlar Berlin, duvarın ikiye yırttığı bir kent değildi. Duvarı kentin ortasına değil, kenti duvarın iki tarafına inşa etmişlerdi. Duvardan fırlayıp birbirine karışan daha binlerce duvar vardı. Yukarıdan bakıldığında kent bir labirente benziyordu. Ama Berlinliler uçamadıkları için bir labirentte yaşadıklarının farkında değillerdi. Onlar kendilerini özgür dünyanın vitrini olarak görüyorlardı. Demirperdeyi aralayıp arasından bakanlara ellerindeki fındıklı çikolataları gösteriyorlardı. Kimin nereye sıkıştığı, duvarın hangi yakasının Berlin olduğu belli değildi. O meşhur duvar altı tünellerinin hangi ucunun özgürlüğe çıktığınıysa kimse hiçbir zaman öğrenemedi.

Rıdvan bir yıl önce polisten kaçarken kaza geçirdiği için topallıyordu. Sokaktan caddeye fırlayan motosikletle çarpıştığı anda bacağının kırılmış olmasına rağmen, yere düştükten hemen sonra ayağa fırlamış, yanında kıvranan motosikletin sahibini makinesinden ayırıp Yamaha marka çeliği kaldırmış, üstüne atlayıp sokağın içine dalmıştı. Polisin peşinden koşmasına o kadar sinirlenmiş, yakalanmaktan o kadar korkmuştu ki, kırık bacağıyla dört kilometre motosiklet kullanmış ve kurtulmuştu. Topallayan bir sol bacak o gecenin tek hatırasıydı. Dizinin altında kalan bütün sinirler kopmuştu. Bacağında çelik bir zırhla dolaşıyordu. Bu yüzden Naser kapıları ve araba camlarını Rıdvan'a kırdırırdı. Sakat olmasına rağmen çetede tutulmasının nedeni çelik zırhını bir levye gibi kullanmasıydı. Rıdvan kazayı yaptığı yere yakın olduklarını düşündü; tam da kaldırımın sonunda duran gölgenin oralarda düşmüştü yere. Ama birden zihnindeki kaza hayali silindi. Yerini gölgeye bıraktı. Gölge insan demekti, insan da para. Para da esrar, seks ve uyku. Rıdvan iki gündür uyumuyordu, çünkü küçük çetesinin yatacak bir yeri yoktu. Cezayirli dört evsiz o gece Almanya'da yürürken gördükleri ilk gölgeye saldırdılar.

Zargana üzerine doğru koşan dört gölgeyi görünce donup kaldı. On iki yaşında bir çocuktan ne isteyebileceklerini düşündü. Hiç parası yoktu. Ama dört gölge de yaklaşmaya devam ediyordu. En doğru kararın dönüp koşmak olduğuna karar verdi. Gökdelendeki ofislerden fırlayan ışıkların aydınlattığı geniş caddede sadece hızla alınıp verilen solukların, yarım saniye kadar yere değen ayakların, son olarak da bütün ayak seslerinden daha düzensiz olan, Rıdvan'ın sol tabanının betona sürtme sesi duyuluyordu. İki sokak geçtiler ve Rauf Zargana'nın kazağını yakaladı. Kazak zorlandı. Bir örümcek ağı gibi esnedi, çünkü içindeki koşmaya devam ediyordu. Ancak Lambswool kazak ününün hakkını verecek kadar sağlamdı. Rauf'un ikinci hareketi çocuğu ensesinden yakalamak oldu. Zargana yakalanmıştı. Bir refleksti savunması. Olduğu yerde dönüp olanca gücüyle Rauf'un kasıklarına doğru bir tekme savurdu. Rauf sekiz yıldır sokaklarda yaşıyor ve kavga ediyordu. Böyle bir hareketi her kavgada beklediği için, sol bacağını biraz önde tutup kasıklarını ve en hassas bölgesini korumaya almayı alışkanlık haline getirmişti. Dolayısıyla çocuk, karşısındaki Cezayirlinin sadece sol kalçasına vurabilmişti. Rauf tam çocuğa ağır bir tokat atmak için sağ elini havaya kaldırmıştı ki, arkadan yetişen Naser'in sesi duyuldu.

– Dur!

Rauf çocuğu omuzlarından tutup göğsüne yapıştırmış, sağ eliyle de çenesini kavramıştı. Zargana'nın ince bacakları debeleniyor, vücudu bir balık gibi çırpınıyordu. Ama bir balık karada ne kadar yaşayabilirse, çocuk da o kadar dayanabildi. Kurtulamayacağını anlayınca durup seyretmeye başladı. Naser, Rıdvan ve Kerim çocuğa yaklaşıp durdular. Rauf elindeki çeneyi sıkmayı bırakmış, tek koluyla iki omza da hâkim olmayı tercih etmişti. Diğer kolu bir süre boşlukta sallandı, sonra da siyah ceketin cebine girip bir sigarayla geri döndü. Sigaranın ucuna uzanan kibriti Naser tutuyordu. İlk konuşan da o oldu.

– Paran var mı?

Zargana'dan dokuz yaş büyük olmasına rağmen boyları birbirine çok yakındı. Naser bir cüceden en fazla on beş santim uzundu. Çocuk kendini hazırladığı soruya yanıt verdi.

– Hayır. Hiç param yok. İsterseniz arayın.

Zargana sakinleşmişti. Parası olmadığını anlayınca kendisini bırakacaklarından emindi.

Rıdvan, Naser'in bir işaretiyle ellerini çocuğun pantolonunun ceplerine sokup çıkarmaya başladı. İki kazağı da kaldırıp çıplak göbeğine baktı. Sonra, aklına birden büyük bir sorunun çözümü gelmiş gibi dizlerinin üstüne çöküp çocuğun sağ ayağını yakaladı. Ayakkabısını çıkardı, ters çevirip salladı. Aynı hareketi diğer ayakkabıya da yaptı. Ayakkabılarda bir şey olmadığını anlayınca omzunun üstünden arkaya doğru fırlatıyordu. Zargana'nın ince çorapları şimdiden Berlin kaldırımları kadar ıslanmıştı.

Rıdvan ayağa kalkıp Rauf'un ağzındaki sigarayı aldı. Bir nefes çekip Arapça küfretti. Hepsi de Naser'e bakıyordu. Gitmek istiyorlardı. Bir çocukla zaman kaybetmenin gereği yoktu. Üstelik onlar için şu an Berlin'de beş parası olmayan bir erkek çocuğu kadar gereksiz bir şey yoktu. Ama bir kız çocuğu olsaydı, o zaman işler değişebilirdi. En azından göğüslerine dokunabilir, bacaklarının arasına sustalılarını değdirebilir, ellerini alıp zorla penislerine dokundurabilir ve böylece biraz eğlenmiş olurlardı.

Naser karnında bir hareket hissetti. Küçük bir yılan geldi gözünün önüne. Yılan karnının içinde dönmeye başladı. Hızlandı. Daireler, sonra da sekizler çizdi. Daha da hızlandı. Artık beynine kadar çıkıyor, kalbinin üzerinden geçiyor, tekrar karnına dönüyordu. Geçtiği her yerde ter ve sıcaklık bırakıyordu. En sonunda da tek bir noktaya gelip saplandı. Yılanın gideceği bir yer kalmamıştı. Naser'in pantolonunun fermuarı kimsenin fark edemeyeceği kadar kabardı. Çocuğu kolundan yakalayıp sürüklemeye başladı. Zargana çığlık attı. Birkaç dakika önce önünden geçtikleri sokağa girdiler. İki binanın arasında, çöp bidonlarının durduğu küçük bir boşluk vardı. Gökdelenlerin küçük avluya bakan pencereleri yoktu. Hatta kimsenin o avludan haberi yoktu. En azından Cezayirliler öyle düşündü. Naser çocuğu Rauf'a tutturmuş, kendi ceplerinde bir şey arıyordu. Sonunda aradığını buldu. Ceketinin iç cebinden küçük, kırmızı bir eşarp çıkardı. Çocuğun ağzına yaklaştırdı. Zargana Naser'e, Naser Zargana'ya baktı. Caddenin en yüksek gökdeleninden sarkan şirket logosu biçimindeki ışığın aydınlattığı kadarıyla gördüler birbirlerini. Hayatları boyunca da bir daha hiç göz göze gelmediler. Naser eşarbın iki ucunu çocuğun kafasının ardında üç kez düğümledi. Zargana'ya henüz hiç dokunmamış ve küfretmemiş olan Kerim, çocuğun pantolonunun düğmesini koparıp fermuarını indirdi. Çocuğu sırtüstü yere yatırmışlardı. Bacaklarını iki ahtapot kolu gibi sürekli hareket ettirmeye çalışıyor, Cezayirliler ise dizlerinden kavrayıp yere bastırıyorlardı. Pantolonunu bileklerine kadar indirdiler. Bir bacağından çıkarıp diğerine geçeceklerdi ki, bir saniyeliğine serbest kalan sağ bacak havalanıp Kerim'in çenesine indi. Ağzı açık ve dili dışarıda olduğu için Kerim dilini ısırdı. Hatta dilinde küçük bir yara açıldı. Ama Kerim acısının üzerinde durmadı. Kişisel bir intikamın peşine de düşmedi. Sadece başladığı işi bitirmeye çalıştı. Pantolon çocuğun vücudundan tamamen koptuğunda, Cezayirlileri amaçlarından ayıran beyaz bir külot kalmıştı sadece. O da Rıdvan'ın tek bir hareketiyle yırtıldı. Naser çocuğun başını bacaklarının arasına almış, kollarını tutuyordu. Rauf iki bacağını elleriyle yere bastırıyor, Rıdvan sustalısını çocuğun boğazında tutuyor, Kerim ise Zargana'nın penisini seyrediyordu.

Naser'in "Haydi!" demesiyle çocuğu ters çevirdiler. Kerim montunu çıkarıp bir yumak yaptı ve çocuğun karnı ile ıslak betonun arasına sıkıştırdı. Sokağın sonundaki binanın yaşlı kapıcısı iki gün sonra tesadüfen gördüğü polislere o gece duyduğu sesleri tarif edemediği için söyledikleri önemsenmedi. Çünkü etin ete değmesi, sonra da taşa çarpması tarif edilemeyecek bir ses çıkarıyordu. Tükürükten sırılsıklam olmuş kırmızı saten eşarbı ısıran dişler ile ittiren dil ise duyulabilecek bir gürültüye neden olmuyordu... Belki parmaklar. Onlar biraz ses çıkarmıştı. Cezayirlilerin tuttukları ve bıraktıkları her Zargana parçasında, önce kızaran sonra ileride morarmak üzere normal rengine dönen deriye dokunan parmakların sesi duyulabilirdi. Belki bir de, Kerim'in gördüğü her sahneyi, ilk girdiği McDonald's tuvaletinde mastürbasyon yapmak için zihnine kazımasının sesi. Evet, hepsi de duyulabilirdi, tabii eğer gerçekten birileri kulak kabartsaydı. Ama olmadı. Kimse tarif edemedi o geceki gürültüyü. Zargana'nın birkaç dakikalığına sudan çıkarılıp ölmesine ramak kala tekrar suya bırakılma sesini kimse tanıyamadı.

Naser, Rauf'a sordu.

– Kaç paran var?

Rauf elini ceketinin sağ cebine sokup bozuklukları saydı.

– Dört mark.

Zargana gözkapaklarını betona sürte sürte kaldırdı. Birikmiş gözyaşlarını ve gökdelenden gelen logo biçimindeki ışığın o gözyaşı gölünün üzerindeki yansımasını gördü. Tekrar kapattı gözlerini. Görülecek bir şey olmadığını on ikinci yaşında anladı.

Zargana, Falkensee'deki evinin salonundaki yemek masasına oturmuş kahvaltısını yapıyordu. Elindeki çizgi romanın hikâyesi, kendisini yemeye çalışan ve hayati olmayan organlarını teker teker kestikten sonra soya yağında kızartan bir kadınla ilgiliydi. Televizyondaki çizgi filmde kedi, farenin ağzına bir bilardo topu sokmaya çalışıyordu, ama sakarlığı nedeniyle üzerinde sekiz yazan siyah topu kendisi yuttuğu an evin kapısı çaldı. Zargana çiğnediği çavdar ekmeğini tükürüp bıçağıyla tabağa yaydı. Yerinden kalkıp kapıyı açmaya gitti. Karşısında İsmet vardı. "Hoş geldin" demedi. İsmet içeri girdi. Kahvaltısının başına dönen Zargana'nın yanındaki sandalyeye oturdu. Tabaktaki biçimsiz şeyi görünce:

– Bu ne? diye sordu.

– Bebek maması, dedi Zargana. Tadı iyi değil, ama çok yararlı.

– Para gibi, dedi İsmet.

Güldüler.

Zargana'nın Koma ve Zo'yla yaptığı ilk konuşmanın üzerinden iki hafta geçmişti. İsmet küçük bir tiyatro grubundan, altı yıl çalıştıktan sonra alkolik olduğu için atılmış, sokaklarda pantomim yaparak para kazanmak zorunda kalmış, Yozgat'ın Boza köyünde doğmuş bir Alman'dı. Berlin'e dört aylıkken annesinin kucağında gelmiş ve yıllar sonra yine annesi tarafından kapı dışarı edilmişti. Annesinin kucağı yine doluydu.

Ama bu kez babası belli olmayan bir çocuğu tutuyordu kollarında. İsmet'inki biliniyordu, ama o da bir işe yaramıyordu. Çünkü çalıştığı demir-çelik fabrikasına girdikten üç ay sonra bir eritme kazanı tarafından öldürülmüştü. İsmet'in sokaklarda geçen hayatını değiştiren Zargana'ydı. Sekiz aydır Zargana'nın senaryolarını oynuyordu.

– Bir gazeteci öldürmek istiyorum, dedi. Hem de acilen. Ya da bir yazar. Ya da bir filozof. Önemli değil. Tek aradığım özellik hayat hakkında düşünceleri olması ve bir de utanmadan başkalarıyla paylaşmak istemesi. Anlıyor musun Zargana? Felaket bir şey bu! Hayat hakkındaki düşüncelerini başkalarına anlatmak. Onların senin anlattıklarından dersler çıkarmalarını beklemek, farklı olduğunu diğerlerine kanıtlamak için konuşmak, yazmak. Utanç verici! Bir an önce bir gazeteci öldürmeliyim. Mümkünse büyük bir gazetenin kültür sayfasından birini. Siyaset de olabilir. Görüşlerini satan herkesi kurşuna dizmek istiyorum. Bir şair de olabilir. Evet, bir şair de güzel bir ses çıkarabilir ölürken. Bilmiyorum dostum, ama öncelik bir gazeteciye ait... Önce evine girmek. Gece, bilgisayarının başında ertesi günün yazısını yazarken arkasından yaklaşmak, ensesini bir mektup açacağıyla kesmek. Ölmeden önce kafasını karşısındaki monitöre sokmak. Belki sonra iki yanından sallanan ellerine de boşalabilirim. Bak, bu da iyi bir ses çıkarabilir. Dilini kesmeli miyim sence? Ya da dirseklerini ve dizkapaklarını matkapla delmeli miyim? Eğer aklına bir şey gelirse söyle. Önemli olan bir gazeteci bulmak. Mesela tabloid bir gazetenin tabloid bir gazetecisini. Düşünsene, kendi tecavüz haberini okuduğunu kendi boktan gazetesinde. Belki de kulakmemelerini göbek deliğine sokmalıyım. Kusura bakma Zargana. Bu aralar çok sağlıklı düşünemiyorum. Aklıma yeterince işkence türü gelmiyor. Belki bana biraz fikir verirsen daha gösterişli bir acı sahnesi hazırlayabilirim. Keşke doktor sevgilimden ayrılmasaydım.

En azından ona sorabilirdim bir insanı en yavaş nasıl öldürebileceğimi. Küvete yatırıp beton dökmek de olabilir. O zaman yüzüyle ve betonun üstünde bıraktığım ayaklarıyla istediğim gibi oynarım. Hatta sadece hamamböceğiyle besleyebilirim onu günlerce. Bir gazeteci ya da bir yazar bulsam. Şöyle, hayat hakkındaki fikirlerini sağda solda anlatan birini bir bulsam! Hemen öldüreceğim. Hayatı ve kendilerini önemseyenler daha iyi ses çıkarıyorlar ölürken. Hiç dikkat ettin mi?

İsmet gazetecilerle ilgili cinayet hayallerini anlatırken, bir yandan da mutfaktan getirdiği cini içiyordu. İki küçük kadehi sırayla dolduruyor ve art arda dikiyordu kafasına. Hatta yutuyordu. İkinci seferde, yani dördüncü kadehte yanakları kızarmaya başlamıştı. Alnında terler belirdi. Bir süzgeçten çıkan damlalar gibi. Elinin tersiyle sildi alnını. Elini de pantolonuna sildi. İki kadeh daha. Sek cin boğazını yakıyor, ama başının ağzından alnına kadar olan bölümünde karıncalanmalar yaratarak adını koyamadığı bir rahatlık veriyordu. Bir sigara yaktı. Sadece duman alışverişi için içmeye başladı. Nikotini hissetmedi bile. Ama alkolle birleşen tütün, burnunun yakınlarında iki küçük karıncalanmaya daha neden oldu. İki kadeh daha yuttu. Yüksek sesle konuşmaya devam etti. Alnı daha çok ve daha sık terlemeye başladı. Elini sildiği pantolonunun dizi ıslanmıştı. Yanakları gibi kulakları da kızarmıştı. Söylemek istediği kelimeleri gayet iyi buluyor, ancak ağzından çıkarırken biçimleri biraz değişiyordu. İki kadeh daha geçti boğazından. Bir sigara daha yaktı. Diğerinden nefes almayı unuttuğu için yarısından çoğu küle dönüşmüştü. O kül de belli bir süre filtrenin üzerinde dengede durduktan sonra masaya devrilmişti. Biraz önce aklında beliren kelimeler şimdi daha karanlık bir yerde saklanıyor ve anlatmak istediklerini söylemesine engel oluyordu. Özellikle belirtmek istediği sıfatları, üstüne basa basa telaffuz etmek istediği kelimeleri hatırlamıyordu. Hepsi de tanıdıktı, her gün kullandığı kelimelerdi, ama hiçbiri çevrede görünmüyordu. İki kadeh daha. Bu kez şişeden kadehlere akan cinin bir o kadarı da masaya dökülmüştü. Çünkü kadehlerin dar ağızlarını tam hedefleyememişti. Birinci kadehin içini boşalttıktan sonra masaya koyarken, ikincisinin üzerine indirdi. Bir çarpışma sesi çıktı. Konuşmasını kesmesine neden olacak kadar iyi duyduğu ses, kendisinden utanmasına neden olmuştu. Yeterince içtiğini düşündü. Ama duramayacağını da biliyordu. İçmek istiyordu. Dünyanın bütün içkilerini içmek istiyordu. Şişenin dibindeki son damlaları da kadehlere dağıttıktan sonra, ayağa kalkarsa üzerindeki ağırlık bulutunun dağılacağını sandı. Oturduğu için kendisini ağır hissettiğini düşündü. Otuz dört yaşına kadar yaptığı bütün yanlışlar tek bir dev yanlışa dönüşüp karşısına çıktı. Konuşmaya başladı. Artık bazı kelimelerin sadece yarısını söylüyordu. Konuşmasını ağzının içinde hatasız sürdürüyordu, ama dışarıda birçok eksiği vardı. Söylediklerinin yarısından biraz fazlası anlaşılıyordu ancak. Sesi bazen yüksek, bazen de çok alçak çıkıyordu. Dili ağzının içinde bir baykuşun kafası gibi dönüyordu. Sekiz yıl önce, başkasına âşık olan bir kadına âşık olduğunu hatırladı. O adamı bulup işkence etmeyi ve yanından kadına telefon ettirmeyi düşündü. Tam olarak şöyle dedirtecekti adama: "Ben âşık oldum. İsmet'e. Bana tecavüz etti. Ben ona âşık oldum. Lütfen beni unut." Tam olarak bunu düşündü. Tabii bunları düşünürken sustu. Şişenin içinde içki kalmadığını ancak kadehi doldurmak üzere eline alıp eğdiğinde anladı. Neyin hafif, neyin ağır olduğunu anlama eşikleri daralmıştı. Hayatı yaklaşık olarak algılıyordu. Artık terini daha seyrek siliyordu. Ter damlaları kaşından ya da çenesinden süzülene kadar bir şey yapmıyordu. Bir şişe daha almaya gitmek için sandalyesini itip kalktı. İlk adımını ölçüsüzce attı. Sonra kendini toparlayıp mutfağa yürüdü. Bir sigara yakmak istedi. Ceplerini karıştırdı. Paketi salondaki masada unuttuğunu hatırladı.

İkinci şişeyi aldı. İçki içmeyi kesemeyecek bir noktadaydı. Sarhoş olmuştu. Saat öğlen bire geliyordu.

Zargana İsmet'in sarhoş olmasına izin veriyordu. Hatta sürekli içki içmesini sağlıyordu. Batı hafiflemek, Doğu ağırlaşmak için kaldırır kadehini. Zargana biliyordu İsmet'in bu ikisinin arasında yaşadığını. Onun çok ağır bir balona dönüşmesini seyrederek rahatlıyordu. İçki içip şiddetten, nefretten, en ilkel isteklerden söz edişini dinleyerek dinleniyordu. İsmet, Zargana'nın yazdığı senaryolar dışında hemen hemen yaşamıyordu. Oyundaki adı Booz'du. Zargana, birkaç yıl sonra karaciğerinin iflas edecek olmasına aldırmadan, bir karanlığa doğru sürüklüyordu onu. Umursamıyordu Zargana. Hiçbir şeyi. Booz'un tiyatrocu belleği alkolden çok az etkileniyor, ama bazen senaryonun dışına çıkmasına da neden oluyordu.

İkinci şişeyi de iki saat içinde bitirdikten sonra dışarı çıkmak istediğini söyledi İsmet. Alsace-Lorraine'li Paul'ün sahibi olduğu, kırmızı tabut anlamına gelen Cerceuil Rouge adlı bara gideceklerdi. Evden çıkıp bir taksiye bindiler. Berlin'e gelince sokaklara daldılar. Girdikleri dar sokağın gri taşlı duvarlarından birine tek eliyle yaslanmış, arkası dönük bir adam gördüler. Adamın sol omzuna attığı ceketi o kadar da saklayamıyordu yaptığı şeyi. Bu hareket dışında deli olduğuna dair hiçbir belirti olmayan adam, kaldırımdan geçenlere omzunun üstünden bakarak mastürbasyon yapıyordu. Zargana cebinden çıkardığı birkaç markı adamın duvara bakan ayaklarının ortasına yere bıraktı. Gerçek bir sokak gösterisi, diye düşündü Winterfeldplatz'a dökülen sokaklardan birindeki bara girerken. Burası Zargana'nın oyununun merkeziydi. Kaleminden çıkan karakterlerin birbirlerini buldukları ve karşılıklı performanslarını sergiledikleri bir yerdi. Barın diplerindeki uzun dikdörtgen masaya oturup saatler süren konuşmalar yapıyorlardı. Duvara dayalı, deri kaplı uzun bir oturma yeri, duvara paralel bir masa ve duruma göre sayısı değişen sandalyeler. Genellikle en az on kişi oluyordu masanın çevresinde. Zargana gelince duvar tarafında boş bir yer açılıyor ve oraya oturması sağlanıyordu. Zargana oyuncularını özel görüşmelerle işe aldığından ve oyuncu olduklarını gizlemelerini tek şart olarak koştuğundan, birbirlerinden kuşkulansalar da bir açıklama yapamıyor ya da konuyla ilgili sorular soramıyorlardı. Zargana üç yıldır konuşturuyordu karakterlerini. Sayısını kimsenin bilmediği insanlara her hafta para dağıtıyordu senaryolarla birlikte. Tek sıkıntısı zaman darlığıydı. Evinde olduğu her an diyaloglar yazıyor, yeni yeni tipler yaratıyordu. Artakalan zamanlarda da onlarla kulüplere, lokantalara, tiyatrolara ve tabii Cerceuil Rouge'a gidiyordu. Oyuncuları birbirlerine dostları olarak tanıştırdığından bir sorun çıkmıyordu, herkes kendini tek sanıyordu. Zargana'nın bütün enerjisini ve parasını böyle bir işe harcamasının tabii ki birkaç nedeni vardı. Hatta Zargana olması için de birkaç neden vardı. Hayatında yaşamak dışında her şeyin bir nedeni vardı.

Zargana on iki yaşından beri birçok değişik karaktere bürünerek sürdürmüştü hayatını. Çünkü içinin bir karbon kâğıdı kadar boş olduğunu ve doğarken bedeninin yanında bir de ruh verilmediğini biliyordu. Her şeyi denemişti. İnsanların karşısında farklı davranıp aldığı tepkileri seyrederek eğlendirmişti kendisini. Onların şaşırmalarını, mahcup olmalarını, kızmalarını, alay etmelerini büyük bir zevkle seyretmişti. Hayat televizyondan daha eğlenceli olduğu için bir koltuğa oturup patlamış mısır yiyen bir seyirci değil, ama hareket eden, konuşan bir seyirci haline gelmişti.

Koma ve Zo her ne kadar yaş açısından diğer oyunculardan küçük olsalar da Zargana için önemleri çok büyüktü. Diğerlerinin varlığı ona yalnızlığını ve hayat karşısındaki hayal kırıklığını unutturuyor, yaşlı ve yalnız bir insanın gecelerindeki televizyon görevini görüyordu. Ancak, yavaş yavaş işlevlerini kaybetmiş ve tatmin ediciliklerinden uzaklaşmaya başlamışlardı. Bir insan olmadığına inanan Zargana, hayalindeki hayatı, yani adını bilmediği, ancak varlığından emin olduğu türünün hayat tarzını eliyle tutup kulağıyla duyabilmek için yatırıyordu her hafta değişik banka hesaplarına on binlerce markı. Ama zihninde çizdiği ve çevresindeki konuşan etlere oynattığı hayat artık ona hiçbir şey öğretmiyordu. Oysa başlangıçta bunun tam tersinin olacağını düşünmüştü. Hayalinin gerçekleştiğini gördükçe bedeni ruhuna ihanet etmiş biri olarak, birkaç gram huzuru her gece yatmadan önce burnundan çekebileceğini düşünmüştü. Birkaç yıl böyle de olmuştu. Ancak artık Zargana'nın çocukları bir araya geldiklerinde ve efendilerinin yanında konuşmaya başladıklarında sadece toplumdışı bir avuç serseri gibi görünüyorlardı. Hayali uygulamasıyla sorularına yanıt bulamamış olan Zargana'nın yeni bir oyuncağa ihtiyacı vardı. Aklındaki "Neden?" sorusuna yanıt olacak yeni bir oyuna. O güne kadar yeryüzünde kimsenin denemediği bir gösteri hazırlamak zorundaydı. Ve gösterinin mantığı çok da karmaşık değildi.

Öncelikle hayatının kaç değişik dönemden oluştuğunu ve hangilerinin daha önemli olduğunu yazdı bir kâğıdın üzerine. Sonra da her dönemin yanına, o zamanlar sahip olduğu dış görünüşü ve karakter yapısını ekledi. Hayatının değişik dönemlerindeki Zarganaları belleğinden çıkarıp et ve kanla doldurursa, neden bir insan olmadığını anlayabilirdi belki. Evet, bir insan gibi görünüyordu. Onlar gibi konuşuyor ve uyuyordu, ama hepsi buydu. Hiçbir insanın sahip olmadığı yeteneklere, isteklere ve acılara sahipti. Dünyanın üzerinde yeşermiş hayat biçimini kendisine yapılmış bir hakaret olarak görüyordu. İnsanların elleri ve terleriyle inşa ettikleri hayattan iğreniyordu. İnsani hiçbir duyguya yer yoktu içinde. Yeryüzünde yalnız olmadığını biliyordu. Bu yüzden birkaç yılını tarih kitaplarının içinde insan görünüşlü olup insan olmayanları arayarak geçirmişti. Silik siyah-beyaz fotoğraflarda, yağlıboya resimlerde, hayat hikâyelerinde kendininkine benzer bir çift göz aramıştı. Birçok ad yazdı kâğıtlara. Birçok karakteri benzetti kendisininkine ve teorisinden emin oldu.

"İnsan, hayvan, bitki ve Zargana" teorisinden emin oldu.

Ancak, kendisini keşfetmesinin nedenini ve varoluş biçimini anlayabilmek için Koma ile Zo'ya ihtiyacı olduğunu anladı. Zargana'nın hayatı, bir canlının mutsuz olduğu için yapabileceklerinin şiddetine muhteşem bir örnek olarak sürüyordu...

İsmet, Cerceuil Rouge'un sahibi Paul'le arabalar hakkında konuşuyordu. İçtiği cinlerin etkisi geçmiş, sarhoşluğunu barın kapısındaki portmantoya astığı ceketiyle beraber girişte bırakmıştı. Zargana'nın içinde kendisini en rahat hissettiği araba olan 1963 Lincoln Continental'in benzin tüketimini azaltmak için neler yapılabileceğini, hava filtresine ne gibi işlemler uygulanabileceğini anlatıyordu. Gri gözlü adam yanındaki konuşmaya kulak kabartarak Koma ve Zo'yla ilgili düşüncelerini dağıttı. Gözünün önüne her parçası nikelajlı bir Lincoln motoru getirdi. Hatta bir ara motor kayışının bile yeni temizlenmiş bir gümüş gibi parladığını gördü. İsmet'in konuşmasını duymaktan vazgeçip diğer yanındaki kadının ağzını ve ses tellerini izlemeye başladı. Yedi ay önce dört günlüğüne gittiği Amsterdam'da yazdığı iki dizelik bir şiirin son dizesini söylüyordu kadın, karşısında oturan adama. Zargana'nın, kaldığı otelin resepsiyonundan kendisine verilen ve kentin ağır uyuşturucu trafiğinden payına düşeni alacak birinin yüz ifadesine sahip olduğu için takması konusunda ısrar edilen, üzerinde binanın adresinin yazılı olduğu ince plastik bileziğin arkasına yazdığı şiirdendi dize.

"Taze bir bok gibi kayarsın klozet taşında."

Gerçekten de iyi bir şiir yazdığına ikna olup sohbetin devamını dinlemeye başladı. Kadın konuşuyordu.

"İlk gördüğümde Lutter & Wegner'de oturuyordu. Bana baktığını gördüm. Yalnızdı. Ben erkek kardeşimle annemlerin boşanması hakkında konuşuyordum. Gerçekten de zor günlerdi. Onlar için, özellikle babam için çok üzülüyordum. Ama durmadan bana baktığı için, ister istemez, benim gözlerim de arada bir ona doğru kayıyordu. Olağanüstü gözleri vardı. Kardeşimin fark etmemesi için elimden geleni yaparak yanımızdaki masaya bakıyordum. Ne de olsa bir aile faciası yaşıyorduk ve ben ağlamak yerine bir erkeği seyretmeyi tercih ediyordum. Kalktı. Ve masamıza doğru yürüdü. O kadar heyecanlandım ve utandım ki, neredeyse başımı tabağıma sokuyordum. Kardeşimin arkasına geçti. Omuzlarını tuttu. Merhaba Chris, dedi. Meğer kardeşimin üniversiteden arkadaşıymış. Oturup bizimle yemek yedi. O gün ona âşık oldum. O masadan kalkarken artık âşık bir kadındım."

Kadın konuşmasının yarısını iki elini de masanın kenarına dayamış olarak, yarısını da sağ elini Zargana'nın sol bacağına koyarak yapmıştı. Son kelimesini de söyledikten sonra yanındaki adamın yanağına bir öpücük kondurdu. Uzun siyah saçları ve yeşil lensler taşıyan siyah gözleri vardı. Oldukça çirkin bir yaratıktı. Oyundaki rolü sevgiliydi. Sadık ve dürüst bir kadını canlandırıyordu. Kendisini her şeyiyle sevdiği adama veren bir kadını. Geçen yüzyılın değerlerine tutucu çiftler kadar bağlı görünüyorlardı. Rita gerçekte Zargana'yla ilk tanıştığında Aldi adındaki bir süpermarkette kasiyer olarak çalışıyordu. Bir reyon şefiyle Perrier maden suyu kolilerinin arasında sevişirken güvenlik kamerasına yakalandığı için işinden olmuştu. Zargana onu o gün marketin sokağında bir bankta ağlarken bulmuştu. Yanına oturmuş ve ağlamaya başlamıştı. O kadar yüksek sesle ağlamıştı ki, kadın susup kafasını yanına oturan uzun boylu adama doğru çevirmek zorunda kalmıştı.

Tanışmaları, hızla akan gözyaşlarının sayesinde gerçekleşmişti. Kadın az önce yaşadığı olayı unutup Zargana'nın üzüntüsüyle ilgilenmeye başlamıştı. Teselli etmek için adamın omzuna elini koyduğu an, Zargana kendisini geri çekmişti. Çünkü o zamanlar insanların kendisine dokunmasına dayanamıyordu. Kadın ısrar etti ve konuşmaya başladılar. Zargana ölümcül bir hastalığa yakalandığını ve tek istediğinin son aylarını mutlu geçirmek olduğunu anlattı. Tek istediğinin bir aşk olduğunu söyledi. Sevgili istiyordu. Belki de evlenebileceği bir kadın. Rita evlilik kelimesini duyunca daha da yaklaştı adama, çünkü Zargana'nın üstündeki takım elbisenin fiyatını geçen gün Rıfat Özbek imzalı ürünler satan Deli adındaki mağazanın vitrininde görmüştü. Adam sevgiye ne kadar ihtiyacı olduğunu anlatmaya devam ediyordu. Doğuştan HIV pozitif olan bir çocuk kadar muhtaçtı sevgiye. Aradığıysa sadece bir kadındı. Yani sayıları yeryüzünde üç milyarın biraz üzerinde olanlardan biri. Rita aklına bu korkunç rekabeti getirdi. Ölmesine sadece birkaç ay kalmış zengin bir adama sevgili olmaktan daha kolay ve zevkli ne olabilirdi ki? Belki bir de, Cartier'ye gidip kol saati modellerinden birini seçmek... Banktan kalkıp yürüdüler. Konuşmaya devam ettiler. Rita olgun bir hemşire gibi rahatlatmaya çalışıyordu koluna girdiği adamı. Aşkın kendiliğinden geldiğini, muhteşem ancak narin bir duygu olduğunu, belki de çevresine biraz daha dikkatli bakması gerektiğini, aradığı insanın çok yakınlarında olabileceğini söylüyordu. Zargana kadının en az kendisi kadar yalan söylediğini anladı ve artık cümlelerini ezberlediği, kelimelerinin yerini hiç değiştirmeden yaptığı teklifini sundu. Durdular. Kadın başını kaldırıp Zargana'ya baktı. Aralarında otuz santimetreden fazla vardı.

Caddeden hızla geçen patenli iki çocuğun birbirlerine bağırmaları duyuldu. Kadın girdiği kolu diğer eliyle de tutup sıktı ve başını adamın omzuna yasladı. Kabul ettiğini anlatmanın en romantik yolunun bu olduğunu düşünmüştü. O an Berlin'de benzer biçimde yürüyen yaklaşık iki bin beş yüz çiftin yarısı birlikteliklerinin birinci haftasını, yarısı da son haftasını geçiriyordu. Zargana ile Rita ise iki sevgiliden çok, Helenistik bir sütun ile üzerine yapıştırılmış bir Greenpeace afişini andırıyorlardı.

Cerceuil Rouge'un dibindeki uzun dikdörtgen masanın çevresindeki insanlar kahve içene kadar konuştular. Yani sabaha kadar. Paul böyle gecelerde saat ikide kapıyı içeriden kilitler ve piyanosunun başına otururdu. Kuzeni Daniel de akordeonunu alıp yanına gelirdi. Sadece Alsace-Lorraine bölgesinin kimseyi ilgilendirmeyen eski şarkılarını söylediklerinden, genellikle ikisinden başka kimse dinlemezdi müziği. O gecelerde sadece çalanların dinlediği şarkılar söylenirdi... Haftada bir kez tamamen mutlu bir gece geçirilmesini prensip haline getirmişti Zargana. Bunun, oyuncularının psikolojik dengelerini koruyacak bir antibiyotik olduğunu düşünüyordu. Sürekli ölüm ve hayattan söz eden kadın ve erkeklerin sonunda rahatlayabilecekleri, tamamen gündelik, sıkıcı konuşmalar yapabilecekleri bir gecenin onları sakinleştireceğini düşünüyordu.

Zargana'nın tütün dışında hiçbir alışkanlığı yoktu. Uyuşturucu ya da alkol kullanmıyordu. Hatta bazen yemek de yemiyordu. Üç günü sadece üç kaşık yoğurt, üç elma ve üç erikle geçirebiliyordu. Aç kalmasının tek bir nedeni vardı: bedeninin sesini duymak. Açken nabzını çok daha rahat sayabilmek. Bedeninin ve ruhunun farklı iki unsur olduğunu anlamak, böylece bir kez daha insanlığından bedeni yoluyla nefret etmek...

Sabah, Paul'ün uykusuzluktan sararmış yüzündeki seyrek gülümsemeyle dağıttığı kahvelerin içilmesinin ardından, masanın altındaki yirmi bir ayak hareket etti. Manue adındaki genç kadının sadece bir ayağı vardı. Diğerini Zargana kesmişti. Karşılığında Manue'nün çocuğunu çok zengin bir ailenin evlat edinmesini ve kadının da morfinden kurtulup sokaktaki yatağını daha kuru bir yere, tapusunda kendi adının yazılı olduğu bir villanın ikinci katına taşımasını sağlamıştı. Bütün bunların otuz yedi numara bir ayak için fazla olduğunun bilincindeydi. Herhangi bir morgdan da karşılayabilirdi ihtiyacını ve nöbetçi görevliye vereceği birkaç bin markla kurtulabilirdi işten. Ama o, morfin etkisindeki bir canlının bileğinin üstünde gidip gelecek bir elektrikli testerenin çıkaracağı sesi ve o sırada kadının üzerinde gidip gelmekte olan evsiz zencinin soğukkanlılığının boyutunu merak etmişti. Kimseyi yaralamanın ya da öldürmenin peşinde olmamıştı hiçbir zaman. İnsanlarla dövüşmemesi gerektiğini bilirdi. Yasalardan daha güçlü olmadığının farkındaydı. Onun için oyuncularını yasal olmayan hiçbir işe sokmuyordu. Onlara hırsızlık ya da katillik yaptırmıyordu. Oysa içlerinde böyle şeyleri yapmaktan büyük zevk alabilecek olanlar vardı.

Berlin'e Auckland'den gelmiş olan Moriz gerçek bir katildi. Yeni Zelanda yerlisi bir Maori'ydi. Sırtında, sağ baldırında ve göğsünde derisinin rengini görülmez kılan yoğunlukta dövmeler vardı. Kabilesindeki sınıfını, yeteneklerini, kısacası hayatını anlatan dövmeler. Dört ayrı mahkemede kanıt yetersizliğinden beraat etmiş, ancak anlattığına göre o dört kişiyi de öldürmüştü. Çağdaş hukuk düzeni suçluluğunu kanıtlayamamıştı. Moriz'in sırasıyla on iki yaşındaki bir Romen kızını, seksen dört yaşındaki bir Türk'ü, yirmi yaşındaki bir dazlağı ve son olarak da tesadüfen sokakta gördüğü, Auckland'den turist olarak gelmiş, Maorileri sömürerek yaşayan Pakeha kökenli beyazlardan birini öldürdüğünü Zargana dışında kimse kanıtlayamamıştı. Tabii ki Moriz'in bundan haberi yoktu. Moriz'in varlığı, gri gözlü adama insanoğlunu hatırlatıyordu. Moriz insan olandı. Birisini öldürmeden insan olamayacağını anlayan her normal kişi gibi Moriz de en ilkel insani güdülerine boyun eğmiş ve katil olmuştu. İntihar rakamlarının günümüz dünyasında bu denli yüksek olmasının başlıca nedeni hayatın zor ve insanların zayıf olması değil, insanların bir canlıyı öldürmeden insan olamayacakları gerçeğidir. Kişi böyle bir şartın varlığından bile haberdar değildir, ancak rahatsızlığını hissetmekte ve hareketini çok daha görünür unsurlara bağlayarak cinayetlerini işlemektedir. Sadece yaralayarak, sakatlayarak erişebileceği amaçlarına, öldürerek ulaşmayı tercih eder. Başka bir canlının varlığına son veremeyecek olanlar da intihar yolunu seçer. Geçen yüzyıllardaki cinayet oranları ile günümüzdeki oranlara bakıldığı takdirde aradaki farkın devasa olduğu görülecektir. Bunun nedeni Zargana'nın düşünce sisteminin bir parçası olan fikre dayalıdır: disiplinli bir çağdaşlaşma eğitimine girmediği, toplum güçlü bir kavram olarak karşısına çıkmadığı, yani çevresinde çok fazla gürültü olmadığı takdirde, insan içindeki sesleri ve şarkıları, ilkellik marşını rahatça duymakta, dolayısıyla şarkı sözlerinin gereğini zorlanmadan yerine getirmektedir. Ancak modern dünyanın modern eleklerinden geçmiş modern artıklar için, başka bir canlıya zarar vermemenin onlarca hukuki, ahlaki, dini, toplumsal nedeni vardır. İnsanlığın doğal gelişimi bu yöndedir. Yani kendinden utandığı için kendini kısıtlamak yönünde. Tıpkı kurda dönüşeceğini bilen adamın kendini yatağına zincirlemesi gibi. Ancak, üstüne birkaç jeolojik katman da binse, insan biçimi değişse de insanlığın değişmeyeceği bilindiğinden cinayetler kişisel olarak devam edecektir. Yani insan, öldürme isteğini yerine getirmek için intihar edecektir. Ta ki karanlık zamanlara tekrar dönene kadar. O zaman, sokak ortasında düello adı altında birbirlerini bıçaklayan pahalı kumaşlara sarınmış erkekler kentlerde yerlerini alacaklardır yeniden. Zargana bütün bunları biliyor ve bir insan olmadığı için doğaya teşekkür ediyordu. Moriz'i gördükçe midesi bulanıyor ve insanlardan daha da uzaklaşıyordu. Tabii, Moriz'i de barbar görünüşü ve ses tonu için tercih etmiş olması gerçeği vardı. Konuyla ilgili taraflı davranmış ve hayalinde canlandırdığı ilkel insan tipine benzerlik aramıştı insan rolü için tercih edeceği kişide.

Zargana şiddetten nefret ediyordu. Daha doğrusu insanların birbirlerine dokunarak yaptıkları her şeyden. Seksi, insan bedenini tanımak için yapılan deneysel bir çalışma olarak görüyor ve haftada en az dört kez kadınlarla ve erkeklerle aynı yatağa yatıyordu. Hatta San Francisco'da yaşarken, boynunda zincirini Fuscha'nın tuttuğu bir tasmayla sokaklarda dolaşmıştı. Bir kafeye girdiklerinde derhal üzerlerine düşen iğrenme, acıma ve nefret dolu bakışlara aldırmadan, bir köpek ve sahibi kadar rahat yemeklerini yiyip kahvelerini içerlerdi. Ama Fuscha için aşk hemen hemen böyle bir şeydi. Yani bir hafta boyunca sevgiliyi tasmayla sokaklarda gezdirmek, diğer hafta da aynı tasmayı kendi boynuna geçirmek. Zargana o aylar içerisinde öğrenmişti seksi, acıtmayı, zevk vermeyi. Belki de ait olduğu adsız türün hayat tarzının seksini de böylece yavaş yavaş biçimlendirmeye başlamıştı. İnsanların aşk dediğine, o kölelik diyordu. Ortaçağ'daki vasal-derebeyi ilişkisini andıran bir kölelikten söz ediyordu. Karşılıklı kölelik. Gelişme dönemini tamamlamış bir bedenin ancak böyle büyüyebileceğine, yani karşılıklı kölelik ilişkisine girdiği kişinin bedenini organik bir protez gibi kendisine dahil edebileceğine inanıyordu. Zargana'nın aşkında sevgililer yoktu, sevgili vardı. Bir tane. İlişkinin iki ucundan birinin diğerinin adına da sevmesi, bağlılık, heyecan hissetmesi yeterli olmalıydı. İçinde patlayan kimyasal bir uyuşturucunun doğuracağı sonuç gibi gözleri büyümeli, sunabildiği bütün gösteriyi sunmalıydı kölesi olduğu kişiye. Zargana hayatının hiçbir döneminde buna benzer bir duygu hissetmemişti. Ama kendi türünün davranış olasılıklarını hayal ederek karanlıkta yolunu arıyordu. Kendilerini birbirlerine kelepçeleyen ve sokakta öyle gezen sevgililere belli bir hayranlık duyduğunu kendisi de kabul ediyordu. Ya da kullandıkları parfümleri birbirlerininkiyle değiştiren küçük hayalperestlere. Gözlerini kapattıkları zaman sarıldıkları şeyin kendileri olduğunu söyleyen burunlarının sesine, köleleri olduğunu söyleyen göğüslerinin, bacaklarının, göbeklerinin seslerinin karıştığı koroyu duymak için sevgilileri gibi kokmayı tercih etmiş kişileri ayrıcalıklı görüyordu. Rita kölesiydi. O da Rita'nın kölesi. Efendiyse aralarındaki ilişkiydi. İnsanlar buna aşk diyordu. Zargana ise boynunda on iki tane pırlanta taşıyan bir tasmayla Falkensee'deki evinde Rita'nın kendi sağ ayağının parmaklarını emmesini seyrediyordu.

Kahvaltı yapmamışlardı. Çünkü bir şeyler yiyebilmeleri için önce çiğneyip tükürmeleri ve birbirlerine ikram etmeleri gerekiyordu. Köleler ancak böyle yemek yerdi. Çiğneyip tükürdükleri lokmaları diğerine yedirerek. Sabahın öğlene kaydığı bir saatte kalın perdelerden ötürü loş ve hayali geniş bir mimardan ötürü geniş odanın içinde yere uzanmış olan Zargana'nın karşısında oturan Rita, iki eliyle topuğundan tuttuğu sağ ayağının ortaparmağını emiyordu. Üstünde astragan bir kürk vardı. İçinde Victoria's Secret'tan beyaz iç çamaşırları. Zargana çıplaklıktan nefret ediyordu. Kadın ve erkeklerin üzerinde her zaman bir parça da olsa kumaş ya da herhangi bir aksesuvar olması gerektiğini düşünüyordu. Belki de bu yüzden, yıllar önce, bir çıplaklar kampını kundaklamayı denemişti. Ancak daha sonra, hayvanların ve bitkilerin çıplak olduğu dünyada, insanların da çıplakların arasına katılarak aslında hak ettikleri türe dahil olduklarını anlamıştı. Sadece Zargana'nın türündekiler yeryüzünün en yumuşak kumaşlarına bürüneceklerdi. İnsan derisinden daha yumuşak kumaşlara sarınacaklardı...

Rita'nın tahrik edici gösterisi bittiğinde Zargana gözyaşları dökmeye başladı. Uzun zamandır böyle boşalıyordu. Spermi, gözyaşlarının yanında yağmur damlası kadar değersizdi. Sulanan gözleri, aldığı zevkin doruk noktasına çıktığını karşısındakine anlatırdı. Rita da bunu bildiğinden üzerindeki astraganı çıkarmış ve yatağa yatıp uyumak üzere gözlerini kapatmıştı. Zargana yerde sırtüstü yatıyordu. Uyudu.

Rita rüyasında gerçekte âşık olduğu reyon şefini, Zargana ise kendisini Napoli'deki bir XV. yüzyıl şatosunun yemek salonunda herkesin çıplak olduğu yemek masasında tek giyinik kişi olarak konuşurken görüyordu.

– Ben, diyordu, insan değilim. Çünkü üşüyorum. Sizler üzerinizi hatıralarınız, aileleriniz, dostlarınız, mesleklerinizle örterken ben üşüyorum. Çünkü bunların hiçbirine sahip değilim. Ve olmak da istemiyorum. Benim üzerimde sadece kaşmir bir takım elbise var. Sahip olduğum tek şey bu. Beni sizden koruyan tek şey. Siz çıplakken üşümezsiniz, ama ben titrerim. Bütün dünyaya karşı kaşmir bir takım elbise. Soyunursam ölürüm... Görünmez giysileriniz birer birer yok olduğunda öleceksiniz. Belki de uzun zamandır ölüsünüz. Masanın ortasındaki, ağzına portakal sokulmuş bu domuz kadar ölüsünüz... Hepinizi yemek istiyorum. Yiyip bitirmek. Doğal dengenin içinde hiçbir yeriniz yok. Aklınız ve onun ürünü olan dünya utanç verici. Hepinizi yemek istiyorum.

Caddenin kalabalığı içinde kendisine yol açmaya çalışan topal bir çocuk akmasını önleyemediği gözyaşlarını silerek ilerliyordu. İnsanlara çarpıyor, ama durmuyordu. Sadece yaşlı bir kadın, çocuğun omzu kendisininkine çarptığı anda dönüp arkasından bağırmaya başladı. Onun dışında kimse çocukla ilgilenmiyordu. Eğer o an caddenin manzarası uzaydaki uydulardan biri tarafından fotoğraflansaydı, kaldırımda sağ ayağını sürüyerek yürüyen çocuğun yaydığı ışığın gökkuşağının yedi rengine dönüştüğü, sonra da siyaha büründüğü görülebilirdi. Zargana değişiyordu. Attığı her adımda kendisi olmaktan çıkıyordu. Sağ ayağının içi yanıyor, elleri titriyor, pantolonunun yırtıklarından pıhtılaşmış kanla kaplı yaraları görünüyordu. Ama o yürüyordu. İnsanların ancak önlerindekini ezerek hızlanabilecekleri bir kalabalığın içinde, Berlin'in en sıcak caddesinde yürüyordu. Açlık ya da yorgunluk hissetmiyordu. Aslında hiçbir şey hissetmiyordu. Çevresindeki topuk ve tekerlek seslerini duymuyordu. Kırmızı ışıklara gelince durmuyordu. Sadece ayağını çekiyordu sağlam bacağının kendisini götürdüğü yere doğru. Boyunun uzadığını, derisinin inceldiğini, saç renginin açıldığını, damarlarının cildine yaklaştığını, kemiklerinin sertleştiğini ve herkesten daha hızlı hareket ettiğini biliyordu. Çocuk Zargana'ya dönüşüyordu. Hayatında hiç görmediği bir hayvana benziyordu. Herhangi bir sözlükte, televizyondaki bir belgeselde, resimli ansiklopedilerde, hayvanat bahçesinin akvaryumlarında, kâbuslarında, hipermarketlerin balık reyonlarında görmediği bir hayvana dönüşüyordu. Yanından geçenler hiçbir şeyin farkında değildi. Belki uzaydaki o uydu, belki de sadece o görüyordu değişimi. Her anını fotoğraf karelerine bölüyordu. Çocuk bile kendisine neler olduğunu bilmiyordu. Yaşıtları erkekliğe doğru giderken, o bir hayvana doğru yürüyordu. İçindeki Zargana kabuğunu kırmış, çocuğun iç organlarının arasında keşfe çıkıyordu. Çocuğun midesi bulandı. Durdu ve kusmaya başladı. Simsiyah olmuş çoraplarının ve gri kaldırımın üzerine kusmaya başladı. Ağzından çıkanların arasında on iki yıldır her dişini sıktığında çenesine saplanan ağrılar, evlatlık olduğunu her düşündüğünde karnına giren kramplar, okuldaki diğer çocukların birbirlerine dokunduklarını her gördüğünde hissettiği iğrenmeler vardı. Hepsi de safra rengindeydi. Bir de siyah nokta vardı aralarında. Siyah bir çakıl gibi düşmüştü kustuklarının ortasına...

Çocuk o gün on iki yaşına kadar yaşadığı hayatı ve kendini kustu. Zargana içinde gezdiği bedende kendisine yer açıyordu. Elinin tersiyle ağzını silip başını kaldırdı. Kendisine bakan genç bir adam gördü. Adam ağzını oynatıyor ve elleriyle çocuğun omuzlarından tutmaya çalışıyordu. Çocuk ani bir refleksle omuzlarını geri çekti, adamın söylediklerini duymadı ve yanından geçip yürümeye devam etti...

Aslında geçirdiğini düşündüğü bütün değişim, kustuklarının arasında gördüğü siyah çakıl taşı, midesinin içinde gezen ve balığa benzettiği hayvan, Zargana'nın birkaç saat önce ağzından içeri atılan aspirinden biraz daha küçük ve tombul olan iki beyaz hapın beyninde açtığı hasarların sonucuydu. Cezayirliler parçalanmış eserlerinin yanından ayrılırken son bir kez dönmüş ve yaptıkları için özür dilemek istercesine, ceplerindeki son uyarıcı hapları da çocuğun ağzının içine bırakmışlardı. Belki de yaşadıklarını, ellerini ve yüzünü kaplamış olan saydam sıvının ne olduğunu hatırlamaması için böyle yapmışlardı. Çocuğun intikam almasından korkmuş da olabilirlerdi. Öldürülmemiş bir tecavüz kurbanı pimi çekilmiş bir el bombası kadar tehlikelidir. En olmadık intikam biçimlerini hayal eder ve ilk fırsatta gerçekleştirmeye çalışır. Cezayirliler böylesi riskler almak istemiyorlardı, çünkü zavallı hayatlarında yeterince sorun vardı...

Çocuğun yuttuğu Supreme adındaki haplar ilk yarım saatlerini girdikleri vücudu tanıyarak geçirdiler. Olay yerine kendilerinden önce ayak basmış herhangi bir alkol ya da esrar zerresi olmadığını görünce rahatladılar, çünkü kendilerinden beklenen etkiyi eksiksiz olarak gösterebileceklerdi. Kırk iki kilogramlık bedenin her kasını ve her sinirini ayrı ayrı kuşatıp hepsini de sadık birer uşak gibi kullanmaya başlayabileceklerdi. Önlerindeki otuz saat için sığınabilecekleri ve üzerinde mutlak bir hâkimiyet kurabilecekleri bir bedenin içinde yürüyüş yapıyorlardı. Yarım saatin sonunda bedeni ayağa kaldırdılar. Ellerinde, temel noktaların ve ana kontrol mekanizmalarının fotoğrafları vardı. Ne yaptıklarını biliyorlardı. Enzimleri, bir Japon bahçesinde ahenkle dökülen sulardan oluşan orkestrayı yönetir gibi yönlendirmeye başlamışlardı.

Bedeni yürütmeye başladılar. Çocuk vücudunun birçok yerinde yaralar olduğunu, içinde simsiyah bir gözyaşının biriktiğini biliyor, ama bütün kemikleri sızlasa da kendisini adım atmaktan alıkoyamıyordu. Caddenin diğer kaldırımına geçti. Kaldırım polislerinin başka ülkelerin kaldırımlarında gezdiği bir saat olduğundan topallayarak yürüyen, üstü başı sırılsıklam ve kir içinde bir çocuğa kimse yeterli dikkati göstermiyordu. Çünkü Berlin'de o saatte kaldırımda yürüyen hemen herkes o çocuğa benziyordu. Sadece, diğerlerinin bir yerlerden çaldıkları ya da sokağa taşınmadan önce yaşadıkları evlerden getirdikleri ayakkabıları vardı. Haplar birbirlerine bakıp göz kırptılar. Çocuk konuşmaya başladı. Üzerindeki tonlar çeken tecavüze aldırmadan hızlı adımlarla yürürken, bir de ağzını oynatıp içinden sesler çıkarmaya başladı. Kelimeler ağzından çıkmıyor, düşüyordu. Aslında konuşurken ağzını tam açmadığı, yani dudaklarını harfleri telaffuz edebilecek kadar aralamadığı için bir damak sorunu varmış ya da yetişkin bir deliymiş gibi duruyordu. Elleri ceplerindeydi. Sonra birden, o iki cebin içinde hapis kaldıklarını düşünerek ellerini çıkardı ve sallamaya başladı. Artık gerçekten de Supreme yutmuş birine benzemeye başlamıştı. Topallayarak hızlı adımlar atıyor, sadece kendisinin anlayabileceği kelimeleri art arda söylüyor ve anlatmak istediklerine paralel biçimde ellerini sallıyordu. Cadde bitti. İlk gördüğü sokağa girdi. Beyaz haplar bir beyin salgısının üzerinden kayarken zamanın geldiğini anladılar ve ayrı yönlere doğru koşmaya başladılar. Bedene girdiklerinden beri ilk kez ayrılan hapların bu hareketlerinin sonucuna sadece bir sokak kedisi tepki gösterdi. Birkaç saniyedir yan yana yürüdüğü ve birden üzerine kapaklanan insandan kurtulmaya çalıştı hayvan. Ezilmemek için ani bir hareketle sokağı geçip karşı kaldırıma doğru koştu. Çocuk öne doğru eğilerek üç dengesiz adım attıktan sonra yüzüstü yere düştü. Elleriyle yüzünü biraz olsun koruyabilmişti. Tamamen bilinçsizdi. Bedenini bir hesap makinesi tuşu büyüklüğünde iki hap yönetiyordu. Düşer düşmez ellerini yere yapıştırdı ve dirsekleri gerildi. Çocuk ayağa kalktı. Kanayan omzunu ve yırtılmış pantolonunu önemsemedi. Hiçbir acı hissetmedi. Yürümeye devam etti. Sekiz adım sonra tekrar düştü ve anında kalktı. Bu arada, haplar son yarım saattir ayrı kalmanın getirdiği özlemle omuriliğin ortalarında bir yerde buluştular. Çocuk terlemeye başladı. Dünyanın bütün sularını içmiş gibi terliyordu. Ter damlaları yüzünden çıkmıyor da, yüzü bir ter denizinden çıkıyor gibiydi. Her yeri ıslaktı. Gozkapakları, ayak parmaklarının araları, dizlerinin arkası, her yeri. Yürümeyi kesti. Durdu. Derisinden fışkıran damlaları elleriyle silmeye başladı. Bir duvara yaslandı.

Yirmi dakika boyunca terini sildi. Elleriyle ulaşabildiği her yeri kurulamaya çalıştı. Bir ara bilincinin yerine geldiğini fark etti. Sokağı ve arabaları gördü. Karanlıktı. Kaldırımda kendisine doğru gelen birilerinin olduğunu fark etti. Ellerini onlara doğru kaldırdı. Yardım isteyip istemeyeceğine karar veremedi. Tabii ki, kararsızlığının sorumlusu iki beyaz haptı. Önünden geçen üç evsiz, çocuğun herhangi bir maddenin etkisinde kendisinden geçmiş olduğunu anladılar ve içlerinde en genç olanı elindeki plastik şişenin kapağını açıp çocuğa doğru salladı. Şişenin içindeki su tazyikli bir biçimde çocuğun yüzüne yapıştı. O an çocuk gözlerini açtı ve kapattı. Ellerini kavuşturmuş, dua eder gibi göğüs hizasında tutuyordu. Sanki hayatı boyunca yüzüne böyle su atılmış gibi normal karşıladı evsizin biraz önceki hareketini. Daha sonra plastik şişe kafasının üzerinde havalandı ve içindekiler daha yavaş bir biçimde bütün vücuduna akmaya başladı. Soğukluğu hissediyor, ama üşümüyordu. Suyun değdiği her yerin uyandığını hissediyordu. Ancak, kuruyan her yerin tekrardan hapların egemenliğine geçtiğini görüyordu. Evsizler yürümeye devam ettiler. Çocuk titreyerek onları takip etmeye başladı. Aslında gördüklerini birkaç saniyeden fazla belleğinde tutamıyor, ama yine de önünde yürüyen birkaç çift ayağın sesini duyabiliyordu. Sokağın sonuna kadar sesleri takip etti. Başını kaldırdı. Evsizler gitmişti. Duymaya çalıştı. Ne ayak sesi, ne de konuşmalar. Sokak ikiye bölünüyordu. Soldaki yarığa girdi. Sabah olana kadar düştü, kalktı ve yürüdü...

Caddede topallayarak yürüyen ve durup dururken kusmaya başlayan çocuğun iki Supreme nedeniyle halüsinasyon gördüğünü ve garip bir hayvana dönüştüğünü sandığını kimse anlayamadı. Sadece biraz iğrenerek, biraz da acıyarak seyrettiler onu. Kent sakinlerini silah ve üniformalarıyla rahatsız etmemek için ancak gerektiği zaman ortaya çıkmasıyla ünlenmiş Berlin polisi belki de Zargana'nın durumunu o kadar da acil bulmuyordu. Zaten çocuğun sokakta geçirdiği günlerin sayısı sadece üçtü. İnsan değil iki Supreme, yirmi dört gram kokain hazmettiği takdirde bile nasıl keşfedemezse neden insan olduğunu, çocuk da neden içinde bir balığın doğduğunu anlayamadı. Sadece görüntüsünü aklında tuttu. İçinde gezdiğini hayal etti. İçindeki insanlığı alıp suyunu çıkardığını, o suyu da safra rengine boyayıp ağzından çıkardığını hayal etti. Belki de karaya vurmuş bir balığın başına ölmekten başka hiçbir şey gelmeyeceğini bildiği için tercih etmişti zarganaya dönüşmeyi. Belki de gerçekten bir zarganaya benzetiyordu kendisini. Neden insanım, sorusunu yanıtlayamayanlar, neden bir zarganaya dönüşüldüğünün yanıtını da bekleyemezler tabii.

Çocuk yürüdü. İstemsiz hareketler yapıyordu. Parmaklarını görünmez bir piyanonun klavyesinde gezdirir gibi dalgalandırıyor, durduğu anlarda sol bacağını ayağının üzerinde zıplatıyordu. Altdudağını sola doğru çekip bir süre hareketsiz kalıyor, derin nefesler aldığında dikkati genişleyen burun deliklerine kayıyor ve onları o biçimde tutmaya çalışıyordu. Bir hamburgercinin önünden geçtiğini lokantanın kapısından on beş metre uzaklaştıktan sonra anladı. Durdu ve döndü. Beyninin kıvrımlarında el ele dans ederek dolaşan beyaz haplar bir süre birbirlerini dostane biçimde süzdükten sonra ters yönlerde koşmaya başladılar. Çocuk düştü ve bu kez ayağa kalkması biraz daha uzun sürdü. İnsanlar çocuğun kıyafetlerine ve kurumuş yaralarına bakarak uzun süredir sokakta yaşadığını ve açlıktan tansiyonunun düşmüş olabileceğini düşündüler. Bir sokak köpeğine ne kadar zaman ayırırlarsa bir sokak zarganasıyla da o kadar ilgilendiler. Çocuk birkaç adımda hamburgercinin kapısına geldi. Kapıyı iki kez kendisine doğru çekti. Açılmadı. Birden kendine geldi ve bir saniye içinde kapının üzerindeki yazıyı okudu. Kapıyı iterek adımını içeri attı.

Kalabalıktı. Kasalardan başlayıp lokantanın çeşitli yerlerine dağılan kuyruklar vardı. Berlin öğle yemeğini yemek için, eski Doğu'nun fabrika yemekhanelerindeki kuyruklarda yaptığı gibi bekliyordu. Zargana yolunu tıkayan ilk insanı iki eliyle itti. Kendi yaşlarında bir çocuktu dokunduğu. Çocuk korkarak döndü. Çok uzakta olmayan bir Amerikan kolejinde okuyan, Yunan konsolosluğunda görevli bir askeri ataşenin çocuğuydu. Hemen hemen aynı boyda olduğu Zargana'yı görünce donakaldı. Çünkü Zargana'nın yüzü kan ve ter içindeydi. Tek omzuna astığı, üzerinde Miami Vice yazan sırt çantasını eline alıp geri geri adımlar atmaya başladı. Zargana konuşmuyordu. Sadece iki eliyle çocuğa dokunuyordu. Aslında düşmemek için tutunuyordu. Birden ensesine kenetlenen sert parmaklar hissetti. Sonra bir rüzgâr. Aslında o rüzgâr, vücudunun açılan kapıdan dışarıya doğru uçmasının yüzünde yarattığı kısa süreli hava akımıydı. Zargana yere düştü. Açık kapıdan bakan Cezayirlinin adı Kerim'di. On dakika önce hamburgercinin tuvaletinde, ensesinden tutup dışarı attığı çocuğu düşünerek mastürbasyon yapmıştı. Elinde de musluktan su doldurduğu bir Coca-Cola bardağı vardı. Çocuğu hayalinden sonra bir de gerçekte görmek onu utandırmıştı. Daha doğrusu kızdırmıştı. Kâğıt bardaktaki suyu olanca gücüyle Zargana'nın yüzüne savurdu. Her bir damla bir iğne gibi gelip yapıştı çocuğun yüzüne. Çocuk gözlerini açıp kapattı. Yıllar sonra, o geceye ve gündüze dair hatırlayacaklarının arasındaki ikinci anı da buydu. İlki, genç evsizin başından aşağı su döktüğü andı. Zargana sadece ıslandığı anları hatırlıyordu. Kerim, kendisine bağıran, ancak yere düşüp derhal geri kalkan çocuğa yardım etmeyen Berlinlilerin arasından geçip caddenin kalabalığına karıştı. Kerim Berlinlilere, Berlinliler de Zargana'ya aldırmadı ve herkes kalabalığa karıştı.

Zargana yavaş yavaş bilincinin yerine geldiğini duyuyor ve görüyordu. Sonunda bir bank gördü ve kendisini üstüne bıraktı. Bacaklarını kaldırıp bankın boş kısmına uzattı. Yan döndü ve yattı. Ellerini başının altında üst üste koydu. Gözlerini kapattı. Kentin sesi gittikçe uzaklaştı. Yok oldu. Artık her köşesini avuçlarının içi gibi ezberledikleri bedenin içinde dolaşmaktan sıkılmış olan haplar da birkaç saat sonra tekrar harekete geçmek üzere dinlenmeye karar verdiler. Bankta yatma kararını üçü birlikte almıştı. Bu kez çocuğun bilinci de söz sahibi olmuştu. Sadece bir balık gördü rüyasında. Duran bir balık. Kendisi de suyun içindeydi. Ancak oksijensizlik çekmiyordu. Balıkla göz göze geldiler. Ağzını açtı ve balık tek hamlede içine girdi. O kadar hızlı olmuştu ki her şey, dişlerine bile çarpmamıştı. Ancak çocuk ağzından içeri bir balığın girmesine dayanamayıp yüzünü buruşturdu ve gözlerini hızla açtı. Uyandı. Hava neredeyse kararmıştı. Dört saattir uyuyordu. Uyurken dişlerini sıktığı için çenesi ağrıyor, ısırdığı için dilinin yan tarafının kabarmış olduğunu hissediyordu. Parmaklarının görünmez piyanoda çaldığı melodi devam ediyordu. Bankta doğruldu ve üşüdüğünü hissetti. Üzerindeki kıyafetler tam kurumamıştı. Supreme adındaki iki hap son güçleriyle koşmaya başladılar. Çocuğun elleri, ayakları hareket etmeye başladı. Sol gözü seğirmeye başladı. Altdudağı sola kaydı. Bilinci tamamen açıldı. Her ne kadar geçirdiği gecenin acılarını sürekli hissetmese de kendindeydi artık. Her şeyi görüyor ve duyuyordu. Sadece içinde bir korku ve bazı görüntüler vardı. Gecenin karanlık görüntüleri. Yüzüne su atan evsizler, terlediği anlarda hissettiği sıcaklık, ellerini göğsünün hizasında kavuşturup hareketsiz durduğu, gözlerinin açıldığını hissettiği ve hiçbir şey görmediği anlar... Hepsini parça parça hatırlıyordu. Son olarak da düşmeleri geldi aklına. Yerden kalkmaya çalıştığı, dengesini kolayca kaybettiği anları hatırladı. Ayaklarına baktı. Oysa büyük ayakları vardı. Dengesini sayısız kez nasıl kaybedebilmişti? Yürümekten korktu. Tekrar ayağa kalkmaktan. Sanki tekrar düşecekmiş gibi geliyordu. Ağlamaya başladı. Yüzünü buruşturmadan. Sadece gözlerinden yaşlar dökerek. Hak etmedikleri bir yenilgiyi seyreden cesur generaller gibi. Sonra birden balığı hatırladı. O garip hayvanı. Kustuğu siyah çakıl taşını ve ağzına giren ince uzun burunlu hayvanı. Adını bilmiyordu. Daha önce görmemişti. Önemsemedi. Son yirmi saattir yaşadıklarının nedeninin Supreme adındaki haplar olduğunu tabii ki bilmiyordu. O sadece bütün bunların kendi deliliği olduğunu sanıyordu. Evinden kaçtığı için duyduğu pişmanlığı hissetmemeye başladı. Çünkü o bir deliydi. Her ne kadar üvey bir çocuk da olsa kendisine çok iyi davranan kadın ile adama bir zarar vermeden evlerinden ayrılmış olması yerinde bir karardı. Zargana, kimyasal uyuşturucuların etkisinde geçirdiği süreyi hayatı boyunca ciddiye aldı. Dört Cezayirlinin, bedenini soğuk taşa vurarak parçalamasından daha çok fazla önemsedi sonraki saatleri ve balık hayalini...

Zargana'nın, o Cezayirlilerin iki Türk'ten aldıkları haplar sayesinde mi Zargana olduğunu, yoksa –Türklerin semtlerine ayak basan her yabancıyı dolandırmak için düşük kaliteli sakinleştiriciler sattıkları göz önüne alınırsa– kendi kendini mi doğurduğunu bilmenin olanağı hiçbir zaman olmadı. Çocuk siyah bir çakıl taşını ağzından çıkarken, bir balığı da içine girerken görmüştü. *Big bang*'in bir salise öncesi kadar karanlık kaldı Zargana'ya dönüşmesinin bir salise öncesi.

Zargana ayaklarının üzerinde dengesini bulduktan sonra küçük adımlar atmaya başladı. Sokaktaki hayatı öğrenmeye başlamıştı. Hangi sokaklara girmemesi gerektiğini biliyordu. Hangi kaldırımlarda yatmaması gerektiğini de. Derin bir nefes aldı. Gelişmemiş kaburga kemikleri esnedi. Birkaç saat önce kapısından dışarı atıldığı McDonald's'a doğru yürümeye başladı. Sağ ayağındaki çorabın altı tamamen yırtılmıştı. Her adımında Berlin'i hissediyordu. O an Berlin'i öyle hisseden bir de sokak hayvanları vardı. Kapıyı itti. Üvey annesiyle lokantaya defalarca geldiğini düşünerek hemen solundaki merdiveni tırmandı ve ilk gördüğü kapının kolunu aşağı indirip erkekler tuvaletine girdi...

Çıktığında ayaklarına birer metre uzunluğunda kâğıt havlular sarmış, üstüne çoraplarını giymiş, yüzünü yıkamış, sadece sağ elmacıkkemiğinde biraz kırmızılık kalmış on iki yaşında bir çocuktu. Ama daha çok makyajı akmış cüce bir palyaçoya benziyordu. Aşağı indi. Çöp kutusunun önünden geçerken kolunu içine soktu ve bir Coca-Cola bardağı aldı. Kapıyı kendisine doğru çekti ve dışarı çıktı. Zargana, caddenin kokusunu içine çekip yürümeye başladı. İçindeki uyuşturucu arada bir istemsiz olarak parmaklarını oynatmasına neden oluyordu artık sadece. Bir de, konuşacak olsa ağzını yine yeterince açamayacağını, dolayısıyla kelimeleri gerektiği gibi telaffuz edemeyeceğini biliyordu. Çocuk çabuk öğreniyordu. Ama tabii, Berlin de çabuk öğretiyordu...

Uzaydaki uydu bir fotoğraf daha çekti. Kararan Berlin'in içinde elindeki kâğıt bardakla dilenerek volta atan bir çocuğun fotoğrafını. Çocuk gördüğü ilk yaşlı kadının Louis Vuitton marka çantasını hızla omzundan çekti ve koşmaya başladı. İçinde bin yüz mark olan bir çanta taşıyordu. Gördüğü ilk telefon kulübesinde saydı parayı. Çantayı hemen yandaki çöp kutusuna attı. Topallaması geçmişti, ama sağ ayağı birkaç dakikalığına titredi yine. Tek istediği yemekti. Bir çift ayakkabı ve yemek. Paralarını iki çorabına paylaştırdı. Güldü. Gözleri doldu. Tekrar güldü.

Polonyalılar sinirlidir. Çünkü her gördüğü parlak nesneye koşan bir çocuk gibi dünya üzerindeki bütün siyasi rejimlere koşmuş, hepsinden de büyük bir hayal kırıklığıyla dönmüşlerdir. Kızgınlıkları kendilerinden çok komşularına karşıdır. Memnun olmazlar. Kolay heyecanlanırlar. Çabuk teslim olurlar. Polonyalılar yarı komünist, yarı monarşist ve yarı demokrattır. Polonyalılar yarı insandır. Tek istisna, tabii ki Polonyalı Yahudilerdir. Ama Yahudiler her yerde istisnadır. Böyle olması normaldir, çünkü Yahudilik bir dinin değil, bir çocuk çetesinin adıdır.

Zo, hiçbir şeyden etkilenmeyen o çocuk çetesinin bir üyesi olarak arada bir pırlanta tüccarı uzak akrabalarının yanına Antwerpen'e gidip siyah paltolar içindeki çocukların melon şapkalarından taşan bukleli favorilerini seyrederdi. Yahudilikle arasındaki tek bağ o bukleler ve İsa'ya doğduğu andan itibaren çektirilmeye başlanmış eziyetlerdi. Zo da en az Yahudiler kadar umursamıyordu ağlayanı ya da kendisini peygamber ilan edeni. Yahudiler erken kalkmaya inandıkları, erken gelen peygamberin de tek ve mutlak olacağına ikna oldukları için, çağlarına yetişememiş olanları çarmıha germeden önce fazla düşünebilecek bir yapıda değillerdi.

Polonyalı bir Yahudi olan Zo, Zargana'yla tanışana kadar hayatında sadece küçük iniş ve çıkışlar yaşamıştı. Tabii, herkesin felaket derinliği anlayışı farklı olduğundan Zo'nun iniş ve çıkışlarını yaşayan başka biri çoktan kendini zehirlemiş olabilirdi. Islahevi, rehabilitasyon klinikleri, tecavüz, hafif uyuşturucu bağımlılığı, homoseksüel bir baba, *homo sapiens* arkadaşlar... Evet, hepsi de bir intiharın azmettiricisi olabilirdi. Ancak Zo dayandı, yaşamakta ısrar etti. Her uykusundan sonra uyandı ve kaldığı yerden devam etti. Çok zeki değildi. Yahudilikle biraz daha ilgilenseydi olabilirdi. Çünkü Yahudiler glükozlu ilaçlar gibidir, birbirlerinin zihnini açarlar. Ama o, zekâ eksikliğini sinirli yapısıyla kapatıyordu. Polonya ve kudurmuş köpeklerin kenti Varşova. Zo ikisini de görmemişti, ama şimdi gitse kesinlikle yabancılık çekmezdi. İlk girdiği barda kavga eder ve Lehçeyi ilk açılan kaşta sökerdi...

Zargana'yı tanıdı. Oyuna dahil oldu. Boslin adıyla birlikte Lacoste'un raflarındaki bütün spor kıyafetleri aldı. Siyah renkte tek bir kıyafet giymesine izin yoktu, çünkü Zargana, Boslin adıyla yaşadığı dönemde siyahın zayıf değil, zayıfı gösterdiğini düşünürdü. Falkensee'deki evin arka bahçesindeki tek odalı barakaya yerleşti. Babasına düzenli olarak para göndermeye başladı. Bıyık bıraktı ve saçlarını uzattı. Haftada bir kez barakasının kapısının altından içeriye kaydırılan senaryoları zamanında ezberleyebilmek için altı gün boyunca toplam on iki saat hızlı okuma kursuna devam etti. Sesini değiştirmesine gerek yoktu, çünkü en az Zargana kadar plastik bir tona sahipti. Bağırmadan konuşmasını, çok sinirlendiği zaman bile fısıltıya yakın bir sesle küfür etmesini biliyordu. Yalnızca yeni adını ezberlemekte zorlanmıştı biraz: Boslin Kobert Ferhachen. Kısaca Bo diyordu kendisine. Ünlü gitarist Bo Didley gibi. Zargana kısaltmayı sevmişti. Genelde kimsenin hayal gücüne ihtiyacı olmadığından, değişen adlardan ya da cümlelerden pek hoşlanmazdı. On dokuz yaşındayken kendisine Bo demek aklına gelmemişti. O zamanlar Boslin'i tercih etmişti...

Zo üzerindeki yeşil-beyaz Lacoste eşofmanın altına yine beyaz bir Lacoste spor ayakkabı giydi. Uzayan bıyığına aynada bakıp gülümsedi. Barakanın kapısını ardından kapatıp bahçeye çıktı. Zargana çağırmadan eve girmesi yasaktı. Zaten içine girdiği oyuna o kadar saplanmıştı ki, ne Zargana'yı ne de evini merak ediyordu. Evin yanından geçerken açık pencerelerden içeri bakmaya bile çalışmadı. Sokağa çıktı ve çağırdığı taksinin gelmesini bekledi. Artık esrar çekmiyordu. Bere takmıyordu. Sadece sigara. Marlboro. Bir tane yaktı. Kendini iyi hissediyordu. Çünkü belki de hayatında ilk kez bir sonraki hareketinin ne olacağını biliyordu. Belki büyük hedefleri yoktu, ama ne yapacağını biliyordu ve bu da Zo'yu kendisinden emin bir adam yapmaya yetiyordu.

Taksinin şoförüne:

– Berlin, dedi. Berlin Humboldt Üniversitesi.

Çevre yoluna çıktıklarında, birazdan başlayacak tiyatronun senaryosunu canlandırıyordu kafasında. Geçen hafta üniversite kampüsünün duvarlarını birbirinin aynı üç yüz afişle kaplayarak siyaha boyamıştı. Gerçekten de afiş simsiyahtı. Sağ alt köşesinde yazan bir kafe adı, tarih ve saat dışında üzerinde hiçbir şey yoktu. Yazı sarı renkteydi. Zargana rengi Zo'nun belirlemesine izin vermişti.

Alexanderplatz'a girdiler. Oradan Spandauerstrasse'ye geçtiler. Üniversitenin tarihi binasının önünde bir ara yavaşladılar ve Zo kovulduğu okulları düşündü. Trafik tekrar açıldı ve Rathausstrasse'ye girip Marx-Engels Meydanı'na kadar ilerlediler.

– Dur.

Taksinin yanaştığı kaldırıma en yakın kafenin adı Black Sun'dı. Zo arabadan inip kafeye girdi. Sahibinin adını sormamıştı, ama adam, önceki gün kendisine gün içinde kazanabileceği paranın iki katını vermiş olan gencin yüzünü derhal hatırladı. Tabii adını da.

– Hoş geldin Bo. Daha kimse gelmedi. Ne içersin?

– Su.

Bo kafenin tek yuvarlak masasına kapıyı görebilecek biçimde oturdu. Suyunu getiren adam birkaç saniye Bo'nun yüzüne baktı, ancak genç adamın başını ısrarla kendisine doğru kaldırmayıp kapıyı seyrettiğini görünce, konuşmaya çalışıp karşılık alamamış herhangi biri gibi başka bir işle meşgul olmak için kül tablası getirmeye gitti.

Kafenin kapısını Bo'dan sonra ilk aralayan, yirmili yaşlarında, bordo bereli genç bir kızdı. Boynuna büyük olasılıkla yaz aylarında Türkiye'ye yaptığı bir yolculuk sırasında satın aldığı bir poşu sarmıştı. Uzun siyah eteğinin üzerine, dizlerine kadar inen ve omuzlarıyla birlikte siyah sutyeninin askılarını da açıkta bırakan geniş yakalı bir kazak giymişti. Ayağında, attığı her adımda parkenin üzerinde kulağa pek de hoş gelmeyen bir ses çıkaran, özenle cilalanmış siyah asker botları vardı. Bu kadar siyahın üzerine neden bordo bir bere taktığını düşünen Bo'ya yaklaşıp ağzında bir tebessümle:

– Merhaba, dedi. Toplantı burada olacaktı değil mi?

Bo sakindi. Sanki hayatı boyunca başkalarının düşündüğü cümleleri söylemiş gibi rahat hissediyordu kendisini. Hatta kızın sorusunu aptalca bularak içinden gülecek kadar sakindi. Günün bu saatinde bomboş bir kafede temizlik yoksa, tabii ki özel bir toplantı olurdu.

Yerinden hafifçe kalktı ve tokalaşmak için sağ elini uzattı.

– Evet, toplantı burada. Ben Bo. Birazdan diğerleri de gelir. Lütfen otur.

Kız çanta taşımıyordu. Parasını ya da kimliğini nereye koyabileceğini düşündü Bo. Bunları, seyrettiği eski filmlerdeki kadınların yaptığı gibi sutyeni ile göğüslerinin arasına sıkıştırmış olma olasılığını düşünerek ne kadar sakin olduğunu kendisine bir kez daha kanıtladı.

– Teşekkür ederim, diyerek oturdu genç kız. Ben de Greta.

Bo'nun içinden "Garbo" diye tamamladığı anda, kız barın ardında duran adama dönerek:

– Bir kadeh kırmızı şarap lütfen, dedi.

Bo çok yakışıklı değildi, ama nasıl durması gerektiğini, hangi mimiklerin yüzüne yakıştığını biliyordu. Atletik bir vücudu vardı. Geçmişteki karanlık günlerinin tek işareti parmaklarındaki dövmelerdi. Onlar da olmasa kendisini hiç zorlanmadan üst sınıf bir burjuva çocuğu olarak tanıtabilirdi. Zaten kız da içeri girdiğinden beri üzerindeki Lacoste eşofman takımına bakıyordu. Karşısındaki bıyıklı adam bir anarşist grubun liderinden çok, kent merkezinde *crack* satan göçmenlere benziyordu. Ama dış görünüşü yargılamamak için yıllar boyu kitaplar okumuş, aldığı özgür ve rasyonel eğitim sayesinde her insanı olduğu gibi kabul etmeyi öğrenmişti. Her şeyden önce bir hümanistti o. Lacoste giyen bir anarşistin elbette kendine göre nedenleri vardı. Sessizlikten sıkıldı. Konuşmak istiyordu. Öyle de yaptı.

– Gerçekten de Eylül olayını başlatan siz miydiniz?

Yanıt almayı beklemedi.

– Aslında sizinle tanışmayı uzun zamandır bekliyordum. Bu, okuldaki ikinci yılım. Onun için sizi sadece anlatılanlardan biliyorum. Gerçekten de müthiş bir hikâye.

Bo duyduklarından neredeyse heyecanlanacaktı ki, kafenin kapısı açıldı ve ikisinin de bakışları o yöne kaydı. Gelenlerin sayısını ilk bakışta tahmin etmek zordu. Belki on iki, belki on altı. Siyahlar içinde bir sürü çocuk. Aslında Bo sadece altısıyla yaşıttı, diğerleri ondan birkaç yaş büyüktü. Ama belki bıyığın, belki de Lacoste takımın sayesinde bunu kimse anlayamadı. Bo ayağa kalktı ve kafeye henüz adımlarını atmış olan öğrencilere "Lütfen oturun" dedi. İçinden, lütfen kelimesini bir daha asla benzer bir cümlede kullanmayacağına yemin etti. Zargana'nın da dediği gibi, bir lider kalabalık karşısında konuşurken asla o üç kelimeyi telaffuz etmezdi:

lütfen, özür, teşekkür. Çünkü bu kelimeler medeni insanlar içindi. Lider medeni olmayandı. Medeni olmadığı için liderdi. İçinde hâlâ atalarından miras asgari bir vahşilik taşıdığı için hükmedebiliyordu evrimlerini tamamlamış benzerlerine.

İçeri giren grubun kendi arasındaki konuşmalar derhal kesildi ve herkes sakar hareketlerle en yakınındaki sandalyeye oturdu. Hepsi de müthiş Bo'ya bakıyordu. Altı yıl önce üniversitenin ana giriş kapısını bir dozerle kırıp bütün eylül ayı boyunca okulu işgal etmiş olan Bo'yu seyrediyorlardı hayranlıkla. Kızlar ne kadar yakışıklı, oğlanlarsa ne kadar cesur olduğunu düşünüyorlardı. Hepsinin aklında o Eylül işgaline dair anlatılanlar vardı: felsefe, tarih ve siyaset bilimi profesörlerinin çırılçıplak soyularak büyük avluda saatlerce bekletilmesi, okulu kuşatmış polislerin molotof kokteyli yağmuruna tutulması, bütün kapıların önüne çöp konteynırlarının yığılıp hepsinin ateşe verilmesi, gizli toplantılar yapmak için Neo-Nazi öğrencilerin kullandığı üniversite yemekhanesinin yanındaki prefabrik lokalin yıkılması ve saat kulesinin olduğu binanın ön cephesini tamamen kaplayan dev brandaya yazılmış o muhteşem yazı: "Öldürün bizi!"

Tabii, işgal sonrasında tutuklananlar arasında Bo'nun da olduğu biliniyordu. Ama her nasılsa mahkemeye çıkmamış ve hakkında, o zamanlar Baader-Meinhoff'un artıklarıyla işbirliği yaparak CCC'nin kullanılmış silahlarını satın almaya çalışan FLNC'nin önemli isimlerinin adreslerini açıklayarak kurtulduğuna dair söylentiler çıkmış, ancak iddialar hiçbir zaman kanıtlanmamıştı. Zargana'nın FLNC adını taşıyan ve 1973'ten beri cipleriyle dağlarda Fransız ezen Korsikalı delilerle olan ilişkisi bir kadına dayanıyordu. Zargana'dan on iki yaş büyük bir kadına. Helena adındaki kadın Zargana'ya âşıktı ve FLNC'nin teorisyenlerinden biriydi. O sıralar Berlin'de akademik bir çalışma için bulunuyordu. Sigara içmiyordu. Onun için de seksten sonra sadece konuşmayı tercih ediyordu. Ama anlattıklarını Zargana'nın da üniformalı Almanlara anlatıp anlatmadığını kimse bilmiyordu. Dolayısıyla Bo hâlâ bir kahramandı. Üniversiteye yeni başlamış tarih, felsefe ve siyaset bilimi eğitimi alan çocuklar içinse kendileri gibi görünen bir tanrıydı.

– Bizler rüyaların yapıldığı kumaştanız.

Zo oturmamıştı. Konuşmaya devam etti.

– William Shakespeare... Yıllar sonra tekrar birlikteyiz. Hepinizi tanıyorum. Hepiniz tanıdıksınız. Yüzleriniz, kıyafetleriniz, kızgınlığınız, hayal kırıklığınız. Hepsini hatırlıyorum. Belki sizlerle birlikte savaşmadım. Belki hiçbirinizin omzuna dokunmadım, ama bunun bir önemi yok. Çünkü bizler aynı kumaştanız ve rüyalarımız da aynı.

Oturup oturmamak arasında kararsız kaldı, ama diyaframını ayakta daha iyi kullanabileceğini düşünerek aynı pozisyonda kalmayı tercih etti.

– Confederación Nacional de Trabajadores ve Federación Anarquista İbérica! Bu adlar sizlere ne hatırlatıyor?

İspanya İç Savaşı'nda "Trajik Mayıs" dönemini yaşatmış anarşist örgütlerin adlarını özellikle İspanyolca söylemişti. Karşısındaki amatör entelektüelleri etkilemenin yolu, onları söz ettiği her şeyi orijinal dilinde okumuş olduğuna inandırmaktan geçiyordu. En azından Zargana öyle düşünüyordu. Kimsenin yanıt vermesini beklemedi. Sesini yükselterek devam etti.

– Peki ya Gece Çalışanları'nı? Onları hatırlıyor musunuz? Alexandre-Marius Jacob'u, Georges Darien'i? Duydunuz mu neler söylediklerini ya da okudunuz mu bir yerlerde adlarını? Gerçek hareketin gerçek insanlarından haberiniz var mı?

Sustu. Önündeki kalabalığı seyretti. Yüzleri tek tek inceledi. İki dakika süren bir sessizlik oldu. Yürümeye başladı. Sandalyelerin arasından geçerken omuzlara dokunuyor, bazen de eğilerek yüzlere bakıyordu. Ve bunları konuşmasına kaldığı yerden devam ederken yapıyordu. Zo, Zargana'nın kendisinden beklediklerini neredeyse mükemmel bir biçimde yerine getiriyordu.

– Ben hatırlıyorum dostlarım. Hepsini hatırlıyorum. Yazdıkları her kelimeyi. Hayatlarındaki kayıp her saniyeyi hatırlıyorum. Hepsi de ben doğmadan yıllar önce öldü. Ama onları tanıyorum. Çünkü onlar da benimle aynı kumaştandı, tıpkı rüyalarımız gibi... Bizler anarşistiz. Bizler hayat mahkemesinin daimi sanıklarıyız. Bizler hırsızız, katiliz, suçluyuz. Ve dostlarım, bizler kimseyi umursamayız... Benim adım Boslin Kobert Ferhachen. Burası Black Sun, tıpkı Edmond Lefebvre'in Siyah Güneş'i gibi. Eğer kendini benimle aynı kumaştan hissetmeyen varsa şimdi çıksın ve asla dönmesin. Ama aynı vücudun parçası olduğumuzu görenler, beni kardeşleri, burayı da yuvaları bilsin!

Konuşmasına başladığı yere dönmüştü. Yani bordo bereli kızın yanındaki sandalyenin arkasında ayakta duruyordu. Bütün gözleri kendisininkilerle karşılaştırdı. Hepsinin içine baktı. Ancak o zaman sayabildi içeridekileri. Kafenin sahibi hariç on yedi kişi vardı. Ağızların açık olduğunu, gözlerin yeterince irileştiğini görüp kimsenin değil yerinden kalkmaya, derin bir nefes almaya bile teşebbüs etmeyeceğini anlayınca:

– O zaman... dedi, Hiç'e hoş geldiniz!

Bir saniyeliğine mutlak bir sessizlik oldu. Sonra avuçlar birbirine çarptı. Alkışlar Zo ellerini havaya kaldırana kadar sürdü. Böylece üniversite öğrencilerinin genelde Zo'nun gözünde her zaman için yüksek bir düzeye sahip olan saygınlıkları sokak çocuklarınınkine eşitlenmiş oldu.

– Hiç, ne uluslararası durumcuların çocukça teorilerine dayanır, ne de klasik anarşistlerin sendikalist yaklaşımlarına. Teorisi yoktur. Varsayımları yoktur. Her şeyi reddeder. Kendisini bile. Üzerinde durulması çok zor bir iptir. O kadar incedir ki, üzerinde yürüyenin tabanlarını keser. Hiç hareketi dünyayı hak ettiği kaosa götürecek bir çılgınlıktır. İnsanın delirmesinden alır gücünü. Bilinen her şeyin unutulduğu, hiçbir kuralın geçerli olmadığı bir harekettir. Hiç silahı sever, kargaşayı ve en başta kışkırtmayı sever. Otoritenin sabrıyla ve polisiyle oynar. Çok uzaktaki bir gezegene yollanan ilk insan gibi otoritenin tırnaklarını çıkarmasına neden olacak hareketi ilk yapan odur. Hiç'in lideri yoktur. Ancak davranışlarını örnek aldığı adlar vardır. Kesin sınırları olmadığı için Hiç'in varlığını sadece harekete bağlı insanlar belirler. Ne olacağına onlar karar verir. Onun için Hiç sürekli değişen ve kimsenin tarifinin kalıcı olmamasını sağlayan bir harekettir. Doğaçlama bir devrimdir. Doğaçlama bir hayat tarzıdır. Müzeleri sevmez, sanat galerilerini aşağılık görür, hiçbir siyasi doktrine hoşgörüyle yaklaşmaz. Altı yaşındaki bir çocuk kadar doğal ve saldırgandır. Korkusuzluğu deliliğinden gelir. Dünyayı değiştirmenin değil, yok etmenin peşindedir...

Konuşma üniversitelilerin üzerinde gittikçe ağırlaşan bir etki yaratıyordu. Zo'nun her söylediğini anlamasalar da, edindikleri genel fikri benimsemiş gibi duruyorlar, kendilerini üniversiteye girmeden önce katılmayı hayal ettikleri *avant-garde* bir hareketin toplantısında buldukları için doğru izi sürdüklerini hissediyorlardı. Ama *avant-garde* hayatla *en garde* hayat arasındaki farkı zerre kadar bilmediklerinden, çocukça heyecanlarından ötürü suçlanamazlardı. Aslında karşılarındaki Bo'nun ne anlattığının onlar için bir önemi de yoktu. Değerli olan tek şey isyandı. Genç kadın ve erkekler üniversiteye kadarki eğitim süreçlerinde farklı oldukları için aşağılanmış olmanın intikamını nasıl alabileceklerini öğrenmek için toplanmışlardı aslında. Ya o günün moda kıyafetlerini satın alacak paraya sahip olmadıklarından ya çirkin olduklarından ya da yaşıtlarıyla aynı konulara ilgi göstermediklerinden dışlanmış oldukları yılların intikamını almak için gelmişlerdi Black Sun'a. Tabii, aralarında sadece zaman geçirmek için gelmiş olanlar da vardı. Hatta sevgilisini yalnız bırakmamak için gelenler. Ama sonuçta, hepsi de muhteşem Bo'nun Hiç hareketi üzerine yaptığı konuşmayı büyük bir dikkatle dinliyor, bazıları da not alıyordu. Zo bir tanesini gördü ve:

– Hayır, dedi. Not almak yasak. Kaydetmek yasak, ses, görüntü kopyalamak yasak. Sadece bellekleriniz bilecek Hiç'in ne olduğunu. Plastik hiçbir şeye girmeyecek fikirlerimiz. Hiç asla yazılı ya da görsel, tanımlayıcı bir eser vermeyecek. Ne benim söylediklerim, ne de sizinkiler okunacak bir duvardaki afişte. Bizler sadece konuşuruz. Konuşamayanlar da dövüşür. Kalabalık içinde konuşmaktan sıkılan varsa yakınındakinin kulağına söyler, o da kalkıp fikri hepimizle paylaşır. Biz kâğıtlara dökülmeyecek fikirlere sahibiz. Kameraların kaydedemeyeceği kadar güzel ya da çirkiniz. Kimsenin varlığımızı birkaç aptal belgeyle kanıtlamasını istemiyorum. Biz gerektiğinde dev bir yalana da dönüşebilmeliyiz.

Sustu, gözlerini kapattı. Küçük çaplı bir gösteriydi yaptığı. Cep tiyatrolarında rastlananlar türünden bir tirad. Başını arkaya doğru attı ve kollarını iki yana açtı. Etkili olmak için bir deli gibi görünmesi gerektiğini söylemişti Zargana. Zo da emirlere uyuyordu. Ağzından çıkanların oturanlar üzerinde ne gibi izler bıraktığını tam olarak anlayamasa da, kendi içinde alışılmışın dışında duygular uyandırdığının farkındaydı. Bir hiç olmak. Hiçliğe doğru gitmek. Doğarken genlerine yerleşmiş olan ve daha sonra şartların biçimlendirdiği karakterini parça parça sökmek, en sonunda da bir hiçe dönüşmek. Kulağa hoş geliyordu hepsi de. Hiçe dönüşenin acı çekmeyeceğini, hayallerinin olmayacağını biliyordu. En azından öyle olduğunu tahmin ediyordu. Gerçeği sadece Zargana biliyordu tabii ki. Sadece o, Hiç'in nasıl bir hareket olduğunu biliyordu. Belki de hatası buydu. Sadece kendisinin görebildiği bir şeyi, bir halüsinasyonu çevresindekilere de göstermek istemesi. On dokuz yaşında, Lacoste eşofmanların içinde üniversiteyi kaosa boğmaya çalışırken de aynı şeyleri hissetmişti. Kendi hissettiklerini herkesin hissetmesini istemişti. İçindeki hiçlik duygusunu genç insanlara bulaştırmak, onları dönüşü olmayan bir yolda saatte 200 km hızla giden arabalara çevirmek istemişti. O dönem birçok öğrenci Zargana'ya inanmış ve her biri hiçliği sadece kendi değer yargıları doğrultusunda anlayabilmişti. Çoğunluğunun hayatı kısa zamanda bir kâbusa dönüşmüş ve karanlıklar içinde acıyla noktalanmıştı. Uyuşturucularını kendileri üretirken zehirlenmiş, banka soygunlarında vurulmuşlardı. Dokuz erkekle birden sevişmeye çalışan kadınlar intihar etmiş, Zargana'yı tanıyana kadar öğrendikleri her şeyi unutanlarsa akıl hastanelerine yatmıştı. Sıra Zo'nun başlattığı ikinci Hiç hareketindeydi. Zo yeni adı ve yeni hayatıyla bir canavara dönüşmeye başladığının farkında değildi. O kafenin ortasında ellerini iki yana açmıştı; gözleri kapalıyken kendinden o kadar emin oldu ki, önce kısık sesle sonra da gittikçe yükselen bir tonda bağırmaya başladı. Bağırdı ve sustu. Başını indirdi. Gözlerini açtı. Herkes ona bakıyordu. Şaşkınlık, hayranlık, korku birbirine karışmış, adsız bir duygu yaratmıştı seyredenlerde. Zo'nun gözbebekleri büyüdü. Dudaklarının kenarında ince çizgiler belirdi. Bir süre daha seyircilerini garip bir tebessümle seyretti. Birazdan yapacağı hareketin canını ne kadar yakacağını tahmin edebiliyordu, ancak içinde ekşi ve keskin bir duygu belirdi. Sağ elini eşofmanının iç cebine soktu. Solingen marka, siyah saplı bir ustura çıkardı. Sol eline geçirip sadece Çingenelerin açabildiği biçimde hafifçe okşayarak açtı. Üç parmağı usturayı tutarken iki parmağı da eşofmanının sağ kolunu yukarı doğru çekiyordu. Barın arkasından seyrettiği hayatın bütün deliliklerini gördüğünü düşünen kafenin sahibi bile işini bırakıp olan biteni izlemeye başlamıştı. Zo sağ kolunu öne doğru uzattı. Yumruğu yere bakıyordu. Sol eli ve taşıdığı ustura havada bir saniye kadar süzüldü. Kafenin perdesiz tek penceresinden içeri giren güneşin ışığı usturada yansıdı ve Friedrich adındaki öğrencinin gözlerini kamaştırdı. Friedrich bu yüzden, Solingen marka usturanın şişkin bir valizin fermuarını açar gibi Zo'nun kolunu nasıl kestiğini, kanın sanılanın aksine ne kadar ağır akmaya başladığını ve önce açılan yaraya, sonra Zo'nun yüzüne bakan gözlerin nasıl bir zevk ve heyecana tanık olduklarını ne yazık ki göremedi. Zo konuştu:

– Toplantı bitmiştir.

Garson kız sipariş defterine gözucuyla baktı ve üç hamburger, iki tabak patates kızartması ve bir kutu Coca-Cola'nın hazırlanmasını bekledi. Arkasından gelen İsviçre malı zilin sesi istediklerinin hazırlandığını haber verdi. Olduğu yerde döndü ve yüksek tezgâhın üzerindeki tepsiye çatal, bıçak ve peçete ekledi. Sonra da içi Coca-Cola'dan çok buzla dolu olan bardağı devirmemeye çalışarak masaların arasından geçmeye başladı. Eğer işiyle biraz daha ilgilenseydi yedi numaralı masanın hangisi olduğunu bilebilirdi, ancak çalışmaya başlayalı bir hafta olmasına rağmen aklı sadece peşinde koşan pezevenkten kaçmakla meşgul olduğundan masa numaralarını bir türlü ezberleyemiyordu. Tek numaraların cam kenarındakiler olduğunu hatırladı birden. Masalarda tek başına oturan birini aradı. Kömür parçasına benzeyen, kıyafetleri delik deşik, sarışın bir çocuğun tek başına oturduğunu görünce ona doğru yürümeye başladı. Kurduğu basit mantıkla sorunu hallettiği için kendisini tebrik etti. Ancak aynı basit mantığı, âşık olduğu adam kendisini başka adam ve kadınlara kiralamaya başlayınca kuramamıştı. Belki de o adama âşık olduğu için mantığı devreye girmemişti. Tabii, Betty'yi tembellik ya da aptallıkla suçlamak haksızlık olur. Mantığını devreye sokamamış olan benzer durumlarda binlerce kadın varken dünyada, sadece Betty'nin yanlış hareket ettiğini düşünmenin bir anlamı yok. Hatta Betty'nin bir aydır pezevenk sevgilisinden kaçan ve iki yıldızlı bir otele yerleşip soyunmadan yapabileceği bir iş aramaya başlamış olan 16 yaşında genç bir kadın olduğu düşünülürse, ona kızmaktan çok, durumundan yararlanıp bir defalığına kiralamaktansa hayat boyu için anlaşıp satın almak gerekir. En azından pezevenk sevgilisi böyle düşünüyordu. Diğer kızlara yaptığı gibi üç yıldan sonra başka bir kente yollamayı düşünmüyordu onu. Gerçekten de para biriktirip Hollanda'ya gitmenin ve Betty'yi de yanında götürmenin hayalini kuruyordu. Betty'ye söylemediği şeyse kendisinin de fahişelik yaptığıydı. Berlin 1988 yılında sekse hiç olmadığı kadar para ödüyordu. Berlinliler de paradan paylarını alabilmek için bildikleri bütün sirk numaralarını sokaklarda sergiliyorlardı. Belki çok zor günler geçirmiyorlardı, ama sabahları yataklardan çok zor kalkılıyordu.

Çocuk, garsonun tepsiyi masaya koymasını beklemeden iki eliyle tutup kendisine doğru çekti. Betty açlığın ne olduğunu bilecek kadar sokakta çalışmıştı. Önemsemedi. Sadece başka bir şey isteyip istemediğini sordu. Çocuk ağzını tamamen dolduran bir hamburger parçasını çiğnemeye çalışırken kafasını iki yana salladı. Betty evsiz ya da kent merkezindeki terk edilmiş binalarda yaşayan Çekoslovak ailelerin çocuklarından biri olduğunu tahmin ettiği Zargana'yı bir iki saniye daha seyredip diğer masalarla ilgilenmek üzere lokantanın öbür tarafına doğru yürüdü. Çocuk hamburgerden kopardığı her parçada gözlerini kapatıyor, aldığı tadı bütün duyularıyla ayrı ayrı hissetmeye çalışıyordu. Coca-Cola'sına dokunmuyordu. Hatta bir ara boğulacak gibi olmasına rağmen eli bardağına gitmedi. Bekliyordu. O büyük anı bekliyordu. Önündeki ikinci hamburgerin ve patateslerin bitmesini bekliyordu. İkinci hamburgere geçtiğinde dudaklarının kenarı mayonezden sarıya boyanmıştı. İçindeki açlık biraz da olsa dinmişti, onun için daha yavaş ısırmaya başladı. Artık ağzındaki lokmayı tam olarak yutmadan ikinci bir parçayı ısırmıyordu. Karnı doymaya başlayan her insan gibi o da kafasını kaldırıp çevresiyle ilgilenmeye başladı. Midesinin içindeki o açlık sızısı geçmişti. O sızının aklında yarattığı gürültü de gitmişti. Geriye lokanta müşterilerinin, çalışanlarının, dışarıdaki trafiğin gürültüsü kalmıştı. Birden rahatladığını hissetti. Sokaktaydı. Evinden kaçalı kaç gün olduğunu tam olarak hatırlayamıyordu. Ama sakindi. McDonald's'tan daha büyük hamburgerler yapan, dana etinin yanında domuz da kullanan bir lokantada yemek yiyordu. Çevresinde ilgisini çekebilecek kimse yoktu. Aslında evinden ayrıldığı ilk gün, sokaklarda ailesini ya da onları tanıyan birini görmekten çok korkmuştu, ama Berlin'in ne kadar büyük olduğunu anlamıştı şu son birkaç günde. İkinci hamburger de bitti ve patateslere geçti. Çocuk iki ayrı tadı birlikte alabilecek yapıda değildi. Bir yemek bitmeden diğerine geçemiyordu, oysa üvey annesi defalarca bazı yemeklerin birlikte yenmesi gerektiğini, ancak bu biçimde üst düzeyde bir lezzet oluşacağını anlatmıştı. Ama tabii, annesi sokakta yürürken elini bırakmamasını da söylemişti. Oysa şimdi bir eli pantolonunun cebindeki çalıntı paranın üzerinde, diğeri tabaktan topladığı patateslerdeydi. İstese de annesinin elini tutamazdı.

Betty'ye bakmaya başladı. Gözleri onu takip ediyordu. Aslında belli bir nedeni yoktu bunun. Zargana kadınların kendisini tahrik ettiğini biliyordu, Betty de gerçekten güzel bir kızdı, ama onu bilinçsizce seyretmesinin belirli bir nedeni yoktu. Garson kız lokantanın içinde biraz dolaştıktan sonra doğru masayı bulup elindeki tepsileri bırakıyor, sonra da kenara çekilip insanları seyrediyordu. Zargana'yla göz göze geldi. Gözlerini ilk indiren çocuk oldu. Betty bakmaya devam etti. O an ne düşündüğünü anlamak olanaksızdı. Belki de başka bir şey düşünüyor ve gözlerini çocuğun yönünde açık tuttuğu için ayakta hayal gördüğü anlaşılmıyordu. Zargana patates tabağının arkasına saklanmak istercesine kafasını eğdi ve küçük siperinden gözlerini bir kez daha çıkardı. Garson kız hâlâ kendisine bakıyordu. Zargana korktu. Para çaldığını hatırladı ve kendisini seyreden garsonun polis olabileceğini düşündü. Terlemeye başladı. Yakalanırsa bir süre ıslahevinde yatar, sonra da sahte ailesine iade edilirdi. Ve işte kız masasına doğru yürümeye başlamıştı. Geliyordu. Kafasını neredeyse patateslerin içine sokacaktı. Oturduğu iki kişilik koltukta küçüldü de küçüldü. Küçük sarı bir nokta olana kadar masanın altına kaydı. Kız geliyordu. Artık gözlerini de indirmişti, bakmaya cesareti yoktu. Sadece patates ve mayonez görüyordu. Bir ses duydu. Yakından gelmişti. Sol kulağının yakınlarından. Ama sesin ne dediğini tam olarak anlamamıştı, çünkü kendisini çok sıkmıştı. Bütün dikkatini saklanmaya harcamıştı. O ses sadece kendisine yöneltilmiş olabileceği için de başını yavaşça sol tarafa çevirmek zorunda kaldı. Betty bir daha sordu.

– Yediklerini ödeyebilecek paran var mı?

Zargana'nın beklediği en son soru buydu. Yeryüzünde sadece on iki yıldır nefes aldığı için davranışlarını daha çok duyguları belirliyordu. Cebinde sıkı sıkı tuttuğu bir tomar parayı bir refleks sonucu çıkardı ve masanın üzerine koydu. Ailesine yalan söylemiş olan ve akşam yemeğinde gününü nasıl geçirdiği sorulduğunda o an sadece söylediği yalanı düşündüğü için durup dururken yaptığı yanlışı itiraf eden bir çocuk gibi göstermişti parayı. Betty de şaşırmıştı bu ani hareket karşısında. Elini Zargana'nın elinin üzerine koydu ve:

– Tamam, dedi. Koy onları cebine.

Betty masaların arasına dönerken gördüğü paranın miktarını tahmin etmeye çalışıyordu. Kaç tane ellilik banknot vardı çocuğun elinde? On, yirmi? Ne olursa olsun, çocuk ondan zengindi. Ama görünüşüne bakılırsa parayı yeni kazandığı, dolayısıyla harcamaya zaman bulamadığı da ortadaydı.

Betty yarım saat sonra vardiyasının biteceğini düşündü. Lokantadan çocukla beraber çıkmak için elinden geleni yapacaktı. O paraya çocuktan daha çok ihtiyacı vardı. En azından Betty böyle düşündü. Bilemezdi Zargana'nın son birkaç gecedir neler yaptığını. Kasanın arkasındaki tezgâha gidip bir Coca-Cola söyledi. Uzatılan bardağı aldı ve tekrar çocuğun masasına gitti. Zargana'nın aklı yeniden kararmıştı. Kendisini yine kötü hissetmeye başladı. Polise yakalanma korkusu geçmişti, ama şimdi de parasını gösterdiği için pişmanlık duyuyordu. Betty elindeki bardağı bırakırken:

– Küçük bir hediye, dedi.

Lokantanın bulunduğu sokağın kaldırımında yan yana duran iki bank vardı. Ortalarında da bir telefon kulübesi. Zargana banklardan birine oturmuş yeni ayakkabılarına bakıyordu. Reebok taklidi bir çift siyah spor ayakkabı almıştı. Kore malı. Bir süpermarketten almıştı ayakkabıları. Kendisine ilk kez giyim eşyası alıyordu. Bugüne kadar kıyafet yerine hep kitap ve oyuncak istemişti üvey ailesinden. Şimdiyse büyük bir insan gibi mağazaya girip ayakkabıları denemiş, içinde ayağının en rahat durduğu ayakkabıyı satın almıştı. Bağcıklarını yanlış bağladığını düşündüğü bir anda kırmızı ayakkabılar gördü. Kafasını kaldırdı. Karşısında Betty duruyordu.

– Çok bekledin mi?

– Hayır, dedi Zargana.

Betty'nin çocuğu lokantadan çıktıktan sonra kendisini banklarda beklemesi için ikna etmesi zor olmamıştı. Sadece, eğer beklerse biraz dolaşabileceklerini söylemişti. Çocuğun korktuğunu, dolayısıyla kaçmayacağını anlamıştı. Zargana ise parayı gördüğü için Betty'yi suç ortağı olarak düşünmeye başladığından kızın söylediğine boyun eğmişti. Belki bir polis değildi, ama gördüklerini polise anlatabilirdi. Hem zaten Betty de bir yetişkine benzemiyordu. O da bir çocuktu.

Zargana çocuklardan korkulmayacağını sanacak kadar seçkin bir çevrede büyümüştü.

– Çok yoruldum, bütün gün ayaktaydım. Gel, şurada bir kafe var. Oturalım biraz. Hem dondurma da yeriz.

Çocuk Betty'nin uzattığı eli tuttu ve ayağa kalktı. Yürümeye başladılar. Zargana, kurumuş çamurun kahverengi ile siyah arasındaki renklere buladığı pantolonu, betona sürtünmekten delinmiş kazağı ve yeni ayakkabılarıyla, daha çok erken yaşta madenlerde çalışmaya başlamış geçen yüzyılın çocuklarına benziyordu. Betty ise siyah mini eteği, Madonna'nın meşhur ettiği askılı siyah bluzu, altın sarısı kısa montu ve siyah file çoraplarının üzerine giydiği kısa topuklu kırmızı yarım botlarıyla 1988 yılının herhangi bir fahişesine benziyordu.

Zargana Betty'nin elini bırakmadı. Çünkü annesini hatırladı. Daha doğrusu anne dediği kadını. Onun eli de böyle sıcaktı. On dakikadan fazla tutunca terlerdi. Kendi elini çektiğinde avucunda hafif bir ıslaklık hissederdi. Betty'nin tırnakları pembe ojeli eli de terliyordu. Boyları hemen hemen aynıydı. Sadece, abartılı biçimde başının üstünde toplanmış saçları Betty'yi daha uzun gösteriyordu. Tabii bir de, uzun bacaklarına geçirdiği mini eteği. Kaldırımda yürüyenler gördükleri çifti abla-kardeş sanabilirlerdi. Ama daha dikkatli bakanlar Betty ile Zargana'nın kentin sokaklarında kaybolmuş iki yabani hayvan olduğunu anlayabilirdi.

Kafeye girdiler ve cam kenarında bir masaya oturdular. Dondurma yerine iki elmalı turta, iki de sıcak çikolata söylediler. Betty yeni ruj sürdüğü dudaklarını yalayıp konuştu.

– Senin adın ne?

Çocuk yanıt vermedi.

– Benimki Elisabeth. Ama evden ayrıldığımdan beri herkes bana Betty diyor.

Turtalar geldi. Ama ikisi de çatalına dokunmadı.

– Nerede kalıyorsun?

– Hiçbir yerde.

Sonunda Zargana konuşmaya karar vermişti. Çünkü turta, çevre masalardaki gülümseyen yüzler, sıcak bordo kadife perdeler, radyodan gelen bir Tina Turner şarkısı, hepsi de çocuğu rahatlatmıştı. Üstelik karşısında, özellikle yüzünü çok güzel bulduğu bir kız oturuyordu.

– Evin yok mu?

– Hayır, dedi Zargana. Sokakta yatıyorum.

– Ben de bir zamanlar sokaktaydım. Ama sonra çalışmaya başladım ve şimdi bir otelde kalıyorum. Ailen yok mu?

Zargana düşündü. Geçen doğum gününde ailesiyle Fransa'ya yaptıkları yolculuğu, gittikleri dev lunaparkta bindiği uçan daire biçimindeki treni, annesinin hediyesi olan "Masters of the Universe" serisinden Hordak'ı, saatlerce güldüğünü, babasına sarılıp geçirdiği gün için yüzlerce kez teşekkür ettiğini düşündü.

– Hayır, bir ailem yok.

Sıcak çikolatalar geldi. Bu kez ikisi de parmaklarını soktular fincanlardaki küçük kulplara. Bütün çocuklar gibi onlar da sıcak çikolatayı seviyorlardı. Betty fincanı dudaklarından çekip ağzının yakınında tuttu.

– Sana bir şey söyleyeyim mi? Çok kötü kokuyorsun. Bence yıkanmalısın.

Zargana utandı. Her sabah büyük bir titizlikle temizlediği kulaklarının kirli kalmış olması korkusuyla insanlara fazla yaklaşamayan, sınıfta arkasında oturan çocukların kulaklarına bakıp bakmadığını düşünerek tedirgin olan Zargana, duyduğu söz karşısında yine küçülmeye başladı ve turtanın üzerine eğildi.

– Boş ver, dedi Betty. Birazdan bana gideriz. Orada yıkanırsın.

Bir otel odası da olsa birazdan gideceği yerin kuru, sıcak ve bir tavan sahibi olması düşüncesi Zargana'yı gülümsetti. Karşısındaki kız yeni arkadaşıydı. En son gittiği arkadaşının evinde Commodore 128d model bir bilgisayarda oyunlar oynamışlar, annesinin gelip kendisini almasına yakın bir saatte de ev sahibi çocuğun *Playboy* koleksiyonlarına bakmışlardı.

– Tamam, dedi.

– Kaç yaşındasın? diye sordu Betty. Bir yandan da elmalı turtasından iri bir parça almış, parmaklarıyla çataldan düşmesini engellemeye çalışıyordu.

– On iki buçuk.

Hayatta buçukların hiçbir değerinin olmadığını daha bilmediği için yılların yanına ayları da eklemeyi ihmal etmemişti.

– Peki ya sen?

Betty büyük lokmayı zorlukla çiğnedi. Pezevenk sevgilisinin aynı sorusuna on sekiz diye yanıt verdiği gün geldi aklına. Ama bu kez yalan söylemedi.

– On altı... Tam on altı.

Güldü. Buçukların, bir an önce büyümeye hevesli çocukların çocukça bir yöntemi olduğunu ve kendisinin buna ihtiyacı olmadığını anlatmaya çalışırcasına alaycı bir ifade vardı yüzünde. Oysa makyajı silinince yüzü Zargana'dan daha küçük gösteriyordu.

Birbirlerine bakmaya başladılar. Arada turtalarını yiyor, artık soğumuş olan sıcak çikolatalarını yudumluyorlardı. Birbirlerine söyleyecek pek bir sözleri yoktu. Ortak noktaları hayli azdı. Betty çocuğu otel odasına götürüp bir biçimde parasını çalıp kaçmayı, Zargana'ysa otel odasına gidip önce yıkanmayı, sonra da uyumayı düşünüyordu. Birbirine uyan hayalleri vardı. Belki bunlar bir konuşma konusu olabilirdi. Ama yine de susmayı tercih ettiler. Çocuklar karşılıklı susarlarken sıkılmazlar. Genellikle yetişkinlerin sorunudur gözlerini birbirlerinden kaçırmak. Garson hesabı getirene kadar da konuşmadılar. Betty sanki bir anneymiş gibi:

– Dur, dedi. Ben hallederim.

Oysa Zargana da elini cebine götürmüştü. Ama durdu. Parayı ödeyip çıktılar. Betty, kendisi de garson olmasına rağmen bahşiş bırakmadı, çünkü adisyon tabağına koyulan para, yanında yürüyen çocuğun cebindeki paranın fiyatıydı. Ne eksik, ne fazla. İki turta ile iki sıcak çikolatanın bedeli. Karşılığında da belki bin, belki bin beş yüz mark. İyi bir alışverişti. İndirim mevsimindeki alışverişlerden bile daha kârlıydı.

Richmont adındaki otel Winterfeldplatz'a üç yüz metre uzaklıkta, daha çok altın vuruşlarını yapıp bir an önce ölmek için oda tutan eroinmanların ve göğüsleri sarktığı için müşteri kaliteleri düşmüş fahişelerin barındığı dört katlı bir binaydı. Giriş kapısının üstünde turuncu zemine sarı harflerle yazılmış adı, civarda parlayan tek şeydi. Neonlarla yazılmış "Hotel Richmont" yazısı siyah hayatlı insanlarla, zencilere küfür eden ırkçılar gibi alay ediyordu. Taklit kolyeler ve iri yüzükler vardı bir de parlayan. Ama onlar da genelde otel odalarındaki terli alışverişler bittikten sonra komodinlerin üzerinde unutulup gidiyordu. Kararan havanın içinde simsiyah bir otelin sapsarı tabelası, gemilerin ya da bu durumda normal yaşantılı insanların çarpmaması için inşa edilmiş bir deniz feneri görevi görüyordu

Dar bir kürsünün arkasında duran Çinli, Betty'yi tanıdı ve gülümseyerek odasının anahtarını uzattı. Zargana orta yaşlı Çinlinin terli gülümsemesinden sonra, neden Betty'yi otelinde bedavaya misafir ettiğini anlayabilirdi, ama anlayamadı. Yeşil bir halıyla kaplı basamakları çıktılar ve birinci kata geldiklerinde soldaki ilk kapının önünde durdular. Demir bir plaka vardı üzerinde. Üstünde "1" yazıyordu. Zargana ailesiyle defalarca otellerde kalmış, ama hiçbir zaman "1" numaralı odayı görmemişti. Hatta iki binler, üç binler görmüş ve gerçekten de otelde binlerce oda olduğunu düşünmüştü. Ama yine de "1" numaralı oda ona çok mantıklı geldi.

Betty kapıyı açtı. Zargana kızı takip etti. İki kişilik bir yatak. Yerde duran bir telefon. Yatağın üstünde odadan aceleyle çıkıldığını ya da sahibinin son derece pasaklı olduğunu gösteren dağınık kıyafetler. Kalın turuncu perdeler. Bir televizyon, ki bu Richmont gibi bir otel için fazlasıyla lükstü. Tabii uzaktan kumanda televizyona zincirlenmişti. Zincirin uzunluğu ortalama insan kolu uzunluğundan beş santimetre daha fazlaydı. Çinli, insanları nasıl delirteceğini iyi biliyordu. Pekin'de de üniversite öğrencisi kızını delirtmişlerdi. Kız bazen telefonda konuşabiliyor, ama siyasi mahkûmların kaldığı hapishanenin revirindeki yatağından babasının sesini tanıyamıyordu. Kimse, yirmi iki gün bir hücrede ıslak deri parçalarıyla dövüldükten sonra babasını hatırlamazdı. Çinli bunu biliyor ve acısını kapitalistlerden çıkarıyordu. Betty ve benzeri kızlarla yatmak bir çeşit terapiydi onun için.

Betty yatağın üzerindeki kıyafetleri toplayıp tek kapılı dolaba koyarken, Zargana'ya dönüp:

– Banyo orada. Girip yıkanabilirsin, dedi.

Zargana gülümsedi. Teşekkür etmek istedi, ama ağzından ses çıkmadı. Sadece kafasını salladı. Banyodaki duşun perdesinin olmadığını hatırlayan Betty'nin canı sıkıldı. Oysa su sesinden yararlanarak parayı pantolondan rahatça alabilirdi. Etrafı toplamayı tercih etti. Toplanacak bir kıyafeti kalmadığında da yatağa oturup televizyonu açtı. Yaşıtı fahişeler gibi sigara ya da uyuşturucu kullanmıyordu. Çünkü pezevenk sevgilisi bunun cildini bozacağını söylüyordu. Birden aklına o geldi. Yeniden onunla karşılaşmak, onunla sevişmek nasıl olur diye düşündü. Berlin'in bütün kirli sokaklarında kendisini aradığından emindi. Ama Betty de istemediği sürece bulunmayacağından emindi. Çinliyle yaptığı anlaşma Hong Kong'un İngiltere'ye kiralanması sırasında imzalanan antlaşma kadar kesin ve güvenilirdi. Çinli belki cinsel yönden hastalıklı bir yapıya sahipti, ama hain değildi. Kızının anüsüne parça parça sokulan dağ sıçanlarının minik çığlıklarını belki kendi kulaklarıyla hiç duymadı, ama tahmin etti. Biliyordu otoriteye, güçlüye karşı nasıl davranılması gerektiğini. Biliyordu kimin neyi ne kadar hak ettiğini. Betty de sokaklarda yaşayan bir genç kız olarak bedeninin sömürülmesini hak ediyordu, ama ihanete uğramayı asla.

Zargana duşun altında önce kendisine dokunmayı düşündü. Ama sonra aklına evden kaçtığı geldi ve sadece yıkanmakla yetindi. Tam suyu kapatmış duştan çıkacaktı ki, kapı aralandı, bir el uzandı ve iki parmağıyla tuttuğu beyaz bir tişört ile mavi bir bermudayı yere bıraktı. Kapı aralığından bir de ses geldi:

– Sadece bunları bulabildim. Ama en azından üstündekilerden daha temizler.

Betty'nin amacı Zargana ile pantolonu bir an önce birbirinden ayırmaktı. Amacına da ulaştı. Zargana yerden aldığı kıyafetleri giydi. Kısa saçlarını kapının arkasında bulduğu havluyla kuruladı ve odaya geçti. Kendisini bir an için evinde gibi hissetti. Üstünden çıkardığı kıyafetleri yıkanmak ve ütülenmek üzere katlayıp klozet kapağının üzerine koymuştu. Ailesinin evindeki Martha adındaki Portekizli hizmetçinin çok uzaklarda olduğunu biliyordu, ama belki Betty de diğer kadınlar gibi çamaşır yıkayabiliyordu.

Odaya girdiğinde Betty'yi yatağa bağdaş kurmuş otururken buldu. ZDF kanalındaki bir çizgi filmi seyrediyordu. Zargana akşamları ZDF'de çizgi film yayımlandığını bilmiyordu. Şaşırmıştı. Saat sekizden sonra televizyon seyretmesi yasaktı. Tom ve Jerry adındaki iki hayvanın doğal düşmanlıkları üzerine kurulu parodilerden oluşan çizgi film, program boşluğunu doldurmak için istisnai bir biçimde yayına sokulmuştu. Betty çocuğu görünce, kafasını çevirmeden, yanına gelmesi için sağ avucuyla iki kez yatağa vurdu. Zargana kızın yanına oturdu ve onun gibi bağdaş kurdu. Kedi fareyi kovalarken bir kalorifer peteğinin içine girdi. Ancak çıktığında peteğin biçimini almıştı. İkisi de güldüler. Koşmaktan hiç yorulmayan fare göründü. Arkasına bakıyordu. Kedi tekrar ekranda göründüğünde artık normal vücut ölçülerine kavuşmuştu. Tam fare kuyruğundan yakalanacakken mutfağa sadece belinden aşağısı görülen zenci hizmetçi girdi. Betty yatağın sarsıldığını hissetti. Gözucuyla sağına baktığında Zargana'nın kendini sırtüstü yatağa bıraktığını gördü. Çocuk birkaç saniye öyle durdu, sonra da pencereye doğru dönüp bacaklarını karnına çekti. Ellerini çenesinin altında birleştirmişti. Betty ayağa kalkmak için kedinin hizmetçi tarafından süpürgeyle dövülerek evden atılmasıyla son bulan çizgi filmin bitmesini bekledi. Uzaktan kumandayla televizyonu kapattı. Sonra dönüp çocuğa baktı. Zargana hiç hareket etmiyordu. Nefes alıp almadığı bile belli olmuyordu. Gözkapakları, üzerine herhangi bir kozmetik ürünü sürülmüş gibi parlıyordu. Topuklarında ve parmaklarında en ufak bir nasır izi yoktu. Beyaz bir çocuktu. Bembeyaz. Kısa sarı saçları teninin rengiyle o kadar uyumluydu ki, siyah saçları olsa ölecekmiş gibi duruyordu.

Betty banyoya girdi. Katlanmış kıyafetleri gördü. Para pantolonun sağ cebindeydi. Kapıyı ardından kapattı. Parayı pantolondan aldı. Saymadı. Eşofmanının sağ cebine koydu. Lavabo musluğunu açtı. Musluğa ince bir zincirle bağlı tıpayı alıp lavaboyu tıkadı ve kıyafetleri alıp içine attı. Betty, Richmont Hotel'in 1 numaralı odasında Schwarzkopf marka bir şampuanla Zargana'nın kirli kıyafetlerini yıkadı. İşi bitince de çocuğun yanına yatıp uyudu.

Çıplak bir ampulün aydınlattığı geniş odada bir yemek masasından başka mobilya yoktu. Masanın çelik ayakları kare bir camı taşıyordu. Cam da zayıf ve çıplak bir kadını. Kadın masanın üzerinde bağdaş kurmuş, dirseklerini dizlerine dayamış, başını da ellerinin arasına almıştı. Odanın birbirine bakan iki kapısı vardı. Almanya'daki bütün saat kuleleri 07.30'u gösterdiğinde iki kapı da açıldı. Ayak sesi duyulmuyordu, çünkü odaya girenlerin ayakkabıları yoktu. Parkenin üzerinde insan derisi ne kadar ses çıkarabilirse o kadar gürültü vardı. Aslında parkeye değen tam olarak çıplak tabanlar değildi. Jartiyerle siyah sliplere tutturulmuş file çorapların tabanları değiyordu soğuk zemine. Hemen hemen aynı anda adımlarını atarak masanın yanına kadar geldiler. Kadın, elleri hâlâ başının iki yanında, oraya yıllar önce yerleştirilmiş bir heykel gibi duruyordu. İki adam birbirlerinin nefeslerini yüzlerinde hissedecek kadar yaklaştılar. Boyları, gözlerinin arasına dümdüz bir köprü inşa edilecek kadar aynıydı. Birbirlerini seyrettiler. Daha doğrusu birbirlerinin gözlerini. Biri indirdi gözkapaklarını. Diğeri burnunu yaklaştırdı karşısındakinin boynuna. Derin bir nefesi çekmeye başladı içine. Öyle uzun sürdü ki nefesi içine çekmesi, boyunda başladığı yolculuğu karşısındakinin alnında bitirdi. Boyundan alna kadar bütün yüzden topladığı kokuyu ve oksijeni geri bırakmadı. Hepsini içinde tuttu. Göz kapatma sırası ondaydı. Kokusunu ve yüzünü kaplayan oksijeni hediye eden gözlerini açtı. Bir süredir artık nefes almayan, biraz önce aldığıyla yetinen adamı seyretti. Nefesini tutan birini seyretmenin belki çok ilginç bir tarafı yoktu ama, karşısındaki adam kendisini sadece bir kişiyle doldurmuştu. İçinde tuttuğu, âşık olduğu adamın kokusuydu. Hızla inip kalkan göğse doğru eğildi ve sağ kulağını yasladı sesin geldiği yere. Bir süredir nefesini tuttuğu için hızlanmış olan kalp atışını dinlemeye başladı. Kendi oksijeniyle, kokusuyla atıyordu dinlediği kalp. O kadar heyecanlandı ki bunu düşününce, kalp atışlarını saymadı bile. Sadece dinledi. Düzensiz ve sert vuruşları dinledi. Her atışı kulağında hissetti. Hatta müziğini dinlediği kalbin göğüs kafesini kırıp deriyi parçalayarak dışarı çıkacağını, ama derhal karşısına çıkacak olan kulaktan içeri girip kendi beynine ulaşacağını hayal etti. Bir kalp ile bir beynin tek bir organa dönüştüğünü gördü hayalinde. Zorlukla ayırdı kendisini gittikçe hızlanan kalpten. Doğruldu. Gözler açıldı. Kulaklarında hâlâ o eşsiz müziği duyan adam ağzını açtı ve beklemeye başladı. Her şey üç saniye sürdü. Nefesini tutmuş olan adam büzdüğü dudaklarını açık ağızdan içeri soktu. Ve içinde tuttuğu nefesi âşık olduğu insanın içine bıraktı. Kadın daha kafasını kaldırmaması gerektiğini bilip emirlere uysa da, iki parmağının arasından gördüğü kadarıyla iki adamın öpüştüğünü sandı. Oysa birbirlerine hayatı ikram ediyorlardı. Nefes tutup hızlanan kalp atışını dinleme, sonra da nefesi alındığı yere geri bırakma seremonisi üç kez karşılıklı olarak tekrarlandı. Daha fazla zamanları olsaydı birbirlerine suni teneffüs de yapabilirlerdi, ama bu sabah bedenlerini ve zihinlerini seviştirmek için sadece bir saatleri vardı. Birbirlerinin burunlarını tıkayıp ağızlarından yolladıkları havayla şişen karınları görünce aşkın ne olduğunu, aslında ne kadar elle tutulur, gözle görülür bir şey olduğunu anlıyorlardı. Aşk o şişen karındı. O hızla verilen nefesti. Kadının saçına dokundular ve siyah saçlar dalgalandı. Beyaz bir alın ve yeşil gözler göründü. Kadın kollarını açarak iki adamı da kendisine doğru çekti. Koma ve Fuscha bir kara deliğin içinde kayboldu.

Kadına parasının diğer yarısını da verdiler, ama duş almak için evin banyosunu kullanma isteğini geri çevirdiler. Sırayla kendilerini sıcak suyun altına bıraktılar. Giyinip salonda buluştuklarında Fuscha konuşmaya başladı.

– Benimle Amerika'ya gel. Yine birlikte yaşayalım. Eskiden olduğu gibi.

Koma son üç buçuk aydır Rio adındaki karakteri canlandırıyordu. Üç buçuk aydır Fuscha'yla birlikteydi. Ezberlediği sözleri sevgilisinin kulağına fısıldıyor ve gittikçe kendinden uzaklaşıyordu. Ailesine bir arkadaşıyla birlikte yaşayacağını söylemiş ve evden ayrılmıştı. Okula gitmiyordu. Atıldığından emin olduğu için de durumunu öğrenmek üzere okul yönetimini telefonla bile aramıyordu. Geceleri Fuscha uyuduktan sonra ya da hafta sonları, Berlin'deki gece kulübü sahibi arkadaşlarıyla birlikteyken Zargana'nın evine gidiyor ve sabahlara kadar konuşuyorlardı. Zargana onu Rio diye çağırıyordu. Koma on yedi yaşında bir çocuk olarak büyümemek üzere donmuştu. Çünkü aynı bedenle yaşamaya başlamış olan ve büyüyen kişinin adı Rio'ydu. Kendisinden çok büyük bir adamla aşk yaşamaktan başka hiçbir işi olmayan Rio. Artık banka hesabına yatan paraları ne yapacağını da düşünmüyordu. Ayak bilekleriniyse uzun zamandır jiletlemiyordu. Fuscha'nın bileklerine saldırmayı tercih ediyordu. Rio, Koma'yı öldürüyordu. Cinayeti herkes seyrediyordu.

– Bunu daha önce de konuştuk Fuscha. San Francisco'ya gelmek istemiyorum. Berlin'de kendimi iyi hissediyorum. Eğer istersen, sen gidebilirsin.

Fuscha, çocuğu yaşındaki genç adamın böyle konuştuğu zamanlarda deliye dönüyor ve içinde birazdan patlayacak bir saatli bomba varmış gibi terlemeye başlıyordu. Kendisine bu kadar bağlı görünen bir adam nasıl olur da aynı zamanda bu kadar duyarsız olabilirdi? Fuscha anlamıyordu. Rio'nun aşkını görüyor, duyuyor, ama varlığından emin olamıyordu. Her an elinden kayıp gidebileceğini bilmek onu çılgına çeviriyordu.

– Sakın bir daha bunu söyleme. Sakın!.. Ben Amerika'ya seninle gitmekten söz ediyorum. Benimle alay etme. İşimin başına dönmeliyim. Yaşadığımız şey bir hafta sonu ilişkisi değil. Sana ne kadar değer verdiğimi biliyorsun. Lütfen, bana bunu yapma. Her sabah benimle yeniden tanışıyormuşsun gibi davranma.

Koma söylenenleri duyuyor, ama dinlemiyordu. Radyodan gelen müzikle ilgileniyordu. Seksenlerin başında *techno-punk* yapmış Atari Teen Riot'ın "Burn Berlin! Burn!" adlı şarkısı çalıyordu. Şarkıyı daha önce nerede duyduğunu hatırlamaya çalıştı. İlk kez iki yıl önce, Love Parade adındaki şarlatanlıkla alay etmek için düzenlenmiş olan Fuck Parade'da duyduğunu hatırladı. Hatırlayınca rahatladı ve Hermes marka spor ceketinin alt düğmesiyle oynamaya başladı. Senaryoları eskisi kadar okumuyordu. İçinde gittikçe daha çok yer kaplayan Rio'ya bırakıyordu konuşmaları. Sadece hikâyenin başına ve sonuna bakıyordu ve ikisini bağlayacak kısımları Rio hallediyordu. Koma bir homoseksüel olmadığı ve hâlâ tamamen Rio'ya dönüşmediği için Fuscha'yı aralarına bir kadın almaya ikna etmişti. Zorlukla da olsa bunu başarmış ve Fuscha on sekiz yıl aradan sonra ilk kez bir kadını okşamıştı. Herkesin değiştiği bir sabah yaşanıyordu Berlin'de. Kimin sahte, kimin gerçek olduğunun anlaşılamadığı bir sabah. Fuscha acıklı konuşmasına devam ediyor, boyun kasları giydiği gömleğin yakasından taşsa da vücudu her yalvaran insanınki gibi gittikçe küçülüyordu. Ama Koma sadece şarkıyı dinliyordu: "Burn Berlin! Burn!"

– İşte bu şarkı! dedi Zo. Hatırlıyor musun Fuck Parade'ı? 1999 ekiminde. Ne müthiş bir konserdi. Hanin'i hatırlıyor musun? Kırmızı külotlu çorap, kırmızı bir boğazlı kazak, siyah deri etek ve burunları sipsivri siyah deri botlar giymişti. Muhteşemdi o gece.

Aynı şarkının farklı marka bir radyodan dinlendiği ev Zargana'ya aitti. Zargana, Zo'nun hangi Hanin'den söz ettiğini çok iyi biliyor, hatta Atari Teen Riot grubunun solisti olan kadını tanıyor, ancak yine de sanki adını ilk kez duyuyormuş gibi karşısındaki adamı dinliyordu. Abrechtstrasse'deki Bunker adlı kulübün kadınlar tuvaletinde Hanin'i sadece öptüğü geceyi hatırladı. Daha fazlasını yapamamıştı, çünkü bir insan olmadığını o zamanlar çoktan anlamıştı.

– Bana söyleyecek bir şeyin yok mu? diyerek Zo'yu susturdu.

– Evet... Aslında nereden başlayacağımı bilemiyorum. Şu an kırk iki kişi var kayıtlı olan. Yirmi dokuzu erkek. İçlerinden üçü askeri eğitim almış. Sabıkalı olanlarsa sekiz tane. Ama önemsenecek şeyler değil. Genellikle çevreyi rahatsız etmekle ilgili ya da metroda biletsiz yolculuk etmekle. Hepsi de verdiğim bütün görevleri yerine getirmeye çalışıyor. Bana inanıyorlar...

Elini kaldıran Zargana karşısında susmak zorunda kaldı. Zargana'nın avucunu gören kimse konuşmazdı.

– Bo, bütün bunları ben de biliyorum. Benim öğrenmek istediğim şey, senin kendini nasıl hissettiğin?

Zo, Lacoste eşofmanının arka cebinden çıkardığı Marlboro paketinden bir sigara çekip yaktı. Gözleriyle bir kül tablası aradı. Hemen yanında bir tane olduğunu görünce daha sigaranın ucunda kül oluşmasını beklemeden yanan kısmı kül tablasına iki kez vurdu. Konu duygularına geldiği zaman sinirleniyordu. Çünkü hiçbir şey anlatmak istemiyordu. İçinden geçenleri kimsenin bilmesini istemiyordu. Bo'nun gücüne hayran kaldığını söylemek istemiyordu. Barakasındaki boy aynasının karşısına geçip Bo taklidi yaptığını kimsenin bilmesini istemiyordu. Ama bir şeyler söylemek zorundaydı.

– Bugüne kadar yapmadığım şeyler yapıyorum. Konuşmadığım biçimde konuşuyor, giymediğim şeyler giyiyorum. Tek bir kelimemi duymak için birbirini susturan insanların karşısında uzun konuşmalar yapıyorum. Yaptığım her hareketi taklit etmeye çalışan, ben sesimi yükseltince gözlerini kısan, benimle konuşurken kekeleyen, kelimeleri yanlış telaffuz eden insanlar görüyorum. Her ne kadar o insanlara acısam da bundan büyük bir zevk alıyorum.

Zargana başını salladı ve Zo'nun kolundaki saate baktı. Misafiri gecikmişti.

Çağırdıkları iki taksinin kiralık süitlerle dolu apartmanın önüne gelmesini bekleyen Koma ve Fuscha birbirlerine bakmadan duruyor, yoldan geçenleri seyretmeyi tercih ediyorlardı. Tartışmaları her zamanki gibi sonuçsuz kalmıştı. Taksiler geldi. Sadece tokalaşırken birbirlerinin yüzüne baktılar ve arabalara bindiler.

Kapı zili evdeki gürültüye karıştığında, Zo hâlâ tam olarak neler hissettiğini ifade etmeyen, ama Zargana'nın sorusuna yanıt olmaya çalışan cümleler kuruyordu. Ev sahibinin ayağa kalkması üzerine sustu. Zargana kapıyı açtı.

– Geciktin.

Koma'nın uzattığı sağ eli sıkmadan, hâlâ sırtının izini taşıyan deri koltuğa oturdu. Yeni misafir de Zo'ya belli belirsiz bir selam verdikten sonra, hafifçe eğilen başıyla evin ikinci tek kişilik deri koltuğuna oturdu. Zargana dizlerinin üzerine koyduğu ellerine bakıyordu. Zo dördüncü sigarasını yakıyor, Koma ise ceketinin alt düğmesiyle oynuyordu. Belki evin salonu bir antik tiyatro sahnesine benzemiyordu, ama koltuklardaki üç beden de birazdan başlayacak bir trajedinin aktörleri gibi duruyordu. Radyo ve kalın perdeler kapatıldığı için yakınlarda yaşayan bir Berlin olduğu bile anlaşılmıyordu.

Sanki terk edilmiş ya da hiç keşfedilmemiş bir adadaymış gibi yalnızdı üç adam. Her koltuk da ayrı bir adaydı, çünkü üzerlerinde oturanlar birbirlerine bakmıyorlardı. Koma Fuscha'yı, Zo Hiç hareketini, Zargana kendisini düşünüyordu. Ya biri konuşmaya karar verdi ya da farkında olmadan yüksek sesle düşündü, ama salonun tozunu kaldıracak bir ses duyuldu sonunda. Koma'ydı ağzını açan.

– Fuscha onunla San Francisco'ya gitmemi istiyor.

Zargana gözlerini ellerinden ayırmadan konuştu.

– Peki sen ne istiyorsun?

– Benimle Berlin'de kalmasını.

Zargana parmaklarını dizlerinin üstünden kaldırıp indirdi ve gözlerini Koma'ya dikti.

– Rio, sen o adamın şimdiye kadar âşık olduğu tek insansın. Her ne kadar kendisinden daima emin görünse ve her istediğini yaptırmaya alışmış olsa da, ona sözünü dinletebilirsin. Çünkü kimse onu senin gibi tatmin edemiyor. Sen Fuscha'nın hayatındaki sihirli lambasın. İçinden ne çıkacağı belli olmayan sihirli bir lamba. Bu yüzden seni okşamaktan vazgeçemeyecektir.

Zo konuşulanlarla ilgilenmiyor, bir an önce evden çıkmak, Black Sun'a gidip çocuklardan birkaçını görmek istiyordu. Gerçekleştirilmesi gereken bir toplantı haberini herkese ulaştırmalıydı. Zamanını boşa harcadığını düşünüyordu. Koma'nın neler yaptığına dair hiçbir fikri yoktu, ama oyundaki en iyi rolü kendisinin kaptığından emindi. Cümlelerin arasında duyduğu Fuscha adının bir erkeğe mi yoksa bir kadına mı ait olduğunu bile düşünmedi. Zo, Hiç dışında hiçbir şeyi önemsememeyi öğreniyordu. Tıpkı hareketin üyelerine tavsiye ettiği gibi. "Sadece Hiç var, başka da bir şey yok" diyordu her toplantının sonunda.

– Benim gitmem gerek, dedi Zo.

Zargana yerinden kalktı, Zo'ya doğru yürüdü. Karşısında

durdu. Oturan adam ile ayakta olanın dizleri neredeyse birbirine değiyordu. Zo, Zargana'nın ne kadar uzun boylu olduğunu bir kez daha düşündü. Açılan ve hareket eden ağzının ise büyük bedeninde çok küçük bir delik olduğunu fark etti.

– Hiçbir yere gitmiyorsun. Yarın sabaha kadar birlikteyiz ve siz isteseniz de istemeseniz de konuşacağız. Bana yaşadığınız her anın içinizde doğurduğu duyguyu anlatacaksınız. Kimse bir yere gitmiyor.

Zo bu rahatsız durumdan kurtulmak için bir hareket yapması gerektiğini düşündü ve sigarasının uzamamış külünü kül tablasına düşürmek için yanındaki sehpaya uzandı. Zargana olduğu yerde döndü. Koma'ya baktı. Yanlış yaptığını düşünüyordu. Her şeyin yanlış olduğunu. Keşke hiç başlamasaydım, diyordu içinden. Yeni oyunun kendisini bu kadar zorlayacağını tahmin etmemişti. Kendi geçmişini canlandırmanın zihnini bu kadar yoracağını düşünmemişti. Zo ve Koma'nın rolleri diğerlerinkine benzemiyordu. Diğerleri sıradan küçük aktörlerdi. Hayali bir hayatın gerçeğe dönüşmesi için ihtiyaç duyduğu kan ve kemiklerdi. Oysa salondaki iki adamla beraber evde üç tane Zargana vardı. Kendini iyi hissetmiyordu. Aklındaki her şey karışıyor, her şey birbirine giriyordu. Hatırlaması gereken binlerce ayrıntı farklı loşlukta karanlıklara saklanıyor, hiç tanımadığı insanlara oynattığı rollerin neler olduğunu unutuyordu. Zargana uzun zamandır ilk kez bir insan gibi heyecanlanıyordu. Bu duyguyu sevmedi ve bağırdı.

– Kimse bir yere gitmiyor! Ben gitmeden kimse bu evden çıkmayacak.

Misafirleri kanlarının akışının hızlandığını hissettiler. Efendilerinin yüksek sesle konuştuğuna ilk kez tanık oluyorlardı. Gözleriyle uzun boylu adamın salonda yürümesini takip ettiler. Attığı voltaları seyrettiler. Her adımda çok az da olsa sarsılan zemini hissettiler. Yeniden eski adlarını ve hayatlarını hatırlamalarına ramak kalmıştı ki, Zargana yürümesini kesmeden konuşmaya başladı.

– Rio, bana hayatta en çok yapmak istediğin şeyi söyle.

Koma hiç tereddüt etmedi. İnsanlar adları sorulduğunda bile saniyenin yarısı kadar duraksarlar, ama o derhal verdi yanıtını. Sanki salondaki konuşma da bir senaryoda yazılıymış ve sorunun yanıtı beyaz bir kâğıdın üzerine mürekkeple yazılmış gibi.

– Her şey. Ben bu hayatta her şeyi yapmak istiyorum. Hiçbirinin farkı yok diğerinden.

Zargana koridorun başlangıcından sokak kapısına kadar attığı sekiz adımı tekrarlamak üzere yaptığı dönüşte ikinci sorusunu sordu. Aklını ve aklında barındırdığı düşünceleri kaybetmemek için polisiye bir sorgulama yapıyordu. Sorular ve yanıtları. Evinin salonunda duymak istediği tek şey bunlardı.

– Neden?

– Çünkü her şeyi yapabileceğimi biliyorum. Hiçbir prensibim ve alışkanlığım yok. Cüce bir erkekle ya da kolları olmayan bir kadınla sevişebilirim. Maden işçisi ya da katil olabilirim. Ben bir deneyim. Konum da hayat. Dolayısıyla hayatta en çok yapmak istediğim şey yaşamak. Her şeyi.

Sorgulama devam ediyordu. Kelimeler ağızlardan hızla çıkıyordu. Bir dünya savaşı başlatacak olan sapanlardaki ilk çakıl taşları atılıyordu. Salondaki kimse diğerinin düşüncesiyle ilgilenmiyordu. Kimse yanındakine acımıyordu. Sadece Zo, bir an için tanıdığını sandığı Koma'nın ağzından çıkanlar karşısında midesinin bulandığını hissetti. Yıllardır tanıdığı arkadaşını bütün kemikleri kırılmış bir hayvana benzetti. Her yere girebilecek, her şeyi yapabilecek aşağılık bir hayvan. Onun adına utandı. Zargana adımlarını yavaşlatmadan, yemek masasının üzerinden yakaladığı paketi alıp bir sigara yaktı, arka cebinden çıkardığı ve evin her köşesinde bir tane olan penis biçimindeki çakmakla. İlk nefesten sonra konuştu. Sanki yakalaması gereken bir tren vardı. Acele ediyordu. Hem de çok. Çünkü sıkılmıştı kendisinden, oyuncularından, her şeyden. Duyacağı yanıtlarla kendisini ikna etmeye çalıştığının farkındaydı. Oyunun boşuna olmadığını çıplak gözle ve çıplak beyinle görmeye ihtiyacı vardı.

– Her insanın bir amacı vardır. Yaşadıkları, öğrendikleri, hissettikleri ve yetenekleri doğrultusunda bu amaç belirginleşir. Böylece karakter özellikleri de ortaya çıkar. Kişilik oluşur. Peki, nasıl olur da senin bir kişiliğin ya da karakter özelliklerin olmaz?

– Yanılıyorsun. Benim de bir karakterim var. Yaşamak istediğim her şeyi değerlendiren ve hepsinden zevk almayı bilen bir karakterim var. Belki diğer insanlarınki kadar yer kaplamıyor içimde, ama bir tane var.

Koma, Rio'nun düşündüklerini ya da hissettiklerini söylemiyordu. Kendininkileri söylüyordu. Koma, Rio olmuştu. On yedi yaşındaki çocuğun on yedi yılını unutup başka bir insana dönüşmesi sadece üç buçuk ay, yani tam olarak yüz üç gün almıştı. Zargana her ne kadar bu kolay geçişi ve insanların karakter zayıflıklarını düşünerek kendi sorunundan uzaklaşmamaya çalışsa da, yüz üç günde gerçekleşen değişimi utanç verici buldu ve bir kez daha insan olmadığına sevindi. Koma devam etti Rio'nun sözlerine.

– Ölüm dışında hiçbir şeyden korkmuyorum. Acıyı, zevki, iyiyi, kötüyü... Hiçbir şeyi umursamıyorum. Ama hiçbir şeyi.

Zo hiç kelimesini iki kez üst üste duyunca, bir an için, Koma'yı ya da birkaç dakikadır duymakta olduğu yeni adıyla Rio'yu kendi hareketine davet etmeyi düşündü. Ama sonra Hiç hareketine her şeyi yapabilecek bir adamın girmesinin ne kadar tehlikeli olduğunu geçirdi aklından. Belki hareketin adı Hiç'ti ve belki de umursamamak en önemli şartlarından biriydi, ama yine de kemikleri kırık bir adam yarın bambaşka bir deliğe girip o deliğin biçimini alabilirdi. Eski ve yeni arkadaşı Koma ile Rio'dan iğrendiğini fark etti. Tam dikkatini Lacoste yürüyüş ayakkabılarına yöneltmişti ki, adını duydu. Daha doğrusu, yüz üç gün önce kendisine hediye edilmiş olan adını.

– Peki, sen Boslin, sen ne yapmak istediğini biliyor musun?

Zo zorlanmadan yanıtladı soruyu, hayatının bir döneminde herhangi bir harekete dahil olmuş bütün insanlar gibi.

– Mutlu olmak istiyorum. Ama benim mutluluğum diğer insanlarınkine benzemiyor. Hiç hareketi bütün dünyaya yayılıp dev bir karnavala dönüşene kadar mutlu olmam zor. Çünkü ben bunu istiyorum. Bütün insanların en derinlerinde yatan duyguları uyandırıp hepsini delirmeye kışkırtmak istiyorum. Hatta...

Zargana sözünü kesti. Zo'nun yeni karakterine Koma kadar sarılmadığını biliyordu. Biraz daha zamana ihtiyacı vardı Boslin Kobert Ferhachen olabilmek için. Çünkü Zo'nun söylediklerinin yazdığı senaryolardan birinde olduğunu hatırlıyordu. Sinirlenmedi. Ama daha önce duymadığı yanıtlar alamayacağını anladığı için üzüldü.

– Anlıyorum.

Sekiz adımlık yürüyüşlerini bitirip koltuğuna oturdu. Kendisini seyreden iki çift göze sırayla baktı. Ne düşündüğünü anlamak olanaksızdı.

– Gidin, dedi. Hayatlarınıza geri dönün.

Koma ve Zo bir saniye için bütün oyunun sona erdiğini düşünerek birbirlerine baktılar. Yeniden on yedi yaşında iki çocuğa dönüştüler. Çaresiz ve mutsuz iki çocuk. Anne ve babalarının öldüğünü öğrenen iki normal çocuk kadar acı çektiler. Ama damarlarının titremesi sadece bir saniye sürdü, çünkü Zargana konuşmasına devam etti.

– Rio ve Boslin... Hayatlarınıza devam edin.

Misafirleri gittikten sonra, Zargana bir süre deri koltukta hareketsiz oturdu. Oturduğu yerden gördüğü, geniş pencereyi örten kalın perdeydi. Perdenin katlandığı yerleri, kıvrımları seyretti bir süre. Sonra ayağa kalkıp kendini yere bıraktı. İki metreye yakın boyu küçüldü. Dizlerini göğsüne doğru çekti. Kollarını bacaklarının arasından uzattı. Yerdeki halıyı çok yakından gördü. Halının sert tüylerini yanağında hissetti. Gözlerini yumdu. Gözkapakları kırıştı. Dişlerini sıktı. Kapalı dudaklarının ardından küçük sesler çıkmaya başladı. Kısa süren acı sesleri. Normalde bir insanın çok ağır bir eşyayı taşırken çıkarabileceği türden bir sesti bu. Her ne kadar gözlerinden yaş akmasa da böyle ağlıyordu Zargana. Ne istediğini, ne yapacağını ve kim olduğunu bilmediği için ağlıyordu. Sonra sert bağırışları azaldı. Çıkardığı sesler küçüldü, yok oldu. Gözkapakları yavaş yavaş açıldı ve dişleri çözüldü. Çaresiz olduğunu anladı. Oyunu devam ettirmekten başka çaresi yoktu. Mecburdu Rio ile Boslin'i yaşatmaya, Zargana'yı anlamak için. Nabzı yavaşladı. Sokak kapısının eşiğinden kayıp halıya dayanmış yanağına kadar gelen rüzgârı hissetti. Ben bir insan değilim, dedi içinden. Gözkapaklarını tekrar indirdi. Bu kez uyumak için.

İki metre boyunda ve yüz yirmi beş kilo ağırlığında olan Arthur Cravan adındaki müthiş boksör ve şair, Alexanderplatz'daki randevu evlerinde ve Kurfürstendam'daki gece kulüplerinde yarattığı skandallardan ötürü 1907 yılının mart ayında tutuklandığında, kendisine iletilen sınır dışı edilme kararının nedenini sorunca polis memurunun verdiği yanıtı Zargana'nın bilmesine olanak yoktu. Tam olarak şöyle söylemişti genç polis: "Berlin bir sirk değil." Yanılmıştı. Berlin bir sirkti ve Zargana en az Arthur Cravan kadar iyi bir gösteriydi. Belki de sirkin en iyisi.

karısı ve dört çocuğu vardı. Uluslararası nakliyat yapan bir TIR'ın yedek mazot deposunda Fransa'ya kaçmış, Montpellier'deki barların kapısında durmuş, sonra da soyduğu zengin bir homoseksüelin parasıyla Berlin'e gelip Hors Hausse Poux'yu açmıştı. Barın adının Fransızca okunuşunun Türkçe'deki orospu kelimesiyle aynı olduğunun tabii ki farkındaydı. Bilal hayatın bir orospu olduğunu ülkesinden ayrıldıktan kısa bir süre sonra anlamıştı. Ama her orospu gibi hayat da rekabeti sevmiyordu ve bu yüzden tanıdığı bütün rakiplerine acı çektiriyordu. Betty de bunlardan biriydi. Kaldırımda geceyarısından sonra beklemeye başlayanların en vahşisi hayattı.

Genç kız bardan çıkıp otele doğru yürüdü. Yolunun üstündeki McDonald's'a girip Zargana'ya ve kendisine yetecek kadar yemek aldı. Her üç adımda bir arkasına bakarak yürüyordu. Victor'un Bilal'i ziyareti sinirlendirmişti Betty'yi. Bir an için herkesin Victor'a benzediğini düşündü. Sonra boşuna korktuğunu düşünüp güldü. Hatta karşıdan gelen yaşlı bir Arap'ın bacaklarına baktığını görünce zaten kasıklarının biraz altında olan eteğini hafifçe kaldırıp indirdi. Betty kadın ve erkekleri nasıl tahrik edeceğini iyi biliyordu.

Resepsiyonda duran ve yüzü kapanmış yaralarla dolu olan Çinliye çocuğun odasından çıkıp çıkmadığını sordu.

– Hayır. Hiç çıkmadı, hatta bir ara gidip bakmayı bile düşündüm, çünkü televizyonu bile açmadı. Açsaydı duyardım.

Merdivenlere yönelen Betty'nin arkasından ekledi:

– Bir hafta daha geçti. Ödeme zamanı...

İlk basamağa adımını atmış olan Betty, arkasını dönmeden, sadece boşta olan sol elini kaldırıp:

– Tamam, dedi. Biliyorum.

Evet, gerçekten de biliyordu ödeme zamanının geldiğini. Hatta Zargana'nın parasını kendisini rahat bırakması için Çinliye vermeyi düşünmüş, ama sonra kendi ödeme yönteminin çok daha kolay ve ucuz olduğu aklına gelmiş, dolayısıyla fikrinden vazgeçmişti. Birinci kattaki bir numaralı odanın kapısının içine sapladığı anahtarı bir kez çevirdi. Kapıyı açtığında yatağın üzerindeki çocuğu gördü. Uyuyordu. Geçen gece terk etmeye kararlı olduğu bir anda gözlerine büyükannesinin her gece Kitabı Mukaddes'den okuduğu bölümlerdeki melekler gibi görünen çocuğu yatakta kanatsız bir melek gibi uyurken bulduğu için gülümsedi. Betty her ne kadar katrandan daha siyah bir hayat yaşasa da sarı saçlara sahipti. Ve diğer fahişelerinki gibi boya değildi saç tellerinin rengi. Kalbinin rengiydi saçlarının köklerinden çıkıp kafa derisinin üstünde en küçük rüzgârda kırışan kadifelere kadar giden. Betty'nin göğüs röntgeni çekildiği takdirde bütün beyaz ve siyah renklerin yanında kalbinden sarı bir ışığın çıktığı görülebilirdi. Betty'nin göğsünde kalp yerine bir güneş atıyordu. Dünyaya hayat veren güneş kadar cömertti genç kız da. Saçlarıysa güneşin ancak çocukların çizdiği resimlerde görülebilecek olan sarı kollarıydı. Belki de Zargana sadece çocukların görebileceği bir iyiliği hissettiği için Betty'nin peşinden gelmişti Hotel Richmont'un 1 numaralı odasına.

Betty kırmızı botlarını çıkarıp yatağın altına doğru itti. Elindeki kesekâğıdını televizyonun üstüne koydu. Odasındaki meleği uyandırmamak için elinden geleni yapıyordu. Hatta o an sırf çocuk uyanmasın diye bütün Berlin'i yok edebilirdi. Parmaklarının üzerinde uçarcasına yürüdü. Pencerenin önündeki eski koltuğa oturdu ve misafirini seyretmeye başladı. Dünya üzerindeki bütün uykusuzların yerine uyuyan küçük çocuğu garip bir aşkla zihnindeki dev boşluğa yerleştirdi. Nefes alışından kirpik sayısına kadar gördüğü her şeyi belleğine bir dövme gibi işledi. Sonra seyircisi olduğu sessiz gösteri hareketlendi. Kara bir filmin ağır sahnesi gündelik hayatın dramatik anlarından birine dönuştu. Çocuk gözlerini açtı. Hafifçe doğruldu. Betty'yi gördü. Gözlerini yumruklarıyla ovuşturdu.

– Hoş geldin, dedi. Gelmeyeceksin diye çok korktum. Beni bıraktığını sandım.

Zargana her ne kadar kendi içine hapsolmuş bir çocuk olsa da, birlikte geçirdikleri geceden ve on altı saatlik uykudan sonra Betty'yi güvenebileceği biri olarak görmeye başlamıştı. Genç kız, yeryüzünde yokluğundan rahatsız olacağı tek insan haline gelmişti.

Betty çocuğun sözlerine yanıt vermedi. Ayağa kalktı ve yatağa oturup saçlarını okşadı. Zargana saçlarına en son dokunan Cezayirlileri hatırladı ve gözleri doldu. Kız tekrar kalktı ve McDonald's kesekâğıdının içinden ilk yakaladığı *double cheeseburger*'i çıkarıp, "Bak, sana ne getirdim" dedi. Gülüyordu. Bir an için mutlu olduğunu bile hissetti. Bir meleğin sorumluluğunu almak bir pezevengin yolculuk hayallerinin parçası olmaktan her zaman için daha iyidir, diye düşünürdü eğer Victor'un planlarını bilseydi. Kızarmış patates ve *double cheeseburger*'leri yatağın üzerine serdiği peçetenin üstüne koydu. Sonra kendisi de yatağa oturup, "Haydi, ye" dedi. Zargana sadece ellerini uzattı. Kırışmış ve ter kokan çarşafın her yeri kızartma yağıyla lekelenene kadar yediler. Konuşmadılar. Sadece çiğnediler. Hayatın onlara yaptığı gibi. Çiğneyip yuttular.

Birbirlerine baktılar yan yana yatağa uzandıklarında. Güldüler. Bacaklarının, sırtlarının altında kızarmış patatesler ve açılmış küçük mayonez paketleri vardı. Birbirine bakan gözlerinin altındaki dudaklarının arasında sadece bir boyun uzatması kadar mesafe vardı. O mesafeyi kat eden de Betty oldu. Çocuğu öptü. Çocuk on iki yıldır ilk kez dudaklarını öpen bir çift dudak karşısında hiç tanımadığı bir ıslaklık ve sıcaklık hissetti. Daha önce televizyonda ve dergilerde gördüğü öpüşmeleri ilgi çekici bulduğu için evindeki buzlukta duran donmuş dana bonfilelerini sıcak suda çözüp dudaklarına götürür ve cansız et parçalarını dakikalarca öperdi.

Ama hiçbir zaman içinde kan akan bir eti dudaklarından öpmemişti. Kanın ne kadar sıcak olduğunu yeni yeni öğreniyordu. Sonra dudaklarının daha sıcak ve ıslak başka bir et tarafından aralandığını hissetti. Betty'nin dili Zargana'nın ağzına girdi. Önce dişlerine değdi, sonra da diliyle buluştu. Zargana'nın ağzında birbirini kovalayan iki dil vardı artık. Birbirini öpen ve okşayan. Birbirine sarılmış iki dövüşçü gibi yuvarlanan iki dil. Vücudundaki bütün duyu düzeneği başka bir uyarıcı tarafından irkiltildi. İçi etle dolu ağzından çok uzakta bir yerde başka bir karşılaşma yaşanıyordu. Bermudasının lastikli belinden sıyrılıp dışı göbeğine dokunarak aşağıya doğru inen bir el hissetti. Beynini kırmızı mürekkebe batırılmış bir süngere çeviren kanların hepsi vücudundaki başka bir bölgeye hücum etmişti şimdi. Parmak kemikleri kadar sert olan başka bir yere. Belki de kendisine dokunan eli görmeye gelmişlerdi. Ve o noktada toplanmışlardı. Kanın sevgiliyi görmeye geldiği yer, Zargana'nın bir yıldır dokunarak kendisini tatmin ettiği yerle aynıydı. Çocuğun gözleri bir barajın kapakları kadar açıldı. Oysa Betty mesleki bir alışkanlıktan ötürü çocuğun dudaklarına dokunduğu an indirmişti gözkapaklarını. Çünkü sevişirken müşterilerini görmezse yüzlerini daha kolay unutabileceğini sanıyordu. Zargana ise her şeyi seyrediyordu. İlk kez bir insanın yüzüne bu kadar yakından bakıyordu. Sosyal hayatın sosyal mesafesinden baktığında bir yüzü güzel de bulsa, çok yakından ne kadar çirkin göründüğünü düşündü. Sonra o kapalı gözler uzaklaştı, ağzı boşaldı. Betty dizlerinin üzerinde doğruldu. Sarı saçlarını bir arada tutan siyah plastik tokayı sanki arkasında da gözleri varmış gibi sağ eliyle zorlanmadan açtı. Tokayı yere bırakırken, başını bir sağa bir sola salladı. Pencereden süzülen güneşin yarısını açık, yarısını koyu sarıya boyadığı saçları iki omzundan aşağı döküldü. Zargana elleri göğsünde birleşmiş bekliyordu. O adını hep duyduğu, tanıdığı bütün insanların mutlaka bir yerlerde sözünü ettikleri ve vücudun koşmaktan, yemekten, tuvalete gitmekten başka bir işe yaradığına kanıt olan mucizeyi bekliyordu. Betty çocuğun bermudasının ceplerinden tutup ayaklarına doğru çekti. Zargana belini kaldırarak kıza yardım etti. Üzerinde sadece mayonez lekeli tişörtü kalmıştı. Çıplaklığından utandı. Ama Betty'nin de gömleğinin düğmelerini çözmesiyle utancı geçti. Çünkü dikkati artık iki farklı ete yönelmişti. Uçları pembe iki şişkinlik. Su toplamış gibi sallanan ve dokunduğunda kendisini iyi hissetmesini sağlayacağını tahmin ettiği iki et. Kadın göğsünü ilk kez bir yatakta sırtüstü yatarken gördü. Belleğinde birçok Côte d'Azur tatili vardı. Çıplak kadınları, güneşlenirken sürdükleri kremlerden dolayı parlayan vücutlarını plastik şezlongların üzerinde çok görmüştü. Hatta bir kez üvey annesini de çıplak görmüştü. Ama çıplak kadın göğüsleriyle ilk kez yalnız kalıyordu. Dokunmak istedi, ama cesareti yetmedi. Betty mini eteğini beline doğru sıyırdı. Dizlerinin üzerinde bir adım atıp bir bacağını Zargana'nın diğer tarafına attı. Çocuk sıyrılmış eteği kalın, kumaş bir kemere benzetti. Sokakta bir kadın bağırdı. Çantasını ve küçük köpeğini çalmak isteyen bir evsizin saldırısına uğramıştı. Ama odadaki mobilyalar dışında kimse duymadı kadını. Betty Zargana'nın göğsünde duran sol elini alıp dudaklarına götürdü. Avucunu öptü ve gözlerini yumup yüzünde gezdirdi. Parmakları alnında, burnunda, gözkapaklarında, çenesinde gezdirdi. Sonra elindeki eli boynuna indirdi. Oradan da sağ göğsünün üzerine getirip bastırdı. O ana kadar cansız olan el hareket etmeye başladı ve üzerinde durduğu eti sıktı. Betty diğer göğsüne dokunması için eli tekrar tuttu ve oraya doğru çekti. Zargana'nın uzun tırnaklarını sol göğsünde gezdirdi. Kalçasını kaldırıp indirdi. Zargana'nın gözleri kapandı ve açıldı. Betty sadece kendisinin duyabileceği bir ses çıkardı. Çocuğun içindeki kanın yakından görmek istediği Betty, zayıf vücudun üzerinde demir atmış bir tekne gibi sallanmaya başladı. Zargana gözlerini kapatmak zorunda kaldı. Çünkü tek hissettiği zevkti.

– Seni seviyorum...

Betty çocuğun sözünü bitirmesine izin vermedi. Yüksek sesle gülmeye başladı. Zargana'yı itirafından ötürü utandıracak kadar yüksek. Alay edip etmediği belli olmayan bir tonda gülüyordu. Belki de biraz önceki orgazmını hatırladığı için gülüyordu. Ama ne olursa olsun, yanında ter içinde yatan ve hayatının ilk gerçek seksini yaşamış olan çocuk kendisine âşık olmuştu. Zargana'dan sadece dört yıl önce doğmuştu, ama kendisini çok yaşlı hissetti. Çıplak karnını şişiren kahkahaları kesildi.

– Hayır, dedi. Beni sevmiyorsun. Sadece sevdiğini sanıyorsun.

Kahkaha sırası çocuktaydı.

– Neyi hissedip neyi hissetmediğimi herhalde senden daha iyi bilirim, değil mi? dedi gülmesini frenlediği bir anda.

Sustular ve tavanı seyretmeye başladılar. Boyası kabarmış ve bazı yerleri nemden yeşile doğru yol alan tavana bakıp hayaller kurdular...

Betty sağ bacağında gezen bir el hissetti. Başını elin sahibine doğru çevirdi. Bu kez Zargana uzattı boynunu. Kızı öptü ve hafifçe doğrulup vücudunu Betty'nin üzerine bıraktı. Ne yaptığını biliyordu. Hapishaneden yeni çıkmış bir katil gibi sevişti.

Betty giyinirken, Zargana da banyoda dişlerini fırçalıyordu. Onun için kızın, "Ben çıkıyorum" sözüne yanıt veremedi. Ağzında macun ve fırça vardı. Sadece odanın kapanan kapısını ve kapıyı kapatan elin parmaklarını gördü banyodan dışarı uzattığı başıyla.

Betty merdivenleri ağır ağır çıktı. Saçlarını at kuyruğu

yapmayı düşündü, ama sonra vazgeçti. Nasıl olsa dağılacaklardı. Çocuğu düşündü. İlk kez bir meleğe dokunmuştu. İlk kez bir meleğin inlemelerini duymuştu. Yirmi dört numaralı odanın kapısının önüne geldi. Etek uçlarını belinde düğümlediği kırmızı puanlı beyaz gömleğinin yakalarını düzeltti. Boğazını yakan bir nefes aldı. Kapıya sol avucunu dayadı ve parmaklarını aynı anda ahşaba vurdu. Aslında kapıya değenler kırmızı ojeli uzun tırnaklarıydı. Fazla beklemedi. Kapı açıldı.

– İçeri gir.

Betty girdi. Çinli kafasını koridora çıkarıp sağa ve sola baktıktan sonra içeri çekip kapıyı kapattı. Duvarlar inceydi, ama Zargana iki kat aşağıdaydı. Âşık olduğu kadının kirayı ödeyişini duymadığı için televizyondaki çizgi filmi rahatça seyredebildi. Tom bir bowling topunu yutmuştu, Jerry ise kedinin topun biçimini almış kafasının arkasına bir lobutla vuruyordu. Tom topu tükürdü, Jerry de yaptığı sert vuruşun etkisiyle lobutla beraber titremeye başladı. Zargana güldü. Çinli boşaldı. Betty ağlamaya başladı. Reklamlar başladı, Zargana kanalı değiştirdi. Çinli pantolonunun fermuarını çekti. Betty kustu. Reklamlar bitti. Zargana çizgi filmi izlediği kanala döndü. Çinli koridora çıktı. Betty kustuklarını ağlayarak temizledi. Ekranda "That's All Folks!" yazdı. Ancak tam o sırada televizyon bozulduğu için Zargana bunu okuyamadı.

Sahnedeki tek kişilik yatağa sırtüstü yatmış kadının elleri ve ayakları pirinç karyolanın dört köşesine bağlanmıştı. Yüzünü kimse tam olarak seçemiyordu, çünkü boynundaki kırmızı ipek eşarp mavi, şeffaf bir torbanın ağzını sıkıyordu. Torba kadının başına geçirilmişti ve her nefes alışında büzülüp şişiyordu. Yatağın kenarında ayakta duran ve üstünde sadece siyah deri bir pantolon olan adamın en dikkat çekici yanı, vücudunun görünen her yerinde jilet izlerinin olmasıydı. Bakılması zor insanlardan biriydi. Kafasında İkinci Dünya Savaşı'nda Alman ordusunun erlerinin taktığı miğferlerden vardı. Kadını sahnenin dört ayrı köşesine yerleştirilmiş hoparlörlerden gelen, Dean Martin'in "Crying Time" adlı şarkısının eşliğinde bağlamıştı. Kadının kafasına geçirdiği mavi torbanın ne kadar oksijen içerdiğini ya da bir deliği olup olmadığını kimse bilmiyordu. Ancak kadın çırpınmaya başlamıştı. Bileklerindeki, çözüldükten sonra bile birkaç saat iz bırakacağı belli olan kelepçeleri umutsuzca koparmaya çalışıyordu. Çırılçıplaktı. Dizleri birbirine yaklaşıyor, bacakları bükülüyor, ama kelepçelerden kurtulamıyordu. Adamın ince dudaklarının arasından göğsündeki ve sırtındaki yaraları açan jiletler kadar keskin olan dişleri göründü. Müzik bir süredir kesildiği için sadece seyircilerin fısıltısı, yatağın gıcırtısı ve her nefes alışta kırışan torbanın hışırtısı duyuluyordu. Birden plastik bir ses doldurdu sahneyi. Biraz önce Dean

Martin'in Rat Pack döneminden kalma seçkin *casino* şarkısını yayan hoparlörler Zargana'nın sesini duyurdu seyircilere.

– Boğuluyorum... Gittikçe daha zor nefes alıyorum... Ama beni bağlayan insanın sakince beni seyrettiğini, hayatımın sadece onun elinde olduğunu ve tek bir nefes alabilmek için her şeyi yapabileceğimi bilmekten korkunç bir zevk alıyorum...

Zevk kelimesinin başına getirdiği korkunç sıfatı duruma kesinlikle uygundu. Seyirciler de, kadın ve erkek de hayatlarının, sadece korku ve zevk gibi hemen hemen karşıt iki duyguyu hissettikleri bir anını paylaştıklarından kesinlikle eminlerdi. Yaptıkları, kanayan bir bacağa rağmen okyanusta bir köpekbalığına sarılmaya benziyordu. Bütün fısıltılar kesildi. Kulübün siyah deri kaplı kalın duvarları kentin tek bir çığlığını bile sokmuyordu içeri. Adam yavaşça kadının üzerine yattı. Kadın çırpınmayı bıraktı. Adamın beyaz dişleri göründü. Sonra o dişler mavi torbayı tek bir hamlede parçaladı. Ve aldığı ilk nefesin ardından kadının dudakları adamın ağzına saplandı. Birbirlerini öptüler. Gösteri ilginçliğini kaybetti ve fısıltılar yüksek sesli konuşmalara dönüştü. Sahnede sevişen çifte ödünç verilmiş dikkatler geri alınıp masalara, yuvarlak tahta tabaklarda getirilen az pişmiş bifteklere yöneldi.

Zargana tel örgülerle çevrilmiş DJ kabininde bir sigara yakıp çevresini seyretmeye başladı. Siyah tişörtünün üstünde ışık sisteminin morarttığı beyaz harflerle "GEHEIMSTAATS POLIZEI" yazıyordu. Nasyonal sosyalist geçmişinden sıyrılmak için, dünyanın dört bir yanına fırlattığı Yahudilerin yerine yine dünyanın dört bir yanından topladığı yabancıları yerleştirmiş olan Almanya'da, üzerinde Gestapo'nun adıyla dolaşan çok insan yoktu. Zargana, İtalyanların dediği gibi gerçek bir *menefreghista*'ydı. Yani hiçbir şeyi umursamayan adam. Hayatındaki kışkırtmayı ve çelişkiyi güzel sanatlar seviyesine yükseltmişti. Her ne kadar bir roman kahramanına benzese de, gri gözleriyle kuşattığı insanlar onun ne kadar gerçek olduğunun farkındaydı. Tehlikeli değildi. Sadece rahatsız ediciydi. Kollarının altında Zigzaver marka tabancalar taşıyan psikopatlardan farkı sürekli ve düşük frekanslı bir rahatsızlık yaymasıydı. İçinde mermi adına taşıdığı düşünceler herhangi bir silahın şarjörüne sığmayacak kadar kalabalıktı.

Kabinden çıkıp bara doğru yürüdü. Masaların arasından geçerken birçok el uzandı vücuduna. Bazılarını sıktı, bazılarının ise bacaklarına, beline dokunmasına izin verdi. Barda duran travestiye:

– Diyet Coca-Cola, dedi.

Sachs adındaki kulübün işletmecisi Zargana'nın eski bir tanıdığıydı. Zargana kulübü sadece uyuyamaması yüzünden ve bazı gösterileri denemek için açmış ve adama hediye etmişti. Burası Cerceuil Rouge gibi bütün oyuncuların toplandığı bir yer değildi. Sachs, Zargana'nın hayatındaki para kazandıran tek şeydi. Gerçek müşterileri ve gerçek çalışanları vardı. Zargana'nın oyuncularının bazıları Sachs'a adımlarını bile atmamıştı. Mor, siyah ve metalik grinin hüküm sürdüğü, yuvarlak cam masaların çelik koltuklarla kuşatıldığı, sahnesinde sadomazo gösterilerin gerçekleştirildiği, özel kulüp adı altında müşterilerini titizlikle ayıklayan bir yerdi. Müşteri profilini banka müdürleri, avukatlar, işadamları, uyuşturucu satıcıları, doktorlar ve kendini artık var olmayan *excentrique* akımına ait gören sanatçılar oluşturuyordu. Tabii bir de, zengin turistler. Paris'e adımlarını atar atmaz Lido'ya gidenler, Berlin'e gidince de Sachs'a geliyorlar, ancak içlerine girdikleri kulübün Lido'dan çok daha siyah bir havası olduğunu anlayınca fotoğraf makinelerini çantalarına koyup fiks mönünün neleri içerdiğini soruyorlardı. Patron Zargana'ydı, ancak kulübün işletmesi Rigon'a aitti. Elli altı yaşındaki Rigon İngiliz bir tiyatrocuydu. Michael Caine, David Niven, Peter Sellers gibi adlarla aynı sahneye çıkmış, ancak fiziği yüzünden bazı rollerin dışına çıkamadığı için aktörlük kariyeri Zargana'nın senaryolarında son bulmuştu. Rigon cüceydi. Bazen kadın kılığında masaların arasında dolaşır ve müşterilerin memnuniyetlerini ölçerdi. Çok iyi bir işletmeciydi. Berlin'de onu herkes sever ve her ne kadar dedikoducu olduğu bilinse de bütün sırlarını anlatırdı. Rigon zenginlerin, sanatçıların, on dört yaşındaki fahişe mankenlerin ve edebiyatçıların nasıl yaşadıklarını en küçük ayrıntısına kadar bilir, bu gruplar arasındaki bilgi alışverişinin merkezinde yer alırdı. Rigon Berlin'in gece hayatının santral memuruydu. Kulübün adı Maurice Sachs'tan geliyordu. XX. yüzyılın ilk yarısında yaşamış bir yazardan. Sachs aynı zamanda gerçek bir dolandırıcıydı. En yakın dostlarını dolandırmaktan kaçınmaz, sahte imzalı tablolar, kitaplar satarak, yazmadığı kitapların avanslarını alarak, zengin homoseksüellere genç erkekler kiralayarak ve en sonunda İkinci Dünya Savaşı'nda yanlış ata oynayıp Almanya için casusluk yaparak hayatını kazanmış bir adam. Coco Chanel'in bir zamanlar kitap yazması için ayda on bin frank verdiği Jean Cocteau gibi bir ismi bile oyuncaklarından biri haline getirmiş, garip, tombul bir adam. Belki Rigon hiç tanımamıştı Sachs'ı, ama birbirlerine benziyorlardı. İkisi de homoseksüel ve parazitti. Sachs hayatı boyunca hiç çalışmamıştı, Rigon ise kendini çalışıyormuş gibi hissetmediği için duruyordu kulüpte. Tabii, Rigon modern dünyada, eskilerin yaptığı gibi altmış beş derece alkolün içine ardıç esansı katarak cin üretmek zorunda kalmıyordu ama, sorunlar da o kadar basit değildi. Kimin kiminle yatacağı, hangi bilgisayar programcısının hangi coğrafyanın kokainini daha çok sevdiği ve benzer bir sürü ayrıntıyı bilmek zorundaydı. Zargana Rigon'a güveniyordu, her ne kadar Maurice Sachs'ın hayatını ezbere bilse de. Belki de Cocteau'nun Sachs ve benzerleri için söylediklerini düşünüyordu.

"Hastane, cinayet, afyon, aşk... Tanrı kayıp çocuklarını geri almak için elinden geleni yapıyor."

Zargana'nın kulübü de kayıp çocukların buluştukları bir yerdi. Rigon'un kokusunu alan geliyordu. Bir metreden biraz fazla ve yaşlılıkla arasında sadece bir kadın çorabı kadar mesafe kalmış olan bir adam. "Çok az insan hayal ettiğini yaşar. Çok azı söylediklerini yapar. Yazar, yazdığı kahraman değildir. Balzac olmayan her şey Balzac'ın kitaplarındadır" diyen üstadın sözüne güvenilirse, Rigon'un bu kuralda bir istisna olarak delik açtığı görülecektir. Çünkü Rigon sonsuz sıkıntısına çözüm olarak hayatı görmüştür ve son bulmasından asla korkmaz. Yazdığını yaşar, çünkü yaşayabileceklerini yazar. Rigon şiir yazar, yalan söyler, erkeklerle yatar, uyuşturucu satar, şantaj yapar ve her zaman suçu başkalarına atar, ama yine de kimse ondan vazgeçemez, çünkü bütün çirkinliğini örten o eşsiz konuşması vardır. Kimsenin karşı koyamadığı o konuşma. Tıpkı hayatının bir döneminde, konuyla ilgili en ufak bir bilgisi olmamasına rağmen Avrupa'nın politik hayatı hakkında Amerika'da onlarca konferans vermiş olan Maurice Sachs gibi. Belki de Sachs ile Rigon aynı kayıp çocuktur. Maurice cehennemden kaçmıştır belki de, sırf anlatacakları bitmediği için...

– Son haberi duydun mu?

Çatlak sesiyle konuşan Rigon, kulağına uzandığı adamsa Zargana'ydı. Kulübün en karanlık köşesindeki özel masalarında oturmuş, doğanın karşıtlıklar başlığı altında ne kadar da yaratıcı olabildiğini kanıtlıyorlardı. İki metreye uzanan bir boy ve masanın biraz üstünde bir çene yan yana gelmiş, çevredekilere bir sokak sirki numarası sunuyorlardı. İnsanın yakın çevresinde bulundurmak istemeyeceği, ancak gece kulüplerinde incelemekten garip bir zevk alacağı türden bir ikili. Rigon, Zargana'nın sustuğunu görünce devam etti.

– Doktor büyük bir parti veriyor. Yarın gece. Kuzeydeki evinde. Ancak bu kez gerçek bir şeyler istiyor. Kimsenin veremeyeceği bir gerçekten söz ediyoruz. Evet, ne diyorsun? Dostumuzu mutlu edebilir miyiz?

Zargana karanlığın içinde, elindeki bardağın içindeki üç buzun birbirlerine çarparak eriyişini seçmeye çalışıyordu. Rigon'un sadece ilk ve son kelimelerini duymuştu. Hiçbir şeyin ortasıyla ilgilenmezdi. Cüce arkadaşının kendisini seyrettiğini biliyor, ama o, biraz önce DJ kabininde mikrofona söylediklerini düşünüyordu: "Boğuluyorum..."

Başını değil, ama gözlerini yanındaki adama doğru çevirdi. Ağzını açtı.

– Merak etme. Doktor istediğini alacak.

Rigon kafasını geriye düşürüp gerçek bir kahkaha attı ve masaya kısa elleriyle vurup oturduğu koltuktan kendini aşağıya bıraktı. Kalabalığa karıştı. En kısası bir metre yetmiş santimetre boyundaki insanlardan oluşan kalabalıkta küçük adamın yerini belirlemek zor değildi. Geçtiği yerde insanlar geçici halkalar oluşturuyor ve başlarını halkanın merkezindeki bir noktaya doğru eğiyorlardı. En önemlisi gülümsüyorlardı. Zargana adamın arkasından bakarken, Rigon'un öldüğünde Sachs'a gömülmesinin en doğru fikir olduğunu düşündü bir an için. Eğer Rigon gündüz çalışan biri olsaydı, hayat onun için asla çıkılamayacak basamaklar, açılamayacak kapılar, kaçılamayacak sadist çocuklardan ibaret olacaktı, ama Sachs'ta en büyük oydu. Geçen yıl birkaç hafta süren Berlin ziyaretinde kulübe uğramayı ihmal etmeyen Dennis Rodman adındaki basketbolcudan bile uzundu Rigon kalabalığın arasından geçerken.

Zargana'nın evinin arka bahçesindeki barakanın kapısı kısa aralıklarla üç kez inledi. Kapı demirdendi, ama onu böylesine ağlatan şey çok daha canlıydı: dışında deri olan etle kaplı kemik. Zo, tavanı seyretmekte olduğu yatağından kalkıp kapıya yürüdü.

– Hoş geldin. Lütfen içeri gir.

– Sana gelmemin nedeni, birazdan söz edeceğim konunun kapının altından kayan senaryolardan çok daha ciddi ve önemli olması.

Zo senaryo kelimesini duyunca göğsünde bir yanma hissetti. Kendisine tecavüz eden Çinliyi hatırladığında göğüs kafesinde hissettiği acıyla aynı yerden çıkan bir yanma. Boslin Kobert Ferhachen'in bir an için sadece bir senaryo kahramanı olduğu düşüncesiydi, her şeyiyle gittikçe ona benzeyen Zo'nun bedenindeki ani sıcaklığın kaynağı. Ama sıkıntısını belli etmedi. Çünkü karşısında Zargana duruyor ve konuşuyordu.

– Hiç'e ihtiyacım var. Bu gece. Sadece daha önce kan görmüş olanları istiyorum. Erkek ya da kadın olmaları fark etmez. Saat tam on birde bu kâğıttaki adreste olmalarını istiyorum...

Sustu ve kendisini dinleyen Zo'nun tişörtünden sarkan sağ kolundaki ize baktı. Kaç tane dikiş gördüğünü saymasına fırsat kalmadan Zo ellerini arkasında birleştirdi. Bir saniye için Zargana bütün yaptıklarına pişman oldu, ama sonra, delinmiş hayatının yanında sağ koldaki bir dikiş izinin suyun yanındaki toprak kadar değersiz olduğunu düşündü. İki adım atarak Zo'nun yanından geçti. Uzun boylu adamın sözlerini bitirdiğini düşünen Zo, bir an için heyecanlanarak, elini kapı koluna atmış olan Zargana'nın ardından seslendi.

– Peki biz gelince ne olacak? Ne yapmamız gerekiyor?

Zargana başladığı hareketini kesmedi. Kendi çıktı, yanıtı barakada kaldı.

– Hiç.

Zo kısa bir süre gülümseyerek kapıya baktı. Sonra da tekrar yatağına dönüp sırtüstü yattı. Ellerini başının altında birleştirip tavandaki hayali kaldığı yerden izlemeye devam etti. Ancak bu kez hayalde, gece gidilecek evde Hiç hareketi üyelerinin neler yapacaklarını resmeden kısa metrajlı bir film vardı. Korku ve komedinin birbirini ezdiği sıradan bir senaryo oynandı tek seyirci karşısında.

Doktor Wilhelm, Prusya soylularından oluşan aile üyelerinin yağlıboya resimleri üzerinde gezdirdi mavi gözlerini. Farklı yüzyıllarda da olsalar ressamların para karşılığı boyadıkları yüzlere insan bakışları geçirme çabalarını gülünç buldu. Çünkü Wilhelm, ailesinin bir akraba topluluğu değil, çıldırmış bir karga sürüsü olduğunu biliyordu. Zaten bunu bölge tarihiyle ilgilenen herkes bilirdi. Yaldızlı çerçevelerin arasına sıkışmış her yüz uzun zaman önce farklı yalvarış ve ağlama sahnelerinde görünmüştü. Tabii ki yalvaran değil, yalvarılan olmak için giymişlerdi kostümlerini. Adaletin altın ve değerli taşlarla tartıldığı dönemlerde Wilhelmler birçok yoksul kadına tecavüz etmiş, birçok genç erkeğin sağ yanağına aile simgeleri olan iki başlı güvercini kızgın demir çubuklarla dağlamışlardı. Böyle bir aile tarihin içinde kolay kolay kaybolmazdı. Ağzı kapalı boş bir şişe kadar çabuk yüzeye çıkar ve geçmişin üzerine kapanan her sayfayı yakardı. Dolayısıyla Wilhelm ailesini doktorla beraber birkaç bin insan daha hatırlıyordu.

Doktor Wilhelm, ailesinin hâlâ nefes alan tek üyesi olarak, cani ve sapkın soyundan uzaklaşmanın yolunu İngiltere'deki tıp eğitiminde bulmuştu. Ancak yaşı ilerledikçe ve gecelerini uyumak yerine oğlan ya da kızlar arayarak geçirmeye başlayınca ülkesine dönmeye karar vermişti. Önceleri acı gösterileri seyretme ihtiyacını Paris'in on sekizinci bölgesindeki bir sado-mazo zindanına gidip gelerek tatmin etmeye çalışmıştı. Ancak daha sonra Berlin'in kırk kilometre kuzeydoğusundaki, XVII. yüzyılda inşa edilmiş Wilhelm Şatosu'na yerleşmiş ve çağdaş Avrupa'nın çağdaş Almanyasında başını derde sokacak çizginin birkaç adım gerisinde geceler düzenlemeye başlamıştı. Her ne kadar şatonun arka tarafındaki aile mezarlığıyla düzenli olarak ilgilenmese de, sahip olduğu serveti bundan uzun zaman önce çevredeki köylülere tefecilik yaparak arazilerine el koyan büyük büyükbabasına borçluydu. Sonuçta Doktor Wilhelm mütevazı bir kasaba genişliğindeki toprakların tek sahibiydi.

Haftada bir kez, duvarları çerçevelenmiş akrep yüzleriyle kaplı büyük yemek salonunun şatoyla aynı yaştaki mobilyaları dışarı çıkarılır, insanın bakarak rahatça tıraş olabileceği parlak parke zeminin üzerine İran'dan getirilmiş ipek halılar serilir, Wilhelm bütün salonu görebileceği bir platforma yerleştirilmiş, iskeleti altın, kumaşı siyah kadifeden koltuğunda gümüş çanını dört kez sallar ve kiralık kadınlar ile erkekler kırk kollu, kırk bacaklı bir canavara dönüşmek üzere sevişmeye başlardı. Wilhelm'in ortopedist olduğu düşünülürse birbirine çarpan bir sürü eklem ve kas ilginç bir gösteri sayılabilirdi. Ancak izlediği ayin, büyük büyükdedelerinin köylü kızların bacaklarının birleştiği yere gelincik sokması kadar etkileyici değildi. Doktor, yirmi küsur insanın orgazm taklidi yapmasını seyretmekten sıkılmıştı. Birbirlerine para karşılığında dokunanlarsa küçük toplantılardan asla şikâyetçi değildi, çünkü hemen hemen hepsi pornografi sektöründen tanışıyor ve şatoya gelmeden önce bir bankamatiğin önünde durup hesaplarına yatmış parayı zevkle sayıyordu. Sorun rollerini iyi oynayamamaları değil, acıyı seyrederek zevk almak üzerine kurulu aile geleneğinin her doğum gününde Wilhelm'in sırtını daha da kamburlaştırmasıydı. Altmış dokuz yaşındaydı ve hiç evlenmemiş biri olarak yavaş yavaş korkusuzluğa doğru yürüyordu. Yasaların öbür tarafına geçtiği takdirde en fazla tutuklanıp birkaç yıl duvarların arkasında kalırdı. Ta ki ölüm adını taşıyan ve tarihi çok uzaklarda olmayan o tahliye günü gelene kadar.

Tabii, kiralık kadın ve erkeklerin hareketli bir et parçasına dönüştükleri anlarda bile masumiyetlerini korumaları da Wilhelm'e acı gösterisinde bir basamak daha çıkması gerektiğini düşündürüyordu. Aralarında evli çiftlerin olduğu, genellikle İnternet ve dergiler için çalışan bu insanlar yazlarını da çıplaklara özel tatil köylerinde geçiriyorlardı. Her gün yaptıkları bir işi bir bunağın önünde de yapmalarında hiçbir zorluk ve sakınca yoktu. Pornografinin masumiyeti doğallığındaydı. Dramatik masumiyetten pek bir farkı yoktu. Sadece pornografik masumiyet ağzını biraz daha büyük açabiliyordu, hepsi o kadar. Doktor Wilhelm'se mavi gözlerini soyunun yağlıboyaya batmış yüzlerinde gezdirirken, gerçek bir gece siparişi verdiği Rigon'un gösterisini merak ediyordu.

Saat tam on birde, Şeker Kız Candy maskesi takmış yirmi üç insan Wilhelm Şatosu'nu, doktor ve dostları içindeyken ateşe verdi. Kurtulan tek kişi doktorun yaşlı hizmetçisi Sonja'ydı. Polislere anlattıklarının arasında son derece abartılı bulunan ifadeler de vardı. Salonun duvarlarındaki yaldızlı çerçevelere gerilmiş yüzlerin, alevleri sindirdikçe ressamların giydirmeye çalıştığı insan kostümlerini çıkarmaya başladıklarından söz ediyordu Sonja. Her ne kadar alkolik bir deli de olsa haksız sayılmazdı. Belki de yandıkları için daha da çirkinleşip Wilhelm ailesinin bölgedeki tarihine uyan bir son yaşadıklarını düşünüyordu, ama hayaletlerin volta attığı şatolar daha kuzeyde, İskoçya'daydı. Sonja sadece bildiği bir şeyi anlatmıştı. Wilhelm ailesi üyeleri geçmişte iki ayakları üzerinde yürüyüp koşabilmiş olsalar da, ruhlarının yerin altından gittiği gerçeğini anlatmak istemişti. İfadelerinin o bölümü polisin ağır mesaisinde birkaç dakikalık gevşeme yarattı.

Rigon'un cenazesine kimse gelmedi.

Bir girdabın içinde usulca dolaşmak çıkış yolunu bulmanın en kolay yöntemidir. Sakin ve sabırlı olmak gerekir. İtiraz ve isyanı gülünç bulan girdaplar sadece kanı soğuk olanlara açarlar çıkış kapılarını. Zamanın olmadığı yerde geç kalmak da yoktur. On altı yaşındakilerin önlerindeki hayatsa sonsuzdur.

– Merhaba Victor.

Konuşan Betty. Dinleyen pezevengi. Yer, sokak. Karşılıklı duran iki insanın çantalarındaki kırmızı saplı çeliklerse bıçak. Ama belli ki saplanmayacaklar bugün kimseye. Sadece yer tespiti için oradalar. Girecekleri etin tadına bakmak başka bir günün işi.

Siyah saçlı Victor sadece önüne bakıyor. Diğer pezevenkler gibi geniş hareketleri yok. Sakin. Hatta kaçak yatırımıyla sokakta karşılaşmasını bile doğal karşılamış gibi. Oynadığı rolse alınmış sevgili. Betty'nin sevdiği gibi. Ama genç kızın gazabından korktuğu adamın karşısına çıkması asla bir tesadüf değil. Sadece Hotel Richmont'un bir numaralı odasında yapılmış planın ilk aşaması.

– Konuş benimle Victor. Bir şey söyle! Sana her şeyi anlatacağım. Haydi gel, bir yere oturalım.

Pezevenklikten ve fahişelikten arta kalan zamanında hayat standardını korumak için satmak zorunda olduğu esrarı taşıdığı el çantasını sallayarak yürüyen Victor, konuşmamakta kararlı. Küçük kıza çok üzgün olduğunu anlatması gerek. En iyi üzüntü ifadesiyse sessizlik olduğundan sadece adım atıyor kaldırımda, koluna girmiş Betty'nin yanında. Sokağın köşesindeki kafeye giriyorlar. Betty veriyor siparişi. İki çay geliyor önlerine. Victor'un çay sevdiğini herkesten iyi biliyor o. Özellikle, Victor'un kaynamaktan kabarmış çay suyu dökerek sağ ayak bileğini haşladığı günden beri. Belki de o izi kapatmak için, Betty yüksek konçlu çizmeleri tercih ediyor.

– Denedim Victor. Sensiz yaşamayı denedim. Ama olmadı. Yapamadım. Çok yalnızım ve seni çok özlüyorum. Lütfen beni tekrar yanına al. Seninle olmak istiyorum. Ne istersen yaparım. O huzurevindeki yaşlılarla da yatarım. Sadece seninle yaşamak istiyorum. Gerisi önemli değil.

Victor, eğer varsa öyle bir gülüş, iç organlarıyla gülüyor, ama ağzı doğduğundan beri konuşmamış gibi kapalı. "İşte" diyor böbreği safrakesesine, "böyle olmalı her şey. İstediğim gibi. Tabii ki dönecektin bana. Çünkü âşıksın küçük kız. Sadece evinin yolunu bulamadığın için geciktin. Ama kayıp köpekler gibi dönmenin zamanı gelmişti."

– Haydi, çayından bir yudum al. Soğutma. Haydi, beni hâlâ istediğini söyle.

Artık içinden kelimelerin geçtiği ağız açılabilir. Victor biliyor zamanlama işini. Fırtına melteme dönmeden bir şeyler söylemeli.

– Bak Betty. Eğer bir daha kaçarsan seni asla unutmam. Unutmadıklarıma ne yaptığımı bilirsin.

Betty sessizce başını sallıyor. Kulakları kırmızı. Yalan söyleyince kan koşuyor kulaklarına. Ama şimdi, duyduğu cümleyi selamlamak için başını kaldırıyor. Gösteri yapan bir paraşütçüye bakar gibi.

– Evet, seni hâlâ istiyorum.

Betty on altı yaşında olduğunu kanıtlamak için, bu sözün

karşısında, göğüs hizasında birleştirdiği elleriyle hızlı ve küçük alkışlar atıyor masaya doğru. Bir evlenme teklifinin kabulü değil belki Victor'un damağından tükürülenler, ama sokakta kaptırdığı özgürlüğünü geri alışının başlama vuruşu.

Sarılıyorlar birbirlerine kafenin ağzında. Öpüyorlar karşılarındaki dudakları. Yürüyorlar sokağın aşağısına doğru. Aslında daha hava kararmadığı için gidecekleri bir yer yok. Yapacakları bir iş yok. İkisi de gece çalışıyor çünkü. Bütün işsizler gibi onlar da bir sinemaya giriyorlar. Eski filmlerin gösterildiği, sadece iki küçük salonu olan yaşlı bir sinema. Yeni olan tek şey, girişinin para atılarak açılan bir kapı tarafından kapanması. Victor cebinden çıkardığı buruşuk kâğıtları gömüyor teker teker kapının yanındaki makineye. Demir parmaklıklı kapı açılıyor. Giriyorlar içeri. Bütün işsizler gibi onlar da merak etmiyorlar seyredecekleri filmin adını. Her gece son seanstan sonra gelip salonları temizleyen ve makinede biriken paraları toplayan adamdan başka kimse uğramıyor aslında bu yalnız sinemaya. Birinci salona giriyorlar. Verdikleri para iki filmi yasal olarak seyretmelerine yetmese de, herkes gibi onlar da birinciden sonra ikinci salona geçmelerinin doğru olacağını konuşuyorlar. Betty gözlerini fazla kısıyor. Sanki korkuyormuş gibi. Oysa film bir komedi. Buster Keaton'ın aptal gösterilerinden biri. Gülüyor, öpüşüyor, konuşulanları dinliyorlar. Kendileriyle hiç ilgisi olmayan bir adamın hayal hayatını seyrediyorlar. "Son" yazıyor siyah ekranda. İkinci film Edward G. Robinson'ın *Little Caesar*'ı. Hollywood'un seyircisini kötü adama özendirdiği ilk film. Ağır diyaloglar, kavgalar, patlayan kurusıkılar... Ve Küçük Sezar da ölüyor bütün insanlar gibi. Yine "Son" yazıyor ekranda. Victor'un boğazında da var o kelimeden. Zargana elindeki bıçağı düşürüyor. Betty'ye bakıyor. Karanlıkta aradığı uzun kirpikli çifti buluyor. Betty'nin gözleri küçük adamı tebrik ediyor. Victor'un yırtık boğazından akanlar koltuklara bulaşıyor. Bu gece ilk kez kan temizlenecek koltuklardan. Açılan bir köprü gibi boğazı ikiye ayrılmışken kimse yaşayamadığı için, Victor da birkaç kısık çığlık attıktan sonra ölüyor. Gözleri "Son" yazısında.

El ele kaçıyorlar sinemadan. Koşuyorlar otele kadar. Zargana daha hızlı koşuyor. Çekiyor Betty'nin elini. Çinlinin tek kelime etmesine fırsat vermeden odalarına çıkıp kapatıyorlar kapılarını. Sadece nefesleri duyuluyor küçük odada. Bir de açık kalmış televizyondaki şarkı. Duran Duran'ın solisti Simon Lebon "Wild boys!" diye bağırıyor. Vahşi olan bir de on altı yaşındaki küçük Betty var, *boys*'un yanında. Vahşet de duruma göre değişen bir cinsiyete sahip. Para gibi.

Betty nefesini büyük büyük alıp verirken, donup kalmış Zargana'ya sarılıyor. Konuşmuyorlar. Sadece suç ortaklığı yapıyorlar. Sonra birden geri çekiliyor Betty. Zargana'nın sararmış yüzüne bakıyor. Yan odanın kapısını tekmeleyen kadının bağırışları duyuluyor. Zargana kat çizgilerinden kırılan bir kâğıt gibi yere düşüyor.

Kendine geldiğinde ilk hareketi yanında yatan Betty'nin üstünden atlayıp banyoya koşmak. Klozetin kapağı açık olduğu için şanslı, çünkü fazla zamanı yok. Cinayeti işlemeden önce yediği ve içtiği her şeyi kusuyor. Dizlerinin üstüne çöküp artık tükürecek bir şey kalmadığını anladığında yanında Betty'yi buluyor.

– Zorlama kendini. Kalk artık. Gel, biraz daha yat.

Çocuk ifadesizce bakıyor konuşan ağıza, içindeki dişlere, arada bir görünen pembe dile. İçinde sadece tanımadığı bir adamın boğazı var. İki film boyunca cesaret edemeyip ancak ikinci "Son" yazısıyla birlikte kesebildiği o kalın boğaz. Kendi boğazını tutuyor sol eliyle. Sıkmaya başlıyor. Betty çocuğun elini boğazından çekmeye çalışıyor.

– Yapma! Yapma! Bırak!

Önce yüzü, sonra parmakları gevşiyor Zargana'nın. Yavaşça çekiyor elini boğazından. Ama parmaklarının izi duruyor derisinde. Sonra onlar da yok oluyor, banyodan Betty'nin kolunda yatağa doğru yürürken.

Gece olana kadar konuşmadan yatıyorlar. Gözleri açık. Kapandığında neler olacağını biliyorlar. Bir ara ışığı yakmak için kalkıyor Betty. Karanlıkta da Victor'un boğazını göreceklerini biliyor çünkü. Tek kurtuluşları, üretim nedeni sadece aydınlatmak olan ampulün açık kalması. Elektrik ilk kez iki çocuğu bir cinayetin hayalinden koruyor.

– Benim gitmem gerek. Şimdi sen uyumaya çalış. İstersen çıkıp bir şeyler ye.

Betty kapıyı yavaşça çekiyor ardından. Çocuğun uyumadığını bildiği halde uyandırmaktan korkar gibi. Zargana sırtüstü yatmış ellerine bakıyor. Avuçlarına, tırnaklarına, parmaklarının üzerindeki ince tüylere. Ağlayacağını hissediyor. Gözlerini kısıp engel oluyor. Kendisine durmadan şu sözleri tekrarlıyor:

– Ben yapmadım. Ben yapmadım…

Ama bunun işe yaramadığının farkında. Titremesi, korkusu, acısı bir türlü geçmiyor. Zargana'nın hayatı geçmiyor. Hayalinde binlerce kez tekrar kesiyor Victor'un boğazını. Tekrar düşürüyor elindeki bıçağı. Korkusu polislerin kendisini bulma olasılığından değil. Bir insanın hayatına son verdiği için vuruyor dişleri birbirine. Başka birinin hayatına son verilebildiğini öğrendiği için yüzü bir türlü eski rengine gelmiyor. Neden diye soruyor kendine.

– Neden öldürdüm bir insanı?

Yanıtlıyor kendi sorusunu.

– Başka bir insana âşık olduğum için. Peki, neden âşık oldum o insana?

Bu kez yanıtı, çalan telefonun zilinden duyulmuyor. Korkarak kalkıyor yataktan. Telefonun başında, ayakta. Bakıyor telefona. Her çalışında zihninde bir deprem oluyormuş gibi hissediyor. Oda sallanıyormuş gibi. Ahizeyi kaldırmayacağını biliyor. Telefona dokunmak bile istemiyor. Durduğu yerde bir ileri bir geri adımlar atıyor. Yüzü buruşuyor.

– Sus! diye bağırıyor. Telefon susuyor. Dokuz kez çaldırdıktan sonra arayan her kimse ikna oluyor telefonda konuşamayacağına. Zargana kendini yatağa bırakıyor. Yüzü hâlâ buruşuk. Çalan telefonu bile açamayacak bir hayat yaşadığı için kendisinden nefret ediyor. İnsanlardan nefret ediyor. Hayattan nefret ediyor. Kendini öldürmeyi düşünüyor. En iyi kararın küçük Alex gibi intihar etmek olduğuna ikna ediyor kendini. Ama nasıl ölecek? Bu soru yankı yapıyor intihar düşüncesinin tamamen boşalttığı beyninde. Çevresine bakıyor. Sürekli terliyor. Bir şey arıyor ne olduğunu bilmeden. Herhangi bir şey. “Keşke babamınki gibi bir av tüfeğim olsaydı” diyor yüksek sesle. Resepsiyondaki Çinli boğuk ayak sesleri duyuyor bir numaralı odanın kapısının ardından gelen. “Bıçak” diyor Zargana. “Bir bıçak bulmalıyım. O adama yaptığım gibi kendi boğazımı da kesmeliyim” diye bağırıyor yüksekliğine artık hâkim olamadığı sesiyle. Yatağın yanındaki komodinin çekmecelerine, banyoya, televizyonun arkasına, her yere bakıyor. Keskin bir şey arıyor. Bir ara Betty’nin kıyafetlerinin durduğu spor çantasındaki parlaklığa gözü takılıyor. Koşup baktığında pırıltının siyah saplı Solingen bir usturadan geldiğini görüyor. Usturayı alıp açıyor. Boğazına dayıyor. Gözleri kapalı. Sımsıkı. Sıcak metali derisine yaslıyor. Yavaşça bastırıyor. Ustura boğazının eti içinde kayboluyor. Artık derisi de farkında kesileceğinin. Kuvvetlice bastırılan keskin bir şeyin birazdan içine gireceğinden emin. Onun için kızarıyor ve saç teli inceliğinde bir kan çizgisini dışarı bırakıyor.

Açık sarı bir el, çocuğun kolunu dirseğinden yakalayıp

söküyor usturayı yapıştığı boğazdan. Sonra da tuttuğu kolu şiddetle sallayıp çocuğun elindekini düşürmesine neden oluyor. Ancak ustura yere değdiğinde görebiliyor Zargana hayatını kurtaranın yüzünü. Tanıyor hemen. Karşısında kendi dilinde bağırarak konuşan adamı, otele her giriş çıkışında görüyor. Çinlinin kurtardığı hayat sayısı bire çıkıyor. Çincenin çocuğa cennet kadar uzak olduğunu anlayan adam bozuk Almancasıyla devam ediyor konuşmasına.

– Ne yapıyorsun sen? Delirdin mi? Kendini mi öldürecektin? Sonra da benim başımı belaya sokacaktın!

Küfür ederken Çinceyi tercih ettiği için çocuk söylediklerinin devamını anlamıyor. Ama kolunu hâlâ bırakmamış olan adamın kendisini odadan, otelden, Berlin'den, hatta Almanya'dan kovmaya niyetli olduğunu, gördüğü büyük el hareketlerinden anlayabiliyor. Çinli, çocuğu sürükleyerek odadan dışarı çıkarıyor ve resepsiyon bankosunun yanında duran ahşap sandalyenin üzerine atana kadar da kolunu bırakmıyor. Çok kızgın olduğu gözlerinin çok ince çizgilere dönüşmesinden anlaşılıyor. Elleri belinde, çocuğa dimdik gözlerle bakıyor. Tabii Zargana, adam kadar iyi karşılık veremiyor bu bakışa. Sadece arada bir kafasını kaldırıp Çinliyi kızgınlık sahnesinde yalnız bırakmıyor. Resepsiyon bankosunun arkasına geçen Çinli kendi kendine söylenmeye devam ediyor. Zargana ayağa kalkacak oluyor, ama o hareketi de Çinlinin hızla havaya kalkan sağ eli tarafından durduruluyor. Adamın Betty gelene kadar kendisini sandalyede hapis tutacağını anlayan Zargana sessizce beklemeye başlıyor.

– Ne oldu? Neden burada oturuyor?

– Kendisine sor istersen! Bu deli çocuk kendini öldürüyordu. Koşuşturmasını duyup odaya girmeseydim boğazını kesecekti. Baksana usturanın izi hâlâ duruyor. Betty, siz uyuşturucu falan mı kullanıyorsunuz? Hemen otelimden çıkıp gidin! Bir daha sizi görmek istemiyorum!

Betty konuşmanın çıktığı ağızdan çok Zargana'nın boynundaki pıhtılaşmış kan çizgisine bakıyor. Dinlemiyor söylenenleri. Sonra bir rüyadan uyanmış gibi kafasını çevirip Çinliye:

– Kes, diyor. Gidiyoruz. Sonra çocuğa elini uzatıp, haydi gel, diyor.

Yürüyorlar yavaş yavaş. Odadaki eşyalarını toplamaları on dakika sürüyor. Çinlinin dışarıda beklediğini kapıyı açınca görüyorlar. Birbirlerine hiçbir şey söylemeden, bir ellerinde spor çantaları diğerinde birbirlerinin eli, Çinlinin önünden geçip Hotel Richmont'tan çıkıyorlar. Berlin'in caddelerinde yürüyorlar birbirlerine bakmadan ve konuşmadan. Caddenin sağ şeridindeki beyaz bir Porsche sinyal verip kaldırıma yanaşarak yavaşlıyor. Açılan sağ camdan bir ses geliyor çocuklara doğru.

– Oğlan ne kadar?

Açık cama eğilen Betty önce caddenin sonuna bakıp sonra adama çeviriyor kafasını.

– Yüz mark.

Klasik Amerikan arabaları satan Paulo Salvador, galerisinin içinde 1969 Mustang'den 1957 Chevy'e kadar uzanan voltalar atıyordu. Tam olarak dokuz adımlık yürüyüşlerdi bunlar. Elleri ceplerinde, dudaklarında sönmüş bir puro ve durmadan açılıp kapanan, ama asla ses çıkarmayan ağzıyla, kırklı yaşlardaki adam kesinlikle hayatının zor bir döneminden geçiyordu. Patronlarının garip hareketlerini seyrettiklerini gizlemeye çalışan satıcılar ise Arnavut mafyasına beş yüz elli bin mark borcu olduğunu bilmiyorlardı. Paulo parayı sekiz ay içinde, Meta adlı kulübün deposunun tavanında sallanan tek ampulün altında duran yeşil çuhalı bir masada kaybetmişti. Oyunun adı poker, kaybedilen parayı ödememenin cezası olumdu. Tabii bir de, son zamanlarda Arnavutların İtalyanlara özendikleri için cesedin testislerini kestikten sonra ağzına sokup öylece bırakma alışkanlıkları vardı ki, Paulo bu olasılığı düşünmek bile istemiyordu. Ağzının o kadar büyük olmadığını biliyordu. Galerisini dolduran dört klasik araba borcunu kesinlikle karşılamayacağından ihtiyacı olan parayı bulacağı adresi zihninde arıyordu. Geçmişte de çok zor günler geçirmişti. Paulo eskiden hiçbir şeyden korkmazdı, ama şimdilerde bir tedirginlik oturmuştu yüzüne. Belki de yaşlandığını düşünüyordu. Bir karısı ve altı çocuğu vardı. Evindeki banyonun aynasında kendisine baktığında artık o müthiş futbolcuyu görmüyordu.

Paulo Salvador, Rio de Janeiro'nun sekiz kilometre güneyine düşen Modi adındaki kasabanın en çirkin gecekondusunda doğmuştu. Dokuz kardeşin en küçüğüydü. Yazları gecekondunun arka bahçesinde, kışları ise sekiz kardeşiyle tek odada üst üste uyuyarak geçirirdi. Altı yaşındayken, babasıyla başkente indiğinde çöplerden topladığı dergi ve gazete kâğıtlarını sıkıştırıp çevresine komşu gecekondunun bahçesinden çaldığı çamaşır ipini sararak bir top yapmıştı kendisine. Kasabanın diğer aileleri Salvadorlardan nefret ettiği için hiçbir çocuk Paulo'yla oynamıyordu. Ailesinden nefret edilmesinin nedeni kasabanın en yoksulu olmalarıydı. Paulo her sabah kasabanın dışındaki kaktüslü vadiye gidip kendi kendine topuyla oynardı. Kaktüslere çalım atar, kilometrelerce koşarak kâğıt topunu ayaklarıyla sürerdi. On dört yaşına geldiğinde kasabanın en iyi futbolcusuydu. Bir kısa mesafe koşucusu kadar hızlıydı. Ayağındaki topa asla bakmadan oynardı. Kimsenin aklına gelmeyen çalım yöntemleri geliştirmişti. Bir gün, kasabanın tek sahasında Kırmızı Göl adındaki takımıyla bir başkent takımına karşı maç yaparken, devre arasında yanına, sıcağa rağmen üzerlerinde takım elbise olan ve siyah güneş gözlükleri takmış üç adam yaklaştı. Çok terliydi Paulo. Sekiz gol atmıştı ve sekiz tane daha atmak istiyordu. Arkadaşlarıyla birlikte oturduğu saha kenarındaki bankta üzerini üç adamın gölgesi kapladı. Başını kaldırdığında uzanan bir el gördü. Olsa olsa tokalaşmak içindi bu el. Sıktı güçlü eli ve şöyle bir konuşmayı dinledi aynı zamanda.

– Paulo sensin, değil mi? Anlattıkları kadar varmış. Pasaportun var mı?

Üç ay sonra bir cumartesi günü Buenos Aires Havalimanı'nın kapısından yirmi iki çocuk ve üç yetişkin geçti. Çocukların en yaşlısı Paulo'ydu. Uçağın içine girdiklerinde gecekondularının bahçesindeki şiltede yatarken hayal ettiklerinin artık gerçeğe dönüşeceğinden emin oldu. Güney Amerikalı diğer çocuklarla Avrupa'ya futbol oynamaya gidiyordu. Paulo için bundan daha büyük bir sevinç olamazdı. Belki bir de babasının her hafta oynadığı lotoda doğru sayıları çekilişten bir gün önce pembe kâğıda işaretlemesi...

Uçağın tekerleklerinin değdiği kent Barcelona'ydı. Bindikleri otobüsse onları kentin dışındaki bir çiftliğe götürdü. Aslında burası daha çok bir kampa benziyordu. Çocuklar için bir futbol kampı. Arkalarından kapanan tel örgülü yüksek kapının üzerinde neden dikenli tel olduğunuysa hiçbir çocuk anlayamadı.

Altı ay boyunca antrenman yaptılar. Koştular, vurdular, gol attılar ve terlediler. Kampın dışına adımlarını atmadılar. Sadece futbol oynadılar. Her ne kadar ailesinden haber alamasa da, her ne kadar başlarındaki adamların belinde birkaç kez silah görmüş olsa da Paulo için her şey iyi gidiyordu. Futbol tekniği diğer çocuklara göre çok ilerideydi. Anlamadığı tek şeyse bazı sabahlar uyandığında yatakhanedeki ranzalardan birinin boş olmasıydı. Gece on iki yaşındaki bir Perulunun doldurduğu yatak, sabah, kimse yatmamış gibi çarşafsız ve yastıksız olabiliyordu. Tabii, böyle bir değişimin nedenini sorabilmek için on dört değil, en az yirmi dört yaşında olmak gerektiğinden, Paulo da diğerleri gibi eksilen arkadaşlarının nereye gittiğini merak etmiyormuş gibi davranıyordu.

Bir cuma sabahı önemli seyircilerin izlediği bir maçta, Paulo karşı takımın savunma oyuncusunun sağına topu, soluna kendisini attı. Falsolu biçimde sağa attığı topu oyuncunun solundan geçtikten birkaç metre sonra yakaladı. Ayağındaki topla dört adım daha attı. Rakip kaleyle arasında on metreden az bir mesafe kalmıştı. Kalecinin çizgide kaldığını ve ileri çıkmadığını görünce rahatladı, çünkü bu golü topuğuyla atmak istiyordu. Bir gece önceden gelecekleri haber verilen, kimlikleri bilinmese de önemli oldukları söylenen kişilerin kendisini izlediğini bildiği için bütün yeteneğini gösterecek bir çalım atmalıydı. Ama tam o sırada, golü atmayı düşündüğü sağ topuğunun biraz üstünde daha önce hiç hissetmediği bir acı duydu. Acı Paulo'yu düşürdü ve yerde döndürdü. Hakem düdüğünü nefesiyle şişirdi. Oyuncular durdu. Bir ara gözlerini açtığında, biraz önce çalımladığı savunma oyuncusunun hemen yanında ayakta durduğunu gördü. Kendisi gibi en fazla on dört yaşında olan çocuğun gözleri dolmuştu. Ellerini dizlerine koyarak eğildi ve yanlarına daha kimse gelmediği için aklından geçenleri söyleyebildi.

– Çok özür dilerim. Affet beni.

Kararan gözlerinin son gördüğü, siyahlar içindeki hakemin çocuğa kırmızı bir kart gösterdiğiydi.

İki gün sonra bir gece Paulo rüyasında kaktüslü vadide kâğıt ve ipten topuyla koşarken nefes alamadığını hissedip gözlerini açtı. Karanlıkta üzerine eğilmiş bir adam sağ eliyle ağzına bastırıyordu. Gözleri büyüdü ve adamın işaret parmağını kapalı dudaklarına götürdüğünü gördü. Bu hareket, ağzını kapatan bir el olmasa bile susması gerektiğini söylüyordu. Anladığını göstermek için kafasını salladı. El ağzından kalktı. Bu kez adam çocuğun sağ koluna yapıştı ve çocuğu yataktan kaldırmak için çekti. Paulo kalktı ve kolunu tutan adamı yatakhanenin kapısından çıkana kadar takip etti. Büyük kapıyı arkalarından kapattıklarında adam çocuğun kolunu bırakıp konuştu:

– Müjde Paulo! Artık profesyonelsin. Son oynadığın maçta yaptıklarını görünce sana bayılmışlar. Seni mutlaka takımlarına almak istiyorlar. Hemen şimdi seni hazırlayıp onların kampına götüreceğim. Haydi şimdi eşyalarını topla. Sonra da gidelim.

Paulo ne diyeceğini bilemiyordu. Onun için hiçbir şey söyleyemedi. "Teşekkür ederim. Çok teşekkür ederim" dışında. Hemen yatakhanenin yanındaki barakaya girip dolabından eşyalarını aldı ve kampa geldikleri ilk gün kendilerine hediye edilmiş olan çantanın içine yerleştirdi. On dakika sonra gitmeye hazırdı. Antrenör yardımcısı ve kendisi gibi Brezilyalı olduğunu bildiği adamın elini tutup kamptan çıktı. Lacivert bir Mercedes'e bindiler. Barcelona'ya doğru döndü Michelin marka lastikler.

Kente girdiklerinde sabaha dört saat vardı. Paulo her beş dakikada bir direksiyondaki adama dönüp gülüyordu. Bütün istediklerini teker teker gerçekleştirdiği için Tanrı'ya durmadan teşekkür ediyordu. O gece Barcelona'nın sınırlarından içeri girdiklerinde Paulo'nun her yeri gülüyordu. Sonra caddelere daldılar ikinci, üçüncü viteste. Daha sonra da sokaklara. Yavaşladı Mercedes yaşlı bir binanın önünde.

– Haydi, dedi antrenör yardımcısı. Sen şimdi iniyorsun. Birazdan gelip alırlar. Beyaz bir araba gelecek. Zaten onlar seni tanıyor. Merak etme, fazla gecikmezler.

Sonra durdu. Arabaya bindiğinden beri çantasını sımsıkı tutan çocuğun sokak lambasının yardımıyla görebildiği gözlerine baktı. Her ne düşündüyse düşündü. Yutkundu ve:

– İyi şanslar Paulo, dedi.

Beyaz araba ne o gece, ne de bir başka gece Paulo'yu yaşlı binanın önünden almaya geldi. Tam dört gün dört gece bekledi Paulo. Kaldırımda yattı geceleri. Gündüzleri ise çantasının üstüne oturdu. Cebindeki birkaç pesetayla bisküvi ve su aldı. Ancak bir yıl sonra, çalıştığı hurdacının deposunda duran televizyonda izlediği haberlerden anladı neden o gece beyaz bir arabanın kendisini almaya gelmediğini. Yeni yeni söktüğü İspanyolcasıyla spikerin konuşmasını dinledi.

– Avrupa'nın çok sayıda saygıdeğer futbol kulübünün insan ticareti yapan örgütlerle işbirliği yaparak Üçüncü Dünya ülkelerinden küçük yaşta çocuklar getirttiği, beğenilmeyenleri ya da sakatlananları ülkelerine geri yollamaktansa sokaklara terk ettiği anlaşılmıştır. Polis merkezinden yapılan açıklamaya göre Barcelona'nın yakınlarında da bu çocukların toplandığı ve büyük kulüplere pazarlandığı bir kamp ortaya çıkarıldı. Polis on üç kişiyi tutukladı. Kampta bulunan altmış dört çocuğun akıbeti hakkında yetkililer karar verecek.

Spikerin yanındaki karede polislerin kollarından tutup minibüse bindirdikleri adam bir yıl sonra başına gelecekleri bilseydi, Paulo'ya değil kendine iyi şanslar dilerdi büyük olasılıkla. Çünkü Paulo'nun şansa ihtiyacı yoktu yaptığı işlerde. Akıllı olması yetiyordu. Bir buçuk yıl bir hurdacıda hamal olarak çalıştı. Geceleri depoda uyudu. Hiçbir resmi belgesi yoktu. Patronu Paulo'ya sadece yemek ve bir şilte vermişti. Ucuzdu Paulo'nun durumundaki bir çocuğu çalıştırmak. Paulo İspanyolcayı konuşabildiği gün kaçtı depodan. Sokaklarda gezdi. Gördüğü her üniformalıdan kaçtı. Ta ki bir tanesi tarafından ensesinden yakalanana kadar. Yaşlı polis memuru çocuğun hiçbir şeyi olmadığını anladı ve onu, pazarlanmasına aracı olduğu esrarın sahibine hediye etti. Çocuk, bisikletiyle esrar taşımaya başladı. Barcelona sokaklarından yıllarca geçti montunun astarındaki uyuşturucu paketleriyle. Zekiydi. Yakalanmadı. Bir gece avucunda yazan adrese gittiğinde, kapıyı, yıllar önce oynamak için evini bıraktığı futbol kulübünün kaptanının açtığını gördü. Paulo'nun elindeki pakette kokain, kapının eşiğinde de Avrupa'nın en zengin kulübünün bir oyuncusu vardı. Hiç tereddüt etmedi. Paketi verdi. Parayı aldı. Evin bahçesinden çıkarken kendini iyi hissetti. Futboldan intikamını almıştı. Paulo kazanmaya devam etti ve yasal insan sıfatını satın alıp Almanya'ya yerleştikten sonra araba galerisini açtı. Ancak hayatında bir türlü kapatmayı başaramadığı deliği iskambil kâğıtlarıyla tıkamaya kalkınca kendini altından kalkamayacağı bir borcun içinde buldu.

Dokuz adım daha atıp Mustang'in kaputuna yaslandı. Yere baktı ve cilalı parkede bir yüz belirmeye başladı. Sarışın bir yüz. Gri gözlü bir adamın yüzü. Galeriye Zargana girmişti.

– Merhaba Paulo.

– Merhaba. Nasılsın?

Kendisini borçlarından kurtaracak kahramanın daha çok limuzinden inen bir takım elbiseli olacağını düşündüğünden, Paulo karşısındaki bu birkaç aydır tanıdığı garip adamı çok da önemsemediğini gösteren bir biçimde selamlamıştı. Zargana galeriden 1963 model sarı bir Lincoln Continental satın almıştı. Arabayı Koma'ya vermiş, o da Fuscha'ya hediye etmişti. Fuscha'nın böylece birbirinin aynısı iki arabası olmuştu. Zargana ile Paulo para konusunda sorun çıkarmamışlardı birbirlerine. İkisi de çok konuşmayı sevmiyordu çünkü. Bir araba satıcısı için gevezeliği sevmemek gibi bir huy ölümcül olabilirdi, ama Paulo onun yerine bu işi yapmaları için üç adama maaş veriyordu. Mustang'in biraz uzağındaki masanın arkasına geçip oturdu ve Zargana'ya da önündeki deri koltuğu gösterdi.

– Memnun musun Lincoln'den?

Zargana gülümsedi.

– Sevgilime verdim. O memnun. Dolayısıyla ben de memnunum.

Paulo sıkıcı bir eski müşteri konuşması yapacağını düşünerek derin bir nefese dalıp çıktı. Ellerini masanın üzerinde üst üste koyarak başını hafifçe sağa eğdi ve sordu.

– Senin için ne yapabilirim?

Zargana içinden, "Beni öldürebilirsin" dedi. Ama yazıları içlerinden okurken bir de dudaklarını oynatan insanlar gibi, düşünürken ağzını da oynattığını fark ettiği için kendinden utandı. Bacak bacak üstüne atıp arkasına yaslandı.

– Aslında benim için değil ama, bir arkadaşım için bir şey yapabilirsin.

Zargana, Paulo'nun futbolculuğu dışında bütün geçmişini yazmış olduğu polis raporunu dikkatle incelemediği için biraz gergindi, ama yine de devam etti oyununa.

– Yalnız konuşmalıyız.

Öğle yemeği molasına daha yarım saat vardı. Üç araba satıcısı caddenin karşısındaki hamburgerciye gitmek için galeriden çıktılar.

– Seni dinliyorum.

– Paulo, bir arkadaşım başını ağır bir belaya soktu. Paraya ihtiyacı var. Hem de çok paraya. Bir iş üzerinde çalışıyor. Yasal olduğu pek söylenemez, ama çok kârlı olduğu bir gerçek. Sanırım bu kadar bilgi yeter. Şimdi gelelim, senden ne istediğime. Beyaz bir limuzin. Markası önemli değil. Tek istediğim şasi numarasının silinmiş, plakasının da sahte olması. Hiçbir yasadışı işle ilişkisinin olmaması gerekiyor. Eski sahibinin bir kadın satıcısı olmasını istemiyorum. Tertemiz bir limuzin. Fabrikadan çıktığı ilk günkü gibi. İstediğim bu.

Paulo polis yöntemlerini Zargana'dan daha iyi bildiği için konuştuğu süre boyunca karşısındaki adamın üstünde herhangi bir çıkıntı aramıştı gözleriyle. Herhangi bir plastik ya da metal. Küçük bir mikrofon belki. Ama gözüne çarpmamıştı hiçbir şey. Temiz gibi görünüyordu uzun boylu adam. Paulo böyle bir teklifin buharlaşmasına neden olacak sözler de söylemek istemiyordu. Dinleniyor olsalar bile daha tek bir kelime etmediği için korkacağı bir şey yoktu. Zaten gerektiğinde bütün konuşmayı yalanlayabilirdi. Yarı üzgün, yarı sinirli yüz ifadesini bozmadan açtı ağzını.

– Ne kadar?

Zargana konunun paraya geldiğine sevindi, çünkü sahip olduğu tek şey buydu.

– Limuzin ve sana karşılık beş yüz elli bin mark.

Paulo yerinden kalktı. Bağırmak için ağzını açtı, ama vazgeçti. Sesini olabildiğince kıstı.

– Kimsin sen? Ne istiyorsun benden?

Çok hızlı çıkmıştı kelimeler ağzından. Terlemeye başlamıştı. Gömleği ıslak bir tülbent gibi sırtına yapışmıştı şimdiden. Zargana gülümsedi.

– Ben bir meleğim. Seni kurtarmaya geldim.

Paulo duyduğu söz karşısında daha da sinirlendi. Sakat bir hayvan gibi kesik soluklar alıyordu. Gerçekten de yaşlanıyordu Paulo. Çabuk korkmaya başlıyordu çünkü.

– Çabuk git buradan. Defol! Git, yoksa polis çağırırım.

Zargana ağzındaki gülümsemeyi bir saniyede yok etti. Ayağa kalkma sırası ondaydı. Boyu daha da uzadı sanki. Kafası masanın üzerinden geçip Paulo'nunkine çok az bir mesafe kala durdu. Dudaklarını araladı. Yüzündeki donmuş ifade çözülmedi, sadece çalıntı gibi duran ağzı hareket etti.

– Paulo Salvador, sana ihtiyacım var. Hizmetin karşılığında borcunu ödeyeceğim. Şimdi otur ve beni dinle. Çocuklarına Arnavutça öğretmelerini istemiyorsan sakinleş ve dinle.

Sanki ağzından çıkanları kendisine söylemiş gibi önce Zargana oturdu. Sonra da ayaktaki Paulo kaybedeceklerinin hesabını yapıp bıraktı kendini deri koltuğuna.

– Rio, kendimi bazen çok garip hissediyorum. Hatırlar mısın? Eskiden okuduğumuz bir yazar vardı: Jacques Rigaut. Ne diyordu biliyor musun bir cümlesinde? "Bazen elimi yüzüme götürdüğümde bir burun, bir göz, bir ağız bulamamaktan korkuyorum." İşte böyle söylüyordu kitabında. O zamanlar benim için hiçbir şey ifade etmiyordu bu cümle. Ama şimdi bazen ben de korkuyorum yüzümü bulamamaktan. Hayatta sadece seni tanıyormuşum gibi geliyor. Sadece Rio'yu. Bazen başka hiçbir şey bilmediğimi düşünüyorum. Âşık olduğum insandan başka hiçbir şey bilmediğimi düşünüyorum bazen. Bu duygudan da korkuyorum. Hem de çok.

İki adam Fuscha'nın yeni satın aldığı evin mutfağında oturmuş vanilyalı *cappuccino* içiyordu. Koma, Zargana'nın tavsiyesi üzerine, Koma'yı unutmak için ilaç kullanmaya başlamıştı. Kendini sadece Rio'dan ibaret sanabilmek için tek bir noktaya yoğunlaşabilmesini sağlayan hafif uyarıcı kimyasallar kullanıyordu. Ailesi Koma'nın bir daha dönmemek üzere evi terk ettiğini kabullenmiş ve kısa süren bir arama çabasından sonra peşini bırakmıştı. Kendilerini istemeyen bir çocukları olduğu gerçeğini unutmak için litrelerce alkol alıyorlardı her gece yemek masasında. Ama Koma'nın sadece kendilerinden değil, kendisinden de kurtulmak istediğini bilselerdi, herhalde birkaç litre daha içerlerdi. Ama yine de çocuklarını anlayamazlardı, çünkü o artık içki içmiyordu.

Fuscha'nın söz ettiği yazar hissettiklerini tam olarak kaleme almamıştı belki, ama yine de kimsenin çözemediği yazılarını yaşayan birinin anladığını hissetmesi mezarında biraz daha rahat yatmasını sağlayabilirdi. İki ahşap sütunun arasındaki boy aynasının içinden geçip günlerce hastanede yatmış olan Rigaut'nun dünyadan ödünç aldığı nefesle geçirdiği son günlerinde kendini anlatmak için yazdığı kimlik belgesinde tabii ki tesadüfen bulunmuyordu şu kelimeler:

"Saç: saç... Göz: göz... Burun: burun... Ağız: ağız... Yüz: yüz..."

"Sizi tanıyorum" diyordu Rigaut. "Baktığınız benim, ama gördüğünüz kendinizsiniz."

Her ne kadar Fuscha düşünce dünyasında bu kadar derine inememiş olsa da içinde garip bir duygunun kol gezdiğinden emindi. Öyle bir duyguydu ki bu, artık asla mutlu olamayacağını fısıldıyordu içkulağına. Rio tanımıyordu bütün bunları. Uzaktı melankoliden. İlgilenmiyordu görmediği şeylerle. O sadece bir dakika önce hayal ettiğini bir dakika sonra gerçekleştirmek için vardı. Sadece çok yakışıklı, çok şık ve çok âşık bir adam olmak istiyordu. Fuscha'nın bütün hayatını eline geçirmekten, bazı gecelerde ağladığını gördüğü sevgilisine zevk vermekten başka bir şey düşünmüyordu. Rio insanların sevgi dediği duyguyu beyninden ve kalbinden taşıracak son damlayı arıyordu. Ancak yüze giden bir elin titremesinin ne demek olduğundan haberi yoktu.

– Söylediklerinin hiçbir anlamı yok. Bizim yaşamamız için tek bir neden var. O da aşk. Birbirimize karşı hissettiğimiz şey. Onun dışındaki her şey bir dekor. Üzerinde yaşadığın dünya biz âşık olalım diye yaratılmış. Fuscha ile Rio kendilerinden başka herkesi öldürebileceklerine inansınlar diye. Bir yüzün var. Bir burnun, bir ağzın da var. Ben onların hepsine âşığım. Şimdi sana yakışmayan bu sözleri hiç söylemediğini varsayıyor ve başka bir konuya geçiyorum. Seni heyecanlandırmak için küçük bir oyun hazırladım. Biraz tehlikeli ama göreceksin, müthiş olacak!

Rio, aşkı diğer insanlar gibi yaşamıyordu. Hiçbir işi olmadığı için gününün her saatini Fuscha'ya ayırabiliyordu. Tabii, ikisinin birlikte giden hayatı asla monoton değildi. Birçok insanın hayal bile edemeyeceği eğlencelerin savrulduğu partilere gidiyor, en pahalı lokantalarda en pahalı şampanyaların mantarlarını havaya uçuruyorlardı. Yirmi dört saat hizmet veren bir *sex shop* gibi iki adam sadece zevk ve heyecan üzerine kurulmuş ilişkilerini yaşıyorlardı. Ancak Rio gerçek hayatın sınırlarıyla ilgilenmediğinden hayatı sadece iki gözden görüyordu: kendi gözlerinden. İlişkilerinin şiddetini artırmak için Fuscha ile kendisini en olmadık durumlara sokuyor ve kurtulmak için yaptıkları her şeyi beraber gerçekleştirdikleri için duydukları heyecan da aynı oluyordu. Yoğun bir anı paylaşmış her iki insan gibi birbirlerine daha da bağlanıyorlardı. Vücutlarının ürettiği her salgı aynı renkte oluyordu. Bazen sahte, bazen de gerçek tehlikeler karşısında sadece iki âşık olarak kalmak Fuscha ile Rio'yu dört bacaklı bir böceğe çeviriyordu. Ancak bu kez Rio'nun aklında geçmiştekilere kıyasla biraz daha zor bir oyun vardı. Yakalandıkları takdirde kesinlikle tutuklanır ve mahkemeye çıkarlardı. Sonuç ise yıllar süren bir hapishane hayatı olurdu. Ama Rio umursamıyordu. Fuscha'yla aynı hapishanede olduktan sonra, hüküm giymesinin hiçbir önemi yoktu.

Ertesi gece iki adam kaldırımdaki su birikintilerine basmamaya çalışarak yürüyorlardı. Caddedeki bütün lokanta ve mağazalar birkaç saat önce kepenklerini indirdiğinden ortalıkta birkaç fahişe dışında insan yoktu. Saatin geç olmasından dolayı boş olan cadde, üzerinde gideni gaz pedalına daha çok basmaya kışkırtıyordu. Fuscha ve Rio aradıkları adresi bulduklarından emin olduklarında bir iki adım geri atıp kafalarını kaldırdılar. Binanın ikinci katındaki üç pencereden, bir abajurdan kaynaklandığı tahmin edilebilecek kısıklıkta bir ışık akıyordu sokağa. Rio sol elini cebine attı. Elini dışarı çıkardığında parmaklarının arasında bir anahtar vardı. Kepengi daha inmemiş olan, ama kilitli olduğunu tahmin ettiği kapıya doğru yürüdü. Anahtarı sokup iki kez sağa çevirdi. Anahtar tamamladığı her dönüşte çok yüksek bir ses çıkarıyordu. Ses bir silahın boşa düşen horozunun çıkardığı metalik gürültüye benziyordu. Fuscha ve Rio içeri girip önceden gördükleri ve içini ezberledikleri mekânda, karanlıkta hiçbir eşyaya çarpmadan koştular. İkinci kata çıkan merdivene adımlarını attıklarındaysa birden durmak zorunda kaldılar. Çünkü merdivenlerden biri iniyordu. Birbirlerine baktılar. Kemerlerine sıkıştırdıkları tabancaları çıkardılar. On iki basamaklı merdivenin döküldüğü birinci kata varmak için dört basamak daha inmek zorunda olan karaltıya doğru birer el ateş ettiler. Karaltı bir saniyeliğine dondu, sonra bir porselen gibi parçalandı. Paulo Salvador son dört basamağı sırtüstü kayarak indi. Fuscha eğildi ve cebinden çıkardığı küçük feneri araladığı gözkapaklarının ortasına tutarak Paulo'nun ölüp ölmediğini kontrol etti. Sonra, hemen arkalarında duran Mustang'e dokunmadan, koşarak çıktılar galeriden. Karanlığın içinde vitrine yansımış olan iki kıvılcımın biri tarafından görülüp görülmediğini ise kimse hiçbir zaman öğrenemedi. Şimdilik birkaç köpek ulumasından başka bir ses duyulmayan caddenin gürültüsüne, çalışan bir arabanın motor sesi eklendi. Rio tek eliyle direksiyonu çeviriyor, diğeriyle yanındaki şapkayı almaya çalışıyordu. Sonunda başardı. Polislerinkine benzeyen siyah şapkayı tutup kafasına geçirdi. Üstündeki takım elbiseyle aynı tondan değildi, ama karanlıkta iki siyahın ayırt edilmesi de kolay değildi. Fuscha başını bej rengi deri döşemeye yaslayıp sessizce dışarıyı seyretmeye başladı. Caddenin kenarına park etmiş arabalardan, uzunluğuyla diğerlerinden ayırt edileni önce sola sinyal verdi, sonra da yolun sağ şeridine karışıp yok oldu. Rio kendisini Fuscha'dan ayıran koyu renkli cam paneli indiren düğmeye bastı ve sevgilisinin kendisine bakan gözlerini gördüğü anda, "Seni seviyorum" dedi. Katiller genelde cinayet yerlerinden beyaz limuzinlerle kaçmazdı. Zargana ne yaptığını iyi bilen bir yönetmendi. Arnavutlara Paulo'yu para almadan öldürtebileceğini söylediği zaman bile emindi polisin katili beyaz bir limuzinin koltuklarında aramayacağından.

Zargana uzun zamandır yapmadığı bir şeyi yapmış ve caddenin karşısındaki hamburgercinin önündeki çöp konteynırının arkasına yaslanıp yazdığı oyunu seyretmişti. Şeritleri ezen beyaz limuzin uzaklaştığında doğruldu ve bir sigara yaktı. Yanan çakmağın alevinin aydınlattığı sağ avucundaki numara Paulo'nun evinin salonunda duran mermer ayaklı telefonu çaldırmaya yarıyordu. Yürüdü. Bir telefon kulübesine girdi. Ahizeyi kaldırdı. İki bozukluk kayboldu, mavi plastik kutunun içinde. Metal düğmelere bastı. Çoktan yatmış olması gereken yaşta bir çocuk "Alo" dedi. Zargana söyleyeceği iki cümleyi içinden bir kez daha tekrarladı.

"Benim, baban. Bu gece eve gelemeyeceğim, çünkü öldüm."

Malikânenin bahçesini çevreleyen duvardan aşağı kendini bırakan iki çift ayak sokağın taşına değdiği an koşmaya başladı. Ne de olsa ayakların sahipleri kısa sürede birçok suç işlemişlerdi ve bir yerden bir yere giderken koşmak yakalanmamanın en iyi yoluydu. On iki yaşındaki bir oğlanla romantik bir gece geçirmek isterken ilaçla bayıltılıp soyulan adamsa utancından ne polise, ne de arkadaşlarına olayla ilgili tek bir kelime söyleyebildi. Sadece psikiyatrı, çocuğun yaşını ve cinsiyetini duyduğunda kaşlarını kaldırıp burnunun ucundaki yakın gözlüğünün üzerinden ona uzun uzun baktı. Taze bir sorunla karşısına çıkan eski hastasına sevindiğini belli etmemek için önündeki kâğıda bir şeyler yazıyormuş gibi yaptı. Aslında gerçekten de bir şeyler yazdı. Ama bunlar harf değil rakamdı. On iki yaşındaki oğlanlarla sevişmek isteyen bir adam en azından altmış terapi seansı demekti. Altmış ile seans ücretini çarpmak içinse hesap makinesine ihtiyacı olduğundan hastasının gitmesini beklemek zorunda kaldı.

– Şurada biraz dinlenelim. Hem bir şeyler de yeriz.

Zargana başını salladı. Kadın satarak yaşayan bir insanı öldürmüştü. Bir adam pantolonunun üstünden de olsa bacaklarını okşamıştı. Aynı adamın Malibu'suna Betty'nin gizlice eline sıkıştırdığı sarı hapı atmış ve tam yatak odasının kapısına geldiklerinde elinden tutan el kopup siyah mermerden zemine yapışmıştı. Kadife bir pantolonun cebinden altı yüz seksen mark çıkarmıştı. Ama bu ona okyanustan batık çıkarmak kadar zor gelmişti.

– Yesene. Ne bekliyorsun?

Başını kaldırıp ağzından çok daha büyük bir lokmayı çiğnemeye çalışan Betty'ye baktı. Sonra da önündeki tabağa. Pide arası döner. Pideyi açıp içindeki etleri tek tek yemeye başladı. Gözleri Betty'deydi. Ama gördüğü Betty değil, kendisiydi.

– Çok iyi bir iş başardık küçük dostum. Çok iyi! Şimdi de kalacak bir yer bulmalıyız. Artık hayat boyu beraberiz. Hiçbir sorun kalmadı. Sen, ben ve para. Bir otel biliyorum. Çok pahalı değil. Rahattır.

Rahat kelimesi Zargana'ya ailesinin evindeki yatağı hatırlattı. Üzerinde İron Maiden'ın maskotu Eddie'nin yüzü olan yatak örtüsünü düşündü. Evini özleyip özlemediğini bilmiyordu. Seyrettiği ve sürekli hareket eden yüz birden yok oldu ve yerini siyah bir tişörtün altından görünen bir göbek deliği aldı. Betty kalkmıştı. Kendisi de kalkmak için sandalyesini geri itti, ama Betty'nin, "Sen otur, ben tuvalete gidiyorum" demesi üzerine masayı iki eliyle tutarak kendini içinde sadece pide kalmış olan tabağa doğru çekti. Gözlerini kırpmadan bakmaya başlamıştı yeniden. Bu kez görüş alanını mavi kazaklı bir sırt işgal ediyordu. Betty'nin sandalyesinin arkasında oturan şişman adamın geniş sırtı. Düşündü. Yaptıklarını, hissettiklerini, Betty'yi, hatırladığı her şeyi. Önündeki boş pidenin ağzındaki karanlığın içinde seyretti kendisine sonsuzluk gibi gelen sokaktaki birkaç günlük hayatını. Ellerini tabağın iki yanına koyup yüklendi üzerlerine. Bir sonraki hareketine dair ipucu taşıyan en küçük bir işaret yoktu gözlerinde. Ellerini ceplerine sapladı. Hiçbir eşyaya ve hiç kimseye dokunmak istemiyordu. Masaların arasından geçerken bir kadının sandalyesine astığı çantasını düşürdü. Kadın dönüp çocuğa baktı, ama Zargana yürümeye devam etti.

Kapıya üç adım kala bir yüzle karşılaştı. Betty, Zargana ile çıkış arasında duruyordu. Çocuk karşısında duran kızı olanca gücüyle itip kapıdan dışarı çıkabilir ve bacaklarını koparacak kadar açıp karanlığın içine koşabilirdi, ama yapmadı. Betty'nin sol elinin gösterdiği yöne bakmayı ve ağzından çıkanları dinlemeyi tercih etti.

– Bak, tuvaletler şu tarafta.

Hollywood filmlerinin kurallarından biri gereğince kameranın üç saniyeliğine bile olsa tek başına gösterdiği bir nesnenin hikâyenin ilerleyen dakikalarında kullanılacağından nasıl emin olunursa, Zargana'nın içindeki Betty'yi terk etme isteğinin de bir gün mutlaka yeniden su yüzüne çıkacağı bir gerçekti. Belki bu gece kaçmamıştı ama, âşık olduğu kızı bırakma fikrinin aklından bir daha ne zaman geçeğini de kimse bilemezdi. Tıpkı Betty'nin kendisinden dört yaş küçük bir çocukta ilgi çekici ne bulduğunu kimsenin bilemeyeceği gibi.

Girdikleri otelin kapısının kanatlarından birinde "HOTEL", diğerinde "FALL INN" yazıyordu. Hotel Richmont'u gören gözler burada kamaşabilirdi, çünkü resepsiyonunda, kravatlı iki adam, lobisindeyse kahverengi deriden bir koltuk takımı duruyordu. Üzerinde çizgi film kahramanı kedi Tom'un desenlerinin olduğu bir kravat takmış olan resepsiyonist, çocukları fark edip dayandığı bankoya yaklaşmalarını seyretti. Gerçekten de iyi görünmüyorlardı. Zargana evden kaçtığı günden beri Cezayirlilerin yırttığı pantolonu giyiyordu, üstünde de Betty'ye ait siyah bir kazak vardı. Sadece yeni aldığı ayakkabıları ve gri gözleri parlıyordu. Betty dizleri yırtık, dar bir kot pantolon, üzerine de fermuarını çenesine kadar çektiği, kolları saçaklı siyah bir deri ceket giymişti. Onun ayakkabıları yanındaki çocuğunkiler kadar ışık saçmıyordu, çünkü giyilmekten içlerindeki ayakların biçimini almış iki kalın çoraba dönüşmüştü.

Dokuz yaşındaki oğlunun hediye ettiği kravatı takmış olan adam gördüğü ikili karşısında sadece bir sızı hissetti içinde. Kalbi ile midesi arasında bir sızı. Küçük bir yırtılmaya benziyordu bu duygu. Cüzamlı biri görüldüğünde hissedilen ürpermeye benzeyen bir duygu. Önce hemen kovmayı düşündü çocukları. "Çıkın, haydi! Haydi!" demeyi. Ama insanın cüzamlının yüzüne bakmaya alıştığı o birkaç saniyelik sürede fikrini değiştirip ne istediklerini öğrenmeye karar verdi.

– Evet çocuklar?

Betty dirseklerini bankoya yerleştirip yüzünü adamınkine yaklaştırdı. Adam doğruldu ve ellerini arkasında birleştirdi. Eğer Betty vücut dilinden anlasaydı otelde bir oda ayarlamak için yapabileceği iğrenç tekliflerin hiç de gerekli olmadığını anlardı.

– Kardeşim ve ben bir oda istiyoruz.

Adam hemen yanıt vermedi. Kıza bakmaya devam etti. Küçük kardeşi görmek için olduğu yerden sağa doğru uzandı ve önündeki vücudun arkasına saklanmış sarışın çocuğu gördü. Gözlerini tekrar Betty'ye çevirdiği an birden ellerini beline koyup yeni uyanmış gibi gözlerini kırpıştırarak sordu.

– Ne kadar kalacaksınız?

Betty odayı tutmak için Çinliye hediye ettiğini komik kravatlı adama da sunmayı içeren planını bozduracak, bu hiç beklemediği yanıt karşısında şaşırıp sahte gülümsemesini sildi.

– Bilmiyorum. Herhalde birkaç gün kalırız.

Bu kez gülümseme sırası adamdaydı.

– Tamam, dedi başını birkaç kez hafifçe sallayarak. Kendisinin haberi yoktu, ama şu an için kalbi ile midesi arasındaki rahatlamayı yüzyıllar önce XIV. Louis de hayatını bağışladığı suçluların karşısında hissetmişti.

Kısa yanıtlar isteyen soruların olduğu bir kâğıdı doldurdular ve uzatılan anahtarın açacağı kapıyı aralamak üzere asansöre bindiler. Yaşlı komi burnundan nefes almayı bırakıp bu işi ağzına devretti. Çünkü iki çocuk da dayanılmaz bir ter kokusu yayıyordu çevrelerine. Çocukların kendisine bahşiş vermeyeceğini bildiğinden Zargana'nın eline çantayı tutuşturup asansörden sadece sol elini ve kafasını çıkararak:

– Sağdaki dördüncü kapı, dedi.

Üzerinde kırmızı bir telefonun durduğu komodinin iki tarafındaki iki yatak karşıladı çocukları. Aynı anda akıllarına gelen hareketi konuşmadan yaptılar. Aradaki komodini pencerenin yanına taşıyıp yatakları birbirine yapıştırdılar. Sonra Betty Zargana'yı elinden tutup artık çift kişilik olan yatağın ayakucuna getirdi. Zargana, Betty'nin ne düşündüğünü anladı. Sırtlarını yatağa dönüp üç saniye boyunca birbirlerine baktılar. Sonra da aynı anda gülüp geriye doğru zıplayarak fırlattılar kendilerini yatağa. İki kez yükselip alçaldılar yaylı yatağın üzerinde. Güldüler. Naser'in iki parmağıyla sıkarak mor bir renge buladığı sağ bacağına rağmen Zargana güldü. Soydukları adamın bahçe duvarından atlarken derisini yüzdüğü sol bileğine rağmen Betty de güldü. Çünkü onlar, hiçbir şeyi unutmasalar bile iki çocuktular ve gülmek üzere ağızlarını açmak için fazla bahaneye ihtiyaçları yoktu. Bir trenin yavaşlaması gibi ağır ağır silindi gülümsemeleri. Çölun ortasındakı bir istasyona benzedi yüzleri. Yalnız ve korkak. Sarıldılar birbirlerine. Başka kimseleri yoktu çünkü. Şimdiyse sadece korkuları kalmıştı. Yalnız olmadıklarını biliyorlardı çünkü kolları doluydu. Uyudular.

Koridorun sonundaki odadan çıkarken, iterek yürüttüğü, temizlik malzemeleri taşıyan tekerlekli dolabın köşesini yanlışlıkla duvara çarpan mavi önlüklü kadın, çıkardığı gürültüyle gri gözlü bir çocuğu uyandırdığını tabii ki bilmiyordu. Ama Zargana hayatı boyunca Betty'nin yanında şu an yatmakta olduğu yatakta yaşayabileceğinden emindi. Gözkapaklarını bunu düşünerek kaldırmıştı. Kepengini yeni açmış, iflasın eşiğindeki bir mağaza sahibi gibi çocuk da iyi hissediyordu kendini, bir gün daha açabildiği için gözlerini. Yanında uyuyan kızın, üstten üç düğmesinin açılmış gömleğinin iki yakasının birbirinden kopmasını fırsat bilip çıplak gözle görülmek üzere kendini dışarı atmış sol göğsünü seyretti bir süre. Önce dokunmak için elini yaklaştırdı. Sonra korktu birden. Yapamadı. Sadece kızın yumuşak derisinin bir santimetre üzerinde gezdirdi elini. Küçük patikalardan gitti küçük eli. Havada asılı görünmez patikalardan geçti. Gözlerini tekrar kızın yüzüne götürdüğünde her nefes alışında çok az da olsa açılan burun deliklerini gördü. Zargana o sabah Betty'ye tekrar âşık oldu.

– Bugün ne yapmak istersin? diye sordu Betty, kahvaltı yaptıkları masanın üzerinde duran portakal sularından hangisinin kendininki olduğunu düşünürken.

– Bilmem. Sen ne istersen.

Zargana öğreniyordu. Âşık olunanla yapılan şeyin hiçbir değerinin olmadığını yazıyordu zihnine silinmez bir mürekkeple. Yapılan işlerin, gidilen yerlerin sadece âşık olunanın dışındaki insanlarla birlikteyken önemli olduğunu öğreniyordu. Çünkü kendi dışındaki bir varlıktan sırf nefes alıyor diye zevk alınabildiğini görüyordu ilk kez. Betty hiçbir şey yapmasa bile, sadece içine oksijen çekerek mutlu edebilirdi Zargana'yı. Bir de parklarda el ele yürümeleri gerekmezdi. Hatta birbirlerine dokunmaları bile gereksizdi. Sadece var olduklarını göstermeleri yeterdi aşkı yaşayabilmeleri için. Ama Betty, Zargana'ya kıyasla çok daha normal bir çocuktu.

– Bugün seni bir yere götüreceğim. Çok hoşuna gidecek, dedi.

Bardaklarını, içlerinde tek bir portakal suyu damlası kalmayıncaya kadar ters tuttular. Aynı anda masaya koydular boş camları. Aynı anda ittiler kendilerini geriye doğru. Kalkıp yürüdüler otelin kapısına. Komik kravatlı adam yoktu. Gece mesaisi yerini gündüze bırakmıştı. Sadece bir saniye için hayatın da mesaisi olması gerektiğini düşündü Zargana. Yani yaşanacak zamanın tercih edilmesi gerektiğini. Gece ya da gündüz. İkisini birlikte yaşadığı için mutsuzdu insan. Kaldıramıyordu aynı hayatın içinde hem geceyi hem gündüzü. Onun için uyku vardı belki de. Ve onun için bu kadar mutsuzdu belki de uyuyamayan insanlar.

Otelin kapısından dışarı iki adım atmışlardı ki, Betty yoldan geçmekte olan bir taksinin önüne atladı. Arka koltuğa oturdular. Şoför bir Türk'tü. Adı yazıyordu taksimetrenin altındaki küçük kâğıtta.

– Falkensee'ye gideceğiz, dedi Betty.

Zargana dizini kızın dizine yasladı. Başını kızın omzuna yaslamış gibi iyi hissetti kendini. Hayatının bir ucundan tuttuğu için seviyordu Betty'yi. Böylece daha hafif oluyordu hayatı. Atılan her adımın nereye basılacağına karar vermekten yorulduğu ve zihninde taşıdığı hayat çok ağır olduğu için seviyordu Betty'yi. Ağır bir çantayı iki kişi taşıyorlardı. Bu arada da konuşuyorlardı.

– Şimdi gideceğimiz yerde biraz garip şeyler göreceksin. Ama korkma. Seni yalnız bırakmayacağım.

– Tamam.

Taksi uzun bir yol çiğnedikten sonra bahçe içindeki iki katlı bir evin önünde durdu. Mercedes'ten inip havuzlu bahçenin iki alçak duvarını birleştiren ahşap kapının önüne geldiler. Betty kapıyı açıp taş yoldan yürüdü. Patika evin kapısına gidiyordu. Kapının önündeki basamaklara. Kız duvardaki zile dokundu ve içeride çalan melodi duyuldu. Evin merdivenlerinden hızla inen birinin ayak sesleri büyüdü, büyüdü ve kapı hızla açıldı. Zargana bir adım geri attı. Çünkü gördüğü adam uzun boylu, fazlasıyla iri, sakallı ve uzun saçlıydı. Çocuk korkmuştu garip bir aksanla konuşmaya başlayan adamdan.

– Hoş geldin Betty! İçeri girin.

Betty Zargana'nın elinden tutup çekti. Yanıtı eve sarktı.

– Merhaba Ben. Nasılsın?

İçine girdikleri ev son derece düzenliydi. Zargana kısa sürede görebildiği her yere baktı. Hemen hemen normal bir ailenin evini andırıyordu parkesinin üstünde yürüdüğü ev. Normal olmayan tek şey normal mobilyaların üstündeki anormal insanlardı. Sayılarını bir bakışta tahmin edemeyeceğini anladığı kadın ve erkekler uyuyorlardı. Yerde, koltuklarda, kanepelerde, yemek masasının üzerinde, şöminenin önünde. Holly Maddux adındaki sevgilisini öldürmek suçundan Amerika'da aranan ve İrlanda'ya kaçıp Avrupa'nın çeşitli kentlerinde evler satın almış olan ev sahibi, küçük misafirlerini mutfaktan geçirip arka kapıdan bahçeye çıkardı. Burada hasır koltuklar ve üzeri camlı, hasır bir masa vardı. Büyük bir şemsiye de bahçeyi gölgeliyordu. Oturdular. Üzerinde sadece kirli bir şort ve kirli bir tişört olan Ben sigarasını yakıp Betty'le konuşmaya başladı. Zargana söylenenleri dinlemiyordu. Sadece çevresine bakıyordu. Her ne kadar çocuklar bilmese de karşılarında oturup bacak bacak üstüne atmış olan adam "Unicorn" lakaplı Ira Einhorn'du. Age of Aquarius tarikatının, altmışların sonundan o korkunç cinayete kadar binlerce hippiyi bir araya getirmiş ruhani lideri. O gösterişli günlerden geriye sadece şişman ve alkolik görünümlü bir dev kalmıştı. Ira, yani Ben, Falkensee'deki evinde Philadelphia'da yaptığı gibi küçük bir grup kurmuştu. Salonda ve evin değişik yerlerinde uyuyanlar ise genelde tembel, aptal ya da hayata dair soruları yanıtlarından fazla olan insanlardı. Ira'nın sömürüyü bir meslek haline getirdiği söylenemezdi, çünkü gariptir ki yüksek zekâsına rağmen anlattığı parapsikolojik olaylara kendisi de inanıyordu. O bir guruydu. Her ne kadar son kullanma tarihi geçmiş de olsa. Kadınları seviyordu. Tıpkı Betty'yi sevdiği gibi. Onunla yatmayı kabul eden herkes Ira'nın evinde istediği kadar kalabilir, odaların zeminini toza bulayan her türlü uyuşturucudan istediği kadar tadabilir ve dilediğince yemek yiyebilirdi. Şişmanlayıp çirkinleşmemek şartıyla. Betty de bir süre kalmıştı bu evde. Ira, Avrupa'nın çeşitli kentlerindeki evleri arasında sürekli dolaşması gerektiğinden yönetimlerini her kentteki ikinci liderlere bırakırdı ve Berlin'deki ikinci lider Betty'ye Ira kadar iyi davranmamıştı. Kız, kendisini bir kurt köpeğiyle seviştirmek isteyen adamın yönettiği evden kaçmak zorunda kalmıştı. Ama iki aydır, Almanya'ya dönen Ira yönetiyordu evi. Ancak herkes onu Ben Moore olarak tanıyordu tabii. Ben Moore bir aptal gibi görünmeyi kendisine en büyük kalkan yapmıştı. Çünkü vahşi zekilerden nefret ederdi. Bir aptal gibi görünüp zekilerin ağızlarındaki zehirleri boşaltmaya yarayan bir mayına dönüşmek en büyük isteğiydi. Ben, nasıl sırf çıplak diye kadınlara tecavüz edilmesine karşıysa, bir aptalın zekilerin elinde oyuncak olmasını da o kadar iğrenç buluyordu. Geliştirdiği felsefeye yeni bir açı katmış ve müritlerine aptal gibi görünme emrini vermişti. Böylece, insanların içindeki benzerini ezme isteğini ortaya çıkararak insan aklının aslında ne kadar da acımasız olduğunu kanıtlamayı amaçlıyordu. Başarılı da oluyordu bu konuda. Aptal ya da sakar gibi davranan müritlerinin çoğu yıllardır tanıdıkları dostlarının kendileriyle nasıl alay etmeye başladığını görerek tiksiniyorlardı geçmişlerinden. Dürüstlüğünden şüphe edilen zekinin içindeki şeytanın omzuna dokunarak onu uyandıracak elin tek sahibi aptaldı. Ira'ya göre aptallık bir acımasızlık radarıydı. Ben'in tarikatında en aptal gibi görünen, aslında en zeki olandı ve Zargana gerçekten de evdeki zihinsel sakatlığı olan tek insan gibi duruyordu. Kulaklarını çevresinden yakınına çevirdiğinde konuşulanları duymaya başladı.

– Akşama küçük bir eğlence düzenliyorum. Siz de katılın. Bugün hava çok güzel. İsterseniz akşama kadar burada kalıp güneşlenebilirsiniz.

Ben ağır vücudunu kaldırıp eve girdi. Uyumaya gidiyordu. Düzenli olarak kullandığı morfinden biraz daha alıp uyuyacaktı. Çocuklar bulutları delip geçen güneş ışınlarıyla derilerini boyamak için çıkardılar üzerlerindekileri. İkisi de iç çamaşırlarıyla kaldı. Şemsiyenin hemen yanındaki iki plastik şezlongu çektiler güneşin ısıttığı noktaya. Yan yana yatıp gözlerini kapattılar. Önce gözkapakları ısındı. Sonra göbekleri. En son da alınları. Çocuklar ayak parmakları ısınana kadar açmadılar gözlerini ve konuşmadılar. Bir gölge girdi güneşle aralarına. Bulutlardan daha yakında duran bir şeyin gölgesi. Gözlerini açtılar. Bir kadın gördüler. Üstünde uzun bir elbise olan, güneş gözlüklü, gülen bir kadın.

– Haydi çocuklar, yemek zamanı.

Eve girip salona geçtiler. Sabah uyuyan insanlardaki tek değişiklik hareket ediyor olmaları ve ellerinde birer tabak tutmalarıydı. Yoksa durdukları ya da yattıkları yer aynıydı. Zaten yemek masasında yiyemezlerdi, çünkü orayı üzerinde bağdaş kurarak oturmuş iki adam işgal ediyordu. Mutfağa girince güneş gözlüklü kadın iki tabak uzattı çocuklara. İçlerinde sebze olan iki tabak. Birçok guru gibi Ben de vejetaryenliği savunuyordu. Dolayısıyla ona inananlar da eti canlı ve yürürken görmeyi tercih ediyorlardı. Bir tencerede ya da bir çatalın dişlerinde değil. Çocuklar, uzatılan tabakları alıp tekrar bahçeye çıktılar. Hasır koltuklara oturup çatallarını sapladılar yeşil yemeklerine. Bir süre sonra uzun elbiseli kadın da onlara katıldı. Güneş gözlüğünden taşan bir morluk vardı sağ gözünde. Ben akıllara sokmak istediği düşünce sistemini kelimelerle anlatamayınca yumruklarına başvuruyordu. Kadınsa Ben'in tarikatına katıldığında onun en çok değer vereceği sevgilisi olmaya yemin etmişti. Ben'in yorulmasına gerek kalmamıştı. Kadın beyni yıkanmış olarak gelmişti Falkensee'deki eve. Arada bir yediği yumruklar sevgilisinin kendisine verdiği hediyelerin bir parçasıydı. Ben onun acıyı görmesini istiyordu. Koklamasını, hissetmesini. Acı vücudundan uzaklaşırken duyduğu zevki eliyle tutacak kadar hissetmesini istiyordu. Aslında Ira sadece birine yumruk atmak istiyordu. Bütün bunları istediğini düşünen, sıkılan yumruğun içine gizlenmiş bu kadar çok şeyi oraya koyan sadece güneş gözlüklü kadındı.

– Siz çocuklar, Tanrı'ya inanıyor musunuz?

Betty evin kurallarını Zargana'dan daha iyi bildiği ve yediği yemeğe para vermediği için kendini iyi hissettiğinden hızlı davranıp yanıt verdi.

– Evet, ama içimizdeki Tanrı'ya.

– Peki, sen? dedi kadın elindeki çatalı bırakmadan başını Zargana'ya doğru çevirerek.

Zargana bugüne kadar kiliseye hiç gitmemişti. Sahte ailesinin hiçbir dini inancı yoktu. Onlar iyiliğe ve kötülüğe inanıyor, fazla da soru sormuyorlardı. Zargana da sormamıştı bu soruyu kendisine bugüne kadar. Bir tanrıya inanıyor muydu? Okuldaki sınıf arkadaşları gibi bir dine ya da bir mezhebe ait miydi? Boşalmış tabağının yanındaki peçeteyle ağzının iki kenarını silip yanıtladı. Hem kadını, hem kendini.

– Bilmiyorum.

Tabii, farkında değildi verdiği yanıtın herhangi bir tarikat üyesi için en kışkırtıcı söz olduğunun. Neye inandığını bilmeyen biriyle konuşmaktan daha zevk verici ne olabilirdi ki bir fanatik için?

– Peki, insanın nereden geldiğini düşünüyorsun?

Zargana yediği sebze yemeğinin bedelini konuşarak ödeyeceğini anlamıştı. Konuşması gerekiyordu. Üstelik kendisine bakan gözlerin sayısı artmıştı. Betty de seyretmeye başlamıştı ağzını. Yutkundu. Ne söyleyeceğini kendisi de bilmiyordu. Sadece dudaklarını araladı. Kelimeler kendiliğinden düştü. Kimse onları itmedi.

– İnsanlar bir yerden gelmedi bence. Bir yere de gitmiyorlar.

– Ama bir başlangıç olması gerekmiyor mu? Peki ölünce

nereye gittiğimizi düşünüyorsun?

– Hiçbir yere.

Tanrı'ya inanıp inanmadığını bilmeyen bir çocuk için fazla kesin konuşuyordu Zargana. Tam kadın ağzını açmış, içinden birçok ünlü ve ünsüz ses çıkaracaktı ki, omuzlarına dokunan iki güçlü el konuşmasını başlamadan bitirdi.

– İçeri gelin. Hayat başlıyor.

Ben'i takip ettiler sessizce. Eve adımlarını attıkları anda çok yüksek bir müzik görünmez elleriyle bastırmaya başladı kulaklarına. Jefferson Airplane'in çok bilinmeyen bir şarkısı her notasıyla doldurmuştu evi. Şarkının bilinmemesinin nedeni plak kaydının Ben'in Philadelphia'daki evinin bodrumundaki özel stüdyoda gerçekleştirilmiş olmasıydı. LSD'nin halüsinojen etkilerini kendileri üzerinde gerçekleştirdikleri bir deneyin sonuçları gibi izlemeye başlayan insanlar düzensiz hareketlerle dans etmeye başlamıştı. Çocuklar geniş salonda kendilerini onlarca uzun saçlı kadın ve erkeğin arasında buldular. İnsanların hareketleri teker teker bakıldığında anlamsız olsa da, bütünüyle görüldüğünde rüzgârda eğilen bir papatya tarlasını andırıyordu. Ya da meltemin biçim verdiği bir kamp ateşini. Çocukların ellerinden tutup onları da danslarına kattılar daha önce hiç görmedikleri yüzlere sahip insanlar. O gün ve o gece bilinçlerinin altını üstüne getiren LSD'leri dillerinde eriterek kollarını ve bacaklarını Hintlilerin kavalla dans ettirdiği kobralar gibi hareket ettirdiler. Gecenin sonunda iki çocuk da ter içinde ayrı odalardaki ayrı yataklara girdiler. Vücutlarını okşayan ellerin kime ait olduğunu göremediler. Gözleri kapalıydı, ama zevki gördüler. Zargana öğreniyordu. İnsanlığın fotoğraflarını çekiyordu retinasının ardındaki makineyle. Betty gülüyordu. Ben konuşuyordu sanki kalbini yanlışlıkla yutmuş bir adam gibi. Ölmekten söz ediyordu. Öldürmekten. Yaşamaktan. Yaşatmaktan. Zargana insanları dinliyordu. Bir casus gibi düşmanlarının arasına karışmış, insan hayatını seyrediyordu.

– Uyan.

Çocuk küçük bir ses çıkarıp gözlerini açtı. Betty'nin yüzünü gördü. İnsanların arasında güvendiği tek kişiyi. Yanındaki orta yaşlı kadının ağır sol kolunu göğsünden çekip kalktı yataktan. Sevgilisini takip etti. Geçtiler salondan hiçbir deriye basmamaya çalışarak. Zargana taksiye binmeden önce bahçeye attığı son bakışında fıskıyeli havuzun çevresindeki cüce heykellerini gördü. Sonra da kaldırımda yürüyen yaşlı insanları. Aralarında hiçbir fark yoktu. İnsanların saçlarının dökülmeye başladığını onlardan daha önce anlayacak kadar uzun boylu olduğu gün geldiğinde, Zargana o cüce heykellerini hatırlayacaktı. Defalarca okuduğu Gulliver'in Lilliput'ta geçen hikâyesinin kendisi ve benzerleri için yazıldığını yavaş da olsa öğreniyordu. Evinden kaçtıktan sonra yaşadıklarının zihninde hiçbir kalıcı hasar bırakmaması cücelerin kendisine zarar veremeyeceğine inanmasından kaynaklanıyordu. İnsanlar Zargana'yı yaralayabilir ancak öldüremezlerdi. Ve ölmemiş bir Zargana her zaman yoluna devam ederdi. Adımları ağırlaşsa da yürürdü.

Hotel Fall Inn'in üçüncü kattaki odasında uyuyan Betty'nin yanında, gözlerini beyaz tavana dikmiş yatmakta olan Zargana insanın nereden geldiğini düşünüyordu. Bedenindeki bütün dikkati sadece on iki yıldır hayatta olan beynine akıtmış, bütün öğrendiklerinin ışığında arıyordu sorunun yanıtını. Ancak içinde bulunduğu odanın kapısının kırılmasına kimse kayıtsız kalamayacağı için Betty gözlerini açıp olduğu yerde doğruldu. Zargana içeriye giren postallara bakmadı. Sadece, insanlar geldi, diye düşündü. Nereden geldiklerinin önemli olmadığını anlamıştı.

Komik kravatlı resepsiyonistin, kendisine yeniden cüzamlı gibi görünen çocukların polislerin arasında otelin kapısına doğru yürüyüşlerini seyretmesi yarım dakika sürdü. Polis arabalarının sirenleri sadece insanları rahatsız etti. Zargana, Ira Einhorn'un evinde geçirdiği geceyi düşünerek arka koltukta uyumaya başladı. Betty, gözleri kapalı sevgilisini görünce rahatladı ve o da uyudu. Neyin rüya olduğunu uyanınca anlayacaklardı.

Christian Dior'un "Evsizler Modası" adıyla sunduğu son defilesinde, yaptıkları işin saatine on binlerce dolar alan kızlar yüzlerce spotun altında uçarak yürüyorlardı. Üzerlerindeki paçavraların aynısından birkaç semt güneydeki kaldırımlarda yatan gerçek evsizlerde de vardı. Sadece podyumun aydınlatıldığı karanlık salonun kapısından içeri iki adam girdi. El ele yürümekte herhangi bir sakınca görmeyen Rio ve Fuscha kendileri için ayırtılmış iki koltuğa oturdular. Fuscha moda dünyasını yönetenleri çok yakından tanıyordu. Çünkü özellikle Avrupa'da gücünü kanıtlamış, zengin homoseksüellerden oluşan Velvet Mafia adlı yasadışı örgütün genel sekreter yardımcılarından biriydi. Kızların üzerindeki özellikle delinmiş gömlekleri, pantolonları seyrederken Rio Fuscha'nın kulağına gülerek fısıldadı.

– Bence kokuyu unutmuşlar. Evsiz gibi giyinmişler, ama Chanel kokuyorlar.

Fuscha duyduğu söz üzerine başını sallayarak güldü. Berlin'e yerleşmeye karar vermişti. Rio'dan vazgeçemeyeceğine göre San Francisco'yu bırakacaktı. Belki o kentte milyonlarca insan yaşıyordu, ama kimse Rio gibi sevemiyordu. Konuşmaya geldikleri mankeni kuliste bulmak için defilenin bitmesini beklediler. Teklifleri basitti. Bir gece karşılığında üç yüz gram kokain vereceklerdi. Kız, bağımlısı olduğu maddenin gramından üç yüz adet alabileceğini duyduğu anda kabul etti iki erkeğin arasına girmeyi. Fuscha'nın özellikle bu kızı tercih etmiş olmasının nedeni kör oluşuydu. Moda dünyasındaki tek kör mankendi ve top modellerden daha güzel olmamasına rağmen onlardan daha çok para kazanıyordu. Kör bir kadının *cat walk* yaparken her an boşluğa adım atabilecek olması seyredenleri o kadar heyecanlandırıyordu ki, her defilede kızın podyuma girişi büyük alkışlarla karşılanıyordu. Fuscha kör bir kadının, görebilen bir kadından çok daha fazla erkeğe benzediğini düşündüğünden rahatsız olmuyordu kızın varlığından. Sarı Lincoln, içinde üç kişiyle hareket etti. İlk kırmızı ışıkta Fuscha saate bakmak için ceketinin kolunu geriye çekti. İki kadranlı bir saatti bileğindeki. Biri San Francisco, diğeri Almanya'ya ayarlanmış iki saat. Rio'nun hediyesiydi. Bazen bir kadrana, bazen de diğerine göre yaşıyorlardı.

Bo bağırıyordu Black Sun'ın ortasında. Masalardakiler yüzlerini saklamaya çalışıyorlardı.

– İdam mahkûmunun intihar hakkı yoktur!

Hiç hareketinin bir üyesi Doktor Wilhelm'in şatosunun yakılmasına katıldığı için acıdan kıvranan insanların haykırışlarını unutamamış ve vicdanı aklını kaplamış her insan gibi hayatına son vermişti. Bo deliye dönmüştü. Hiç hareketi her ne kadar bir deliler topluluğu olsa da, depresiflere göre bir yer değildi. Kimse birini yaktığı için kendini öldüremezdi. Bo'yu özellikle sinirlendiren konuysa üyenin kendisini asmasıydı.

– Sadece et yığınları kendini asar. Sadece onlar bileklerini keser ya da ilaçla ölmeye çalışır. Kafaya ateş etmek! İşte, yapılması gereken bu! Sadece düşünmekten yorulanlar beyinlerini öldürmek için şakaklarına dayarlar namluları. Düşünmekte daha da ileri gidenler susturucu takarlar silahlarının namlularına. Kimse duyup da toplamasın cesetlerini diye.

Düşünmekten çirkinleşmiş beyinlerine benzesin dört gündür kokan bedenleri diye. Tek bir kurşun! Dünyanın en ağır sorunlarını çözer. Sadece düşünenler deler kafatasını.

Dinleyenler hayli korkmuştu Bo'nun sözlerinden. Üstelik, her ne kadar liderlik sıfatını kabul etmese de, herkesten çok önemsedikleri bu adam bedenini insanların önünde kesme ayinini birçok kez gerçekleştirmiş ve gerçek bir deli olduğuna kendisi dahil herkesi inandırmıştı. Bo kafasını sağa sola sallayarak yürüyordu masaların arasında. İçindeki öfkenin sınırı yoktu. Tek bir söz bekliyordu dinleyenlerden. Tek bir kelime. Herhangi bir cümle. Daha ağzını kapatmadan söyleyenin dilini çekip koparmak için. Ve o kelime geldi.

– Ama Bo…

Tamamlayamadı cümlesini genç adam. Çünkü dudaklarında patlayan kalın camdan yapılmış Absolut şişesi doldurdu ağzını. Çekik gözlü adam sandalyesiyle birlikte yere düştüğü anda Bo konuşmasına devam etti. Diğerleri yerde kıvranan Çinliye bakmamaya çalıştılar. Sonunda o da hiç bir şey olmamış gibi paramparça olmuş dudağını iki eliyle tutarak Black Sun'dan dışarı çıktı. Ancak Çinliye şişeyle vuranın Zo mu yoksa Bo mu olduğunu kimse çözemedi. Zo'nun Çinlilerle çok eskilere dayanan hayli terli anıları olduğu için, şişeyi onun kavramış olma olasılığı daha yüksekti.

Cerceuil Rouge'un dikdörtgen masalarından birinde oturmuş olan gri gözlü adam sonucunu bildiği bir tartışmayı dinliyordu. Zargana, kendi içinde çözmeye çalıştığı bir sorunun canlı kelimelere dökülmesini seyrederek konuyla ilgili bir ipucu yakalayacağını düşünüyordu. Dinlerle ilgili bir tartışma senaryosu yazmıştı. Aktörler Oscar almış birçok oyuncuyu kıskandıracak kadar iyi tartışıyorlardı.

– Gerçekte üç büyük din de dünyayı cehenneme çevirmek için ortaya çıkmıştır. Tek amaçları budur. Çünkü hayattan sonra sadece cennet vardır. İnsanoğlunun cenneti hak etmesi için cehennemden geçmesi gerekir. O cehennem de üç ilahi din eliyle dünyada hüküm sürmektedir. Tanrı'nın mantığı budur.

Ağzından tükürükler saçarak konuşan Moriz'di. Ne dediğini umursamıyordu bile. Sadece sesinin tonuyla ilgileniyordu. Ne söylediğiyle değil, nasıl söylediğiyle ilgileniyordu. Karşısındaki kadın Moriz'in kelimelerini ağzıyla havada yakalayıp tükürdü geldiği yere.

– Peki ya bebekken ölenler? Onlar da mı cennete gidiyor? Üstelik hiçbir acı tatmadan.

Zargana tebrik etti kendini biraz sonra verilecek yanıtı düşününce. Gerçekten de sorunu her yönüyle düşündüğünü kendine kanıtlamıştı. Söze bir mızrak gibi giren adamın adı Foli'ydi. Zargana Foli karakterini sadece eğlenmek için yaratmıştı. Onu diğer hayali oyuncaklarından ayıran özellik, doğduğu andan beri yaşadığı her şeyi hatırlamasaydı. Yani yürümeye, konuşmaya, tuvalete tek başına gitmeye başladığı dönemleri bütün ayrıntılarıyla hatırlamasını sağlayan beynindeki hayali rahatsızlıktı. Her ne kadar Foli'yi canlandıran Xavier daha dün akşam ne yediğini hatırlamıyor olsa da, Cerceuil Rouge'un masalarında ağzını her açışında doğduğu günleri, ilk dişinin çıkışını anlatıyordu.

– Bunu kimse bilemez. Senin acı dediğin duyguyu bir bebek doğana kadar belki de yüz bin kez tadıyor. Doğduktan sonra acıkınca, altını kirletince, uykusu gelince senden bin kez daha fazla acı çekiyor. Belki de onun için bütün bebekler ağlıyor. Tıpkı benim o yıllarda sürekli yaptığım gibi... Moriz'in söylemek istediği, bütün insanlar için eşit bir acı yoğunluğunun belirlendiği ve kimsenin bu yoğunluğa erişmeden ölemeyeceği...

Xavier gerçekten de iyi oynuyordu rolünü. Karşısındaki kadının etkilendiği görülebiliyordu, ama o da daha son kozunu oynamamıştı. Moriz'e dönerek başladı konuşmaya. Ağır

ağır. Sanki son sözleriymiş gibi.

– Bütün bunları söyleyerek Tanrı'yı ve semavi dinleri kabullenmiş oluyorsun. Bunu anlayışla karşılayabilirim. Ancak ya vahiy yoluyla yeryüzüne inmiş bu dinler utangaç bir insana ulaşsaydı? O zaman ne olurdu? Yani kalabalık içinde konuşamayan, yüzü kızaran, insanlarla iletişim kuramayan birine vahiy gelseydi, yine de senin söz ettiğin dinler olur muydu? Yoksa aslında dinler sadece aklı daha iyi çalışan ve en az bir tiyatrocu kadar ağzı dolu olan, insanları etkisi altına almayı başaranlara mı vahiy ediliyor? Bugün için düşünelim. Âşık olunan insana onu sevdiğini söylemenin bile ne kadar zor olduğunu düşünelim. Oysa bizim söz ettiğimiz milyarlarca kişiyi ilgilendiren bir durum. Sence ne kadar güçlü bir yapıda olmak gerek milyarlarca insanı hayatlarını değiştirmeye ikna etmek için? Sadece basit bir girişkenlikle anlatılabilir mi peygamberlerin başarıları? Sana da biraz komik gelmiyor mu peygamberlerin bugün yaşasalardı *talk-show* sunabilecek olma olasılıkları?

Moriz'e hayatta bir çok şey komik geliyordu, ama Zargana'nın senaryosunda yanıtlayamadığı soru bu olduğu için o da sessiz kaldı. Çünkü senaryodaki rolü bitmişti. Zargana yerinden kalktı. Onun masadan ayrılabilmesi için birkaç kişi daha ayağa kalktı. Cerceuil Rouge'dan çıkarken barın kapısına asılmış takvime baktı. Günlerden bir tanesi kırmızı kalemle yuvarlak içine alınmıştı. 3 Ekim. Sonra sağ bileğine baktı ve orada da aynı tarihi gördü. Bir dövmeyle işlenmişti derisinin üzerine. Vücudunun boyanmasından nefret etmesine rağmen yaptırmak zorunda kaldığı bir dövmeydi bu. Rastlantıyı düşünerek gülümsedi. Kaldırımda bekleyen taksiye binip karanlığa gömüldü. Bindiği taksinin arka koltuğunda Marc Bolan adındaki şarkıcıyı düşündü. Gerçek adı Marc Feld olan ve otuz yıllık hayatı boyunca dört kez adını değiştiren adamın, "Üstün bir yaratık olduğumu düşünürdüm çocukken. İnsanlarla herhangi bir ilişkim yoktu" sözünü geçirdi aklından. Marc Bolan günde dört beş kez kıyafet değiştiren ve adına "Lady Stardust" şarkısının yazıldığı garip bir adamdı. Zargana'ysa onun çocukken düşündüğünü kendi hayatının belkemiği haline getirip diğer hayatların belkemiklerini kırmıştı.

– Gerçek hayat benimkinin yanında bir hiç, diyordu aynaya baktığında. Ayna da yanıt veriyordu:

– Seninki de gerçek hayatın yanında bir hiç...

Polis merkezine girdiklerinde Zargana'nın üzerine doğru gelen dört eli çocuğun kolundan tutarak yürüten memur durdurdu. Ellerin sahipleri Zargana'nın üvey anne ve babasıydı. Ağlıyorlardı. Hem de kendilerini seyredenleri umursamadan. Betty gülüyordu. İnterpol tarafından aranan Ben Moore adındaki adamın Falkensee'deki evinin polis tarafından gözetlendiğini bilmediği için nasıl yakalandıklarını düşünüyordu. Her ne kadar sorusuna bir yanıt bulamasa da gülmekten başka çaresi kalmadığı için yaşadıkları karşısında sadece dişlerini gösteriyordu kendisine bakan insanlara. Ellerindeki kelepçeler çıkarıldı ve iki beyaz odaya alındılar. Zargana'nın yanında üvey ailesi, dört avukat ve iki polis vardı. Betty ise iki polisle yalnızdı. Suçlama basitti: Victor Heidelhoff'un öldürülmesinden sorumlu tutuluyorlardı. Zargana hiç konuşmadı. Betty konuştu. Gri gözlü çocuğun sadece üvey ailesinin hıçkırıklarıyla kesilen sessiz sorgulaması kapının açılmasıyla kesildi. İçeri giren polis Betty'yi sorgulayanlardan biriydi. Dört avukatın kuşattığı iki polisin kulaklarına ayrı ayrı fısıldadı aynı cümleleri.

– Kız suçunu itiraf etti. Çocuk orada bile değilmiş. Sinemada bıçaklamış. Pezevengiymiş. Suç aleti kaldığı otel odasında bulundu. Dosya kapandı.

Avukatlar haberi öğrendiklerinde polisi barbarlıkla suçlayarak tazminat davası açacaklarını söylediler. Sahte ailesi

Zargana'ya dört elle sarıldı. Çocuk konuşmadı.

Kayıp çocuklarını bulmuş olmanın heyecanı ve sahip oldukları müthiş servetin getirdiği ayrıcalıkla ailesi Zargana'yı polis merkezinden derhal çıkarıp eve getirdi. Bir şatoyu andıran evin içinde Zargana'yla saatlerce konuştular. Onu anladıklarını ve çok sevdiklerini, sorunlarını kendileriyle paylaşması gerektiğini anlattılar. On yedinci yaş gününden iki ay önce üvey annesi ve babası bir araba kazasında ölene kadar çocuk hiç konuşmadı. Tek yasal vâris olarak neredeyse bir Üçüncü Dünya ülkesinin bütçesine eşdeğer olan servetin sahibi oldu.

Kullandığı arabanın direksiyonunu hafifçe sağa çevirdi. Artık senaryo vermediği Rio'nun Fuscha'yla paylaştığı evin önündeydi. Birazdan sabah yürüyüşlerini yapacaklarını biliyordu. Yarım saat sonra, beklediği iki adamı binanın kapısından çıkarken gördü. Rio'nun gözlerinde lens olup olmadığınıysa tıpkı Fuscha gibi önemsemedi. Arabadan inmedi. Sadece iki âşık adamı seyretti. Kaldırımdaki insanların arasında yok olana dek arkalarından baktı.

Black Sun'ın spotları geceden beri yandığı için hayli ısınmıştı. Işıkları söndürmeyi unutmuş olan barmen içerideki kalabalığın dağılmasını bekliyordu umutsuzca. Bo dışında herkesin uykusu vardı. Ama o bağırmaya devam ediyordu. Ona da senaryo vermiyordu Zargana. Bırakmıştı kuklaları kendi haline. Black Sun'ın camından içeriyi seyretti. Okuldaki ilk gününde bahçedeki çocuğunu gizli gizli seyreden bir baba gibi. İndirdi ayağını gaz pedalına.

Cerceuil Rouge'un sandalyeleri masaların üstüne ters çevrilerek yerleştirilmişti. İki garson yerleri silmekteydi. Yıllardır bin bir Zargana senaryosuna dekor olmuş yer şimdi gecenin kirinin temizlendiği sıradan bir bar gibi duruyordu. Zargana Alsace-Lorraine'li Paul'ün kuzeni Daniel'i gördü. Barın arkasında akordeon çalıyordu. Kimse onu dinlemiyordu. Orada da fazla durmadı. Tekrar indirdi ayağını gaz pedalına.

Sachs'ın önünden de geçmeyi düşündü önce. Ama sonra vazgeçti. Rigon'un ölümü nedeniyle kulübün geçici bir süre için kapatıldığını hatırladı. Tekrar ne zaman açılacaktı? Zargana gülümsedi. "Rigon döndüğünde" diye fısıldadı yeni yeni başlayan yağmur damlalarını camdan temizleyen silecekleri gözleriyle takip ederken, "Rigon döndüğünde Sachs da açılır." Bir filmde gördüğü aktörün sırtındaki dövme geldi aklına: "Şu an yağıyorum, görüyor musun? Boşalırken çıkardığım sesi soruyordun. Göğün gürlemesini bekle, duyarsın." Her yağmur yağdığında bu küçük şiiri hatırlardı.

Hangi yolların kapalı olduğunu biliyordu. Onun için arka sokaklardan gitmeyi daha uygun buldu. Almanya'nın ulusal bayramının kutlandığı tarih olan 3 Ekim'de insanlar geldikleri kentlerin renklerini ve sembollerini taşıyan yöresel kıyafetlerle şiddetlenen yağmura rağmen caddeleri doldurmuş yürüyorlar, Berlinliler de gözlerinin önünden geçip giden korteji alkışlıyorlardı...

Zargana, birazdan önüne park edeceği binanın kapılarının bütün resmi kurumların kapalı olduğu bir günde seyrek de olsa açıldığını biliyordu. Berlin'in dışına çıktı. Otoban boş denecek kadar az araba taşıyordu sırtında. Zargana ikinci sapaktan girdi. Radyoyu açtı. Lou Reed, arabanın sekiz ayrı hoparlöründen taşan bir şarkı söylüyordu: "Berlin". Şarkıcının, başladığı kelimeyi bitirmesine izin vermedi. Radyoyu kapattı. Kırmızı tuğlalı büyük bir binanın önüne gelene kadar da durmadı. Binaya girmek istemiyordu. Arabadan inip bir sigara yaktı. Birkaç adım atıp kaportaya yaslandı. Beklemeye başladı. Üç saat içinde dokuz sigara içti ve ıslandı. Onuncu sigarayı da yakacaktı ki, binadan çıkan birinin kendisine doğru yürüdüğünü gördü. Daha yakmadığı sigarayı ve penis biçimindeki çakmağı yere attı. Kendisine yaklaşan insan caddeyi geçmek için sağına soluna baktı. Gelen bir araba olmadığından emin olunca yürüdü. Zargana'nın yarım metre yakınına gelip durdu. Elindeki valizi yere bırakıp uzun boylu adama sarıldı. Aralarında uzun mesafeler olan dört araba geçti yanlarından. Birbirlerinden ayrıldılar. Konuşmadılar. Arabaya binip otobana çıkan yola girdiler. İki tabela yırttı yolu. Biri Berlin'e gidiyordu. Öbüründeyse "Diğer Yönler" yazıyordu. Direksiyon sağa kırıldı.

Betty ile Zargana Berlin'e dönmedi.

HAKAN GÜNDAY KİTAPLARI